Carina Rozenfeld

Les Anges mécaniques

Livre 1 : L'appel

Gulf stream éditeur

Pour Léo, comme toujours…

Pour toutes les belles personnes que j'ai la chance de connaître et qui sont dans mon cœur…

Pour ceux qui se battent contre les ténèbres…

NAISSANCE DU VOILE

Extrait du journal de maître Roland, 1219[1]

La déchirure a eu lieu en pleine nuit. Je ne crois pas me tromper, car le bruit qu'elle a fait était tel qu'il m'a réveillé en sursaut. Au départ, j'ai cru à un roulement de tonnerre particulièrement puissant, mais la terre a tremblé, au point que ma cruche est tombée de la table et s'est brisée, et jamais un orage n'a eu une telle conséquence. C'est pourquoi j'ai compris que ce n'était pas une tempête. Il se passait autre chose. Mon premier réflexe a été de me cacher – j'ai la chance de posséder une cave, dont l'entrée est dissimulée sous un tapis sous la table à manger –, toutefois le phénomène a cessé presque aussitôt. Je suis resté assis un moment au bord de mon lit, évaluant les risques. Comprenant que tout danger semblait s'être dissipé, la curiosité l'a emporté sur la peur. Prudemment, je me suis approché de la fenêtre de ma chambre, me demandant si j'allais voir l'apocalypse débarquer au village. Quelques

1. Retranscrit en français moderne par EdS.

braves gens, qui avaient perçu la même chose que moi, se tenaient sur le pas de leur porte, une lanterne à la main, mais ils sont vite rentrés chez eux. La nuit était très noire, sans lune, et personne n'aurait eu l'idée de se promener dehors dans ces conditions. J'allais me recoucher moi aussi quand j'ai aperçu une lueur scintiller au loin, perçant les ténèbres. Aussitôt, j'ai pensé à un incendie. La couleur qui se reflétait contre le ciel noir était plus bleutée que rouge, mais j'ai déjà vu de l'alcool se consumer en émettant une teinte identique, alors je me suis convaincu qu'il s'agissait d'un feu de cette nature, même si cela ne s'était jamais produit auparavant à une telle échelle. Le froid était saisissant cette nuit-là, et j'ai préféré retourner sous ma couverture plutôt que de m'aventurer dans la nuit glaciale. Avant de m'endormir, j'adressai une petite prière pour qu'il n'y ait pas de blessés. C'est le jour suivant que j'ai saisi l'ampleur de l'étrangeté des événements, et que j'ai décidé de consigner mes observations. Ma qualité d'écrivain public me permet d'avoir du papier en quantité suffisante pour à la fois mener à bien ma mission quotidienne et relater l'apparition de ce voile.

Une fois le jour levé, j'ai entendu les commérages de la rue. Des matrones qui allaient au marché racontaient que les cieux s'étaient ouverts en deux, déversant un ruban de lumière sur la terre. J'ai senti la peur dans leur voix, mais aussi une forme de curiosité. Comprenant que le phénomène qui m'avait réveillé n'était pas un incendie, j'ai décidé d'aller voir par moi-même.

Il ne m'a pas fallu longtemps pour trouver la source de cette inquiétude. Les femmes que j'avais entendues avaient dit vrai. Une sorte de voile lumineux était tombé du ciel et le reliait au sol en une ondulation éthérée, passant du bleu au vert, au mauve, au rouge, dans un ballet constant de couleurs changeantes d'une rare beauté. Cette ligne ondoyante s'étendait sur une distance telle que je n'en percevais pas l'extrémité, ni à droite, ni à gauche. Sur son passage, elle avait brûlé ce qui se trouvait exactement au point d'impact, mais sur une ligne tout aussi fine que son épaisseur : quelques centimètres tout au plus. Ainsi, une maison avait été coupée en deux, quasiment en son milieu. Des champs, des arbres, présentaient également une ligne calcinée, et il en était de même partout où cette espèce de faille s'étendait comme un ruban.

Les moines du monastère voisin se trouvaient déjà sur place et priaient, à genoux, devant cette apparition. L'un d'entre eux, tourné vers la foule de badauds qui, aussi curieux ou effarés que moi, s'étaient déplacés pour observer cette apparition, déclamait que c'était un signe de Dieu. Un homme demanda si cela pouvait être un message du diable, mais le moine répliqua que, puisque le Voile tombait du ciel, cela ne pouvait venir que du Seigneur. Sa beauté en était une autre preuve. Jamais le prince des ténèbres n'aurait pu créer un objet aussi magnifique et pur.

Pour le prouver, le moine annonça qu'il allait traverser cette écharpe divine et certainement y croiser des anges. Une clameur de stupeur, de frayeur, s'éleva dans la foule. Nombreux furent ceux qui se signèrent. Des femmes s'évanouirent et des enfants commencèrent à hurler.

Malgré les avertissements et les cris, il mit à exécution son projet sans hésiter. Levant les yeux vers l'origine du Voile, il se signa et murmura quelques mots, certainement une prière. Il s'avança alors dans l'ondulation colorée de manière à y disparaître à moitié. Tous les souffles se suspendirent, les gens s'attendant à le voir être carbonisé sur place, comme l'herbe l'avait été sous ses pieds. Mais rien de tout cela n'arriva. Le moine resta debout, indemne. Un sourire extatique s'afficha sur son visage avant qu'il ne disparaisse entièrement dans l'écharpe colorée. Il n'en revint jamais.

CHAPITRE 1

Paris, XXIe siècle

Un discret parfum d'encens flottait dans l'air, remontant le long des arches monumentales. Un silence feutré régnait dans l'enceinte de la cathédrale. Le murmure des touristes, bien que nombreux, était si bas qu'il semblait aussi léger que la fumée des encensoirs. Les silhouettes des visiteurs glissaient entre les colonnes, s'arrêtaient devant les œuvres d'art afin de les contempler. Les lustres, ornés d'une vingtaine de lampes imitant l'aspect de bougies, conféraient une lumière dorée aux pierres anciennes qui avaient survécu à tellement d'événements dramatiques. Pourtant, une véritable sérénité baignait les lieux, comme si rien ne s'était passé.

Alix leva la tête pour admirer la clef de voûte de Notre-Dame de Paris. S'élevant à une hauteur de trente-trois mètres, elle était impressionnante, et il fallait vraiment se tordre le cou pour la contempler. Les ogives se croisaient en son centre, dans une symétrie parfaite. Il était difficile d'imaginer que, quelques années plus tôt, la cathédrale avait été victime d'un incendie qui avait menacé de la faire s'effondrer. Pourtant, elle était restée debout et, après de longues rénovations, avait rouvert au public.

Déambulant seule dans l'espace impressionnant, la jeune fille se contentait d'admirer et de prendre des photos. Les églises, ce n'était pas sa tasse de thé, elle n'y connaissait rien. Elle avait dû y mettre les pieds une fois, pour le mariage d'une amie de sa mère, et son expérience religieuse s'arrêtait là. Mais cela ne l'empêchait pas de s'émerveiller à la vue de la grandeur et de la magnificence des lieux. Elle s'arrêta quelques instants pour observer les vitraux d'origine qui, par chance, étaient restés intacts malgré le drame. Pendant un instant, l'étudiante tenta d'imaginer comment pouvait être la vie à Paris à l'époque où ils avaient été créés. Pour les plus anciens, cela remontait au XIIIe siècle. Les contempler, c'était comme faire un saut dans le temps, dans le passé, penser aux dizaines de générations qui s'étaient succédé sur ces bancs en bois pour prier. Sa réflexion abyssale fut interrompue par une voix familière :

— Alix, tu viens ? J'avance, moi.

— J'arrive !

Alix se dépêcha de prendre quelques photos de plus avant de courir rejoindre sa meilleure amie, Maëlle.

Elles s'étaient toujours trouvées dans la même classe depuis le CE1. Elles avaient beau avoir des caractères presque opposés, elles étaient vite devenues inséparables.

Chapitre 1

Le reste de leur visite se déroula tranquillement. Toutes deux étudiantes en première année de licence d'histoire de l'art et d'archéologie à la Sorbonne, elles étaient venues ici dans le cadre d'un devoir portant sur la préservation des biens culturels. Avec le fameux incendie qui avait capté l'attention du monde entier en 2019 et ravagé une grosse partie de la cathédrale, elles étaient en plein dans le sujet.

Alix se demandait comment les choses se seraient passées si le monument s'était réellement effondré. Tant de trésors auraient disparu à jamais : les statues, les peintures, la charge historique que ces pierres portaient en elles. Même le visage de la capitale en aurait été profondément transformé.

La jeune fille eut un frisson en pensant à cela. Puis la visite s'acheva par la découverte du trésor, qui se trouvait dans la sacristie. Des ornements, des croix, des sculptures, les portraits des papes… Tout ce qui avait survécu à l'incendie avait été replacé ici après restauration. Alix s'arrêta à nouveau pour prendre en photo une des statues représentant un ange. Sculpté dans une pierre noire, il semblait lui sourire. Dans les hauteurs de la cathédrale, les cloches se mirent à sonner, faisant vibrer les murs ancestraux.

Alors que la jeune fille levait son téléphone afin de faire le cliché, elle crut voir, sur l'écran de son appareil, quelque chose se superposant à l'ange. Un autre ange, plus grand, plus dur, aux ailes métalliques. Le phénomène ne dura qu'un bref instant. Et pourtant, Alix se sentit comme pétrifiée par cette apparition. Toute sa peau se hérissa, une onde glacée coula le long de sa colonne vertébrale et elle eut l'impression de recevoir un coup en plein cœur.

Elle vacilla quelques secondes, se remit d'aplomb, regarda à nouveau la statue à travers l'écran de son téléphone, mais elle était parfaitement normale. Par contre, l'étudiante continuait à ressentir un malaise.

Maëlle lui fit signe qu'il fallait avancer à nouveau en lui faisant les gros yeux. Alix secoua la tête pour dissiper la curieuse surimpression dont elle avait été témoin mais, déjà, cette dernière s'évaporait comme un songe s'effilochant au réveil.

— Mais ralentis un peu ! se plaignit Alix à son amie en trottant vers elle. Ce n'est pas une visite que tu fais, là, c'est une course contre la montre ! C'est quoi l'intérêt ?

Maëlle haussa les épaules. Même si cette exploration serait utile à la rédaction de leur devoir, ce seraient les recherches qu'elles feraient dans les livres et sur Internet qui leur apporteraient la véritable matière première du texte qu'elles avaient à rédiger. Venir ici, c'était une idée d'Alix. En sortant de la bibliothèque Sainte-Geneviève, elles étaient passées devant la cathédrale et une impulsion soudaine avait poussé la jeune fille à proposer d'y entrer.

— Tu sais bien que je n'ai jamais été patiente, et rester devant une statue pendant des heures, ça m'énerve.

Alix fit une petite moue pour montrer que les explications de Maëlle ne lui convenaient pas.

— Tu as donc eu raison de venir toi aussi en histoire de l'art. De la contemplation de statues, tu vas en bouffer, dans les prochaines années.

Maëlle gloussa.

— Je l'ai fait pour être avec toi, tu le sais bien. Je n'ai

aucune idée de ce que je veux faire plus tard, alors ça ou autre chose…

Ce genre de raisonnement échappait complètement à Alix qui s'était battue pour pouvoir s'inscrire dans la filière de ses rêves. La légèreté de sa camarade de classe la sidérait. Pourquoi perdre du temps à venir tous les jours en cours pour étudier des matières qui ne l'intéressaient pas ? Cela resterait un mystère pour elle. Et même si la jeune fille était contente d'avoir sa meilleure amie avec elle, elle lui souhaitait surtout de trouver sa voie et de la suivre afin d'être parfaitement heureuse.

Bientôt, le duo se retrouva dehors, sur le parvis de Notre-Dame. Le temps était magnifique et Paris semblait rutiler sous la lumière automnale qui avait tant manqué ces derniers jours. En effet, un ciel de plomb avait pesé sur la ville pendant des semaines, semblant ne jamais vouloir se disloquer pour laisser apparaître une trace de bleu. Mais aujourd'hui, même les pigeons roucoulaient d'un air joyeux en se dandinant sur le vaste espace pavé. Alix inspira profondément l'air frais et piquant, appréciant les couleurs fauves que prenaient les feuilles des arbres encadrant la grande place où de nombreux promeneurs déambulaient paisiblement, admirant la cathédrale rejaillie de ses cendres.

Prenant la direction du métro – elles habitaient sur la même ligne, à deux stations d'écart –, elles empruntèrent le Petit-Pont qui traversait la Seine, longèrent le quai Saint-Michel pour se retrouver sur la place qui portait le même nom. Là, il y avait toujours du monde, et aujourd'hui, grâce à la météo clémente, les terrasses des brasseries et des restaurants, chauffées par des braseros, étaient bondées. Alix leva son visage vers le ciel pour apprécier la lumière qui en tombait.

— Tu vas vraiment orienter ton devoir sur la cathédrale ? demanda Maëlle. Parce que je vais devoir trouver un autre sujet, pour ne pas donner l'impression d'avoir copié sur toi.

Alix acquiesça d'un mouvement de tête, toujours tournée vers le soleil.

— Je pense que oui. Il y a quand même pas mal de matière, avec les nombreuses rénovations et restaurations qui ont été faites. Toutes ces statues… Il y en avait une complètement noire, représentant un ange…

Alix ne savait pas pourquoi elle faisait mention de cet objet en particulier. La cathédrale était riche de tellement d'éléments et cette œuvre n'était pas la plus notable. Pourtant, elle l'avait marquée. Mais alors que l'image de cette statue se formait à nouveau dans son esprit, la même sensation que précédemment la traversa. Elle sentit son estomac se contracter et se détourna de la lumière qui lui parut soudainement trop forte. Rapidement, l'image de l'autre ange, celui qui était plus grand, plus menaçant avec ses ailes métalliques, s'imprima quelques secondes sur ses rétines, avant de s'évanouir encore, la laissant avec l'impression qu'on lui avait donné un coup de poing dans le ventre.

— Ça va ? Tu es toute pâle d'un coup, remarqua Maëlle. On dirait que tu viens de voir un fantôme.

Alix se força à sourire. Déjà, alors que la réalité solide d'un Paris joyeux et animé reprenait sa place et que le souvenir de sa vision se dissipait, elle se demandait ce qui l'avait mise dans cet état.

Chapitre 1

— Ça va… Je crois que j'ai un peu faim. Le sandwich vite avalé avant le dernier cours me paraît déjà loin.

Maëlle grimaça.

— Moi aussi je suis affamée.

Pointant du doigt une boulangerie qui vendait des gâteaux tunisiens à l'angle d'une rue, dans le quartier touristique, Alix proposa :

— Ça te dit qu'on se prenne un goûter là-bas ? Tout ce miel, ces calories, ça va nous faire du bien.

— Bonne idée ! J'ai trop envie de pâte d'amande.

Quelques minutes plus tard, elles étaient en train de déguster leurs pâtisseries, et le souvenir de l'ange s'était complètement évaporé de l'esprit d'Alix. Elles se remirent alors en route vers le métro en riant, légères et insouciantes comme tellement d'étudiantes du quartier.

CHAPITRE 2

Le beau temps n'avait pas duré. Il s'était remis à pleuvoir des trombes d'eau, alors qu'un ciel bas et bouché pesait sur la ville. Alix rêvassait en regardant les gouttes s'écraser contre la fenêtre de sa chambre, au lieu d'avancer dans ses devoirs. Elle se sentait fatiguée depuis quelques jours. Toutes les nuits, son sommeil était hanté par des cauchemars dont elle ne gardait aucun souvenir au réveil, mais qui l'empêchaient de se reposer. Seules des sensations demeuraient : de la peur, de la douleur, des cris, mais cela n'avait pas de sens.

Dans le salon, elle entendait les voix d'un dessin animé que son petit frère regardait. Il était beaucoup plus jeune qu'Alix, car ses parents avaient eu du mal à concevoir un autre enfant après elle. L'arrivée du garçon avait bousculé l'équilibre familial : pendant des années, elle avait été la fille unique, le centre de l'attention de son père et sa mère.

Puis Sandro était arrivé, et cela avait été un soulagement pour la jeune fille. Ses parents se focalisaient moins sur elle, sur ce qu'elle faisait, sur ses notes, tout émerveillés qu'ils étaient d'avoir enfin réussi à faire ce nouveau bébé tant désiré. Maintenant, il avait cinq ans, et Alix adorait également son cadet. Elle le choyait et s'occupait de lui dès qu'elle le pouvait. Mais ce soir, les voix aiguës des personnages du cartoon l'agaçaient plus qu'elles ne l'amusaient. Un mal de tête commençait à poindre et elle n'avait pas envie de lire la tonne de documents qu'elle avait à ingurgiter. Elle adorait ses études mais là, tout l'ennuyait, et elle ne voulait qu'une chose : s'allonger et dormir, sans rêver, cette fois.

Un « ping » signalant l'arrivée d'un SMS la détourna de ses pensées moroses.

> Alors, tu es à fond sur le devoir pour cette semaine ? Tu es toujours partie sur Notre-Dame ?

> Moi j'hésite encore mais il va falloir que je me bouge si je veux le rendre à temps.

Alix se sentit encore plus irritée à ce rappel. Elle avait en effet complètement oublié ce devoir, submergée comme elle l'était par les autres matières. Elle savait qu'elle aurait du travail à fournir durant ce cursus, mais l'année universitaire avait commencé depuis un mois à peine et, déjà, elle se sentait dépassée.

Chapitre 2

Tu fais bien de me le rappeler, ça m'était sorti de la tête. Je ne m'en sors pas sur les matières de sciences humaines…

Je te comprends, mais regarde un peu sur Internet, j'ai trouvé quelques sites intéressants, il y a plein de documentation, je t'envoie les liens.

Merci pour l'info !
Je ne vais pas tarder à m'y mettre.

On se voit demain.

Alix, au lieu de se remettre au travail, se leva et se rendit dans le salon pour s'asseoir sur le canapé près de Sandro. Aussitôt, le petit garçon se blottit contre elle.

— Tu as manqué le début de l'épisode, lui annonça-t-il d'un ton désolé.

— Ne t'en fais pas, je suis certaine que je vais comprendre quand même.

Elle entoura de son bras ses petites épaules et profita de la présence de l'enfant, de cette totale confiance qu'il avait en sa sœur.

Elle aurait bien aimé la ressentir envers elle-même.

Elle avait lutté contre l'avis de ses parents pour se lancer dans ces études d'histoire de l'art. Si elle les avait écoutés, elle aurait suivi leurs traces, en faisant du droit. Ils étaient tous deux des avocats réputés et espéraient la même carrière pour leur fille. Toutefois, même si Alix était fière de leur parcours et de leur réussite, elle ne ressentait pas l'appel de cette vocation. En réalité, pendant longtemps, elle s'était interrogée sur ses aspirations. Elle aimait l'art et l'histoire, et naturellement s'était tournée vers cette voie. Mais est-ce que c'était vraiment ce qu'elle voulait faire ? Et si elle s'était trompée ? Dans ce cas, qu'est-ce qui lui faisait envie ? Rien de spécial. Elle ne se voyait pas encore comme une adulte évoluant dans le monde complexe du travail. Ses dix-huit ans se rapprochaient et elle se sentait dépassée par la vitesse à laquelle les dernières années avaient filé, la dépouillant de son enfance plus rapidement que prévu. Quand elle voyait l'innocence de son frère, la simplicité de sa vie du haut de ses cinq ans, elle l'enviait parfois.

L'épisode du dessin animé était déjà terminé – elle s'était tellement perdue dans ses pensées qu'elle n'en avait pas retenu la moindre image, ni compris l'histoire qui pourtant ne devait pas être compliquée – et elle retourna dans sa chambre, décevant Sandro qui pensait que sa sœur allait regarder la suite avec lui.

— J'ai du travail, mon loulou, lui expliqua-t-elle d'un ton désolé en déposant un bisou sur le sommet de son crâne. Tu verras quand toi aussi tu auras des devoirs…

— Je ne suis pas pressé ! annonça son frère de sa voix flûtée.

Chapitre 2

Alix lui ébouriffa les cheveux.

— Et tu as bien raison. Profite de la maternelle. J'y retournerais bien si je pouvais.

Là-dessus, elle s'enferma dans sa chambre et s'assit à son bureau en soupirant.

Elle attrapa son téléphone pour retrouver les photos qu'elle avait prises durant la visite à Notre-Dame, les faisant défiler rapidement, en quête d'inspiration pour commencer son devoir. Elle retomba sur celle de l'ange noir. Sans savoir pourquoi, elle s'arrêta dessus et zooma, guettant un détail particulier, mais rien ne lui apparaissait suspect ou étrange.

Pour en savoir plus, elle téléchargea le cliché sur son ordinateur afin d'en trouver la référence sur Google Images. Le moteur de recherche lui dénicha instantanément d'autres photos de la même statue. Son espoir d'en apprendre plus sur cette œuvre fut vite contrarié par le peu d'informations - contradictoires, en plus - qu'elle trouva sur le sujet. En soupirant, elle cliqua sur un dernier lien, qui s'ouvrit sur une photo de la statue en gros plan.

Alix se pencha en avant afin d'en étudier les détails. À ce moment, la douleur qu'elle ressentait dans son crâne explosa. Sa vue se troubla, tout son corps se tendit et ce fut le noir.

— Alix ? Alix ? Pourquoi tu fais dodo par terre ?

La voix inquiète de Sandro semblait venir de très loin, comme si une épaisseur de coton séparait le frère et la sœur.

— Pourquoi tu fais dodo par terre ? Tu avais si sommeil que ça ?

Une petite main la secouait et elle finit par ouvrir les yeux. Elle était allongée au sol, près de sa chaise de bureau. La moquette avait un peu amorti sa chute, mais s'était fait mal à l'épaule en tombant.

— Ça va, loulou, j'étais très fatiguée, mais ça va mieux, répondit-elle d'une voix râpeuse, qui lui écorcha la gorge soudainement très sèche.

Sandro était assis près d'elle, son visage crispé par la situation un peu angoissante pour un enfant de cinq ans.

— Ce sont tes devoirs qui te fatiguent comme ça ?

Alix fronça les sourcils, alors que l'image de l'ange, sur son écran d'ordinateur, s'imposait à elle. C'était la dernière chose qu'elle avait vue avant de se retrouver… inconsciente ? Elle ne comprenait pas ce qu'il venait de se passer. Cela ne lui était jamais arrivé.

— Oui, exactement…

Elle se redressa, s'assit près de son frère et esquissa un sourire qu'elle espérait rassurant.

— Ton dessin animé est terminé ?

Il hocha la tête.

— J'ai faim, maintenant.

La jeune fille se releva avec l'impression que tous ses muscles étaient perclus de courbatures. Elle regarda l'heure sur son écran d'ordinateur. Il s'était passé une vingtaine de minutes depuis le début de son malaise. Sa tête était toujours sensible, et la lumière de sa lampe de bureau lui paraissait trop vive.

— Vingt minutes… murmura-t-elle. C'est impossible.

Puis elle se tourna vers son frère.

— Va te laver les mains et installe-toi dans la cuisine. J'arrive.

Chapitre 2

Le garçon acquiesça et sourit, heureux que la normalité soit de retour, puis fila dans le couloir au sol couvert d'un parquet impeccablement ciré.

Alix saisit son téléphone, vérifia que l'heure était correcte. C'était le cas. Personne ne lui avait envoyé de message, rien ne laissait supposer qu'un événement particulier avait eu lieu.

En grimaçant, elle prit un comprimé d'antidouleur, l'avala en buvant directement au goulot de la bouteille qu'elle gardait sur son bureau pour étancher sa soif pendant ses devoirs et suivit Sandro dans la cuisine.

Ils vivaient dans un grand appartement haussmannien qui avait conservé son côté chic, avec ses moulures au plafond, ses vastes pièces équipées de cheminées en marbre qui ne servaient plus depuis longtemps, mais apportaient un cachet supplémentaire au lieu. Les grandes fenêtres donnaient sur une rue typique de Paris, avec ses arbres plantés sur le trottoir, ses terrasses de brasseries aux angles des carrefours, ses promeneurs affairés qui se dépêchaient de rentrer pour se mettre à l'abri du mauvais temps.

Tout était parfaitement normal, quotidien, mais Alix avait l'impression que son malaise avait créé une rupture dans cette normalité. Comme s'il annonçait une série de catastrophes qu'elle ne parvenait pas à définir encore.

Le cœur serré par cette angoisse incompréhensible, elle alla mettre au four à micro-ondes l'assiette du repas de son frère. Ses parents étaient tous les deux à un dîner ce soir et ne rentreraient pas tout de suite.

Sandro mangea de bon cœur, alors qu'Alix eut du mal à terminer sa propre portion. Son ventre était serré, sa tête encore un peu douloureuse. Elle tentait d'oublier l'incident mais n'y parvenait pas.

Un peu plus tard, une fois son frère couché et endormi, elle retourna dans sa chambre, ferma tous les onglets ouverts sur son écran représentant l'ange ou la cathédrale de Notre-Dame, et se planta devant le miroir accroché derrière sa porte pour s'observer. Son visage ovale était pâle, et ses traits un peu tirés par la fatigue, mais à part cela elle ne distinguait rien de spécial qui pourrait trahir son état. Ses yeux clairs à peine cernés la contemplaient avec curiosité. Sa bouche aux lèvres pleines était légèrement crispée et ses cheveux châtains, ramenés en queue-de-cheval, avaient été dérangés par sa chute un peu plus tôt. Autrement, elle se ressemblait, exacte réplique de l'Alix qu'elle voyait tous les jours dans la glace quand elle se préparait le matin.

En soupirant, elle s'allongea sur son lit. Sa chambre était décorée, sur un mur, des photos souvenirs de voyages avec ses parents ou ses amis. Une guirlande lumineuse accrochée le long des moulures faisait quasiment le tour de la pièce et l'éclairait de façon chaleureuse, lui conférant une lueur rose bonbon rassurante. Des peluches posées près d'elle semblaient la regarder avec bienveillance. Il y avait Totoro[1], mais aussi un énorme panda gagné par son père lors d'une fête foraine, un petit monstre rose en forme de cacahuète, et le dragon offert par Maëlle pour son dernier anniversaire.

Installée de la sorte dans son environnement familier et rassurant, elle tournait son téléphone dans sa main, se demandant si elle avait raison de faire ce qu'elle allait faire.

1. Personnage du film d'animation japonais des studios Ghibli, *Mon voisin Totoro*, 1988.

Chapitre 2

Finalement, elle se dit que oui. Alors elle se rendit dans le répertoire de ses contacts favoris et composa un numéro.

Après deux sonneries, on décrocha et une voix basse, douce, répondit.

— Alix, ma chérie…

— Grand-père, j'ai besoin de toi.

NAISSANCE DU VOILE

Extrait du journal de maître Roland, 1219[1]

Le Voile coloré est toujours là. Cela fait déjà dix jours. Le prêtre qui est passé de l'autre côté lors de son apparition n'est jamais revenu. Les moines de son monastère l'ont attendu, ont prié des heures durant, mais, visiblement, si c'est bien un signe divin, Dieu a décidé de le garder à ses côtés. La rumeur circule que le phénomène traverse une bonne partie de la France. Des messagers ont été envoyés partout dans le pays pour tenter d'en trouver les limites, sans succès. Plusieurs dizaines de personnes ont décidé de le traverser, parfois avec peur, le plus souvent avec la certitude que le paradis était de l'autre côté. Le phénomène est si beau, si attirant… Mais d'autres voix se lèvent pour mettre en garde ceux qui décideraient d'explorer le monde qu'il cache.

Des familles, séparées par sa présence au milieu de leur habitation, ont tenté de se retrouver, mais à nouveau, on n'a plus jamais entendu parler de ceux qui ont traversé.

1. Retranscrit en français moderne par EdS.

Moi-même, je suis tenté de découvrir ce qu'il cache. Peut-être que je pourrais apporter un témoignage écrit de ce qui se trouve de l'autre côté. Comprendre sa présence, son utilité. Mais j'attends encore. Je veux savoir si tous ces disparus vont finir par revenir. Je me dis qu'ils sont sans doute retenus par une quelconque mission, là-bas, et qu'ils vont rentrer nous raconter ce qu'ils y ont vu et fait. Toutefois, les jours passent et il n'y a rien de nouveau.

Des enfants, attirés par la beauté du Voile, l'ont franchi. Des témoins ont rapporté qu'ils ont entendu leurs rires enchantés résonner de l'autre côté.

Je ne sais que penser. Je me suis éloigné du village, j'ai remonté la ligne sur des kilomètres mais elle ne présente aucune déchirure, n'offre aucun indice sur son origine, les raisons de sa présence, son utilité. Le Voile se contente d'être là, comme attendant quelque chose.

Nous aussi, de notre côté, nous attendons. Qu'il disparaisse, se dissolve, nous rende ses visiteurs, nous révèle son rôle.

Jusqu'à présent, notre attente est vaine. Nous commençons à nous habituer à sa présence. Pour combien de temps ? Je n'en ai aucune idée. Tout ce que je sais, c'est que la tentation de le passer est de plus en plus forte. Ma curiosité prend le pas sur la peur. Chaque jour, mon envie de comprendre monte d'un cran. J'ai rassemblé des feuilles de parchemin, des plumes et ma meilleure encre, afin de noter tout ce que je pourrais découvrir de l'autre côté. Pour l'instant, j'attends. Mais je sais qu'un jour, j'irai voir…

CHAPITRE 3

— Tu n'as rien dit à tes parents ?

Alix secoua la tête en même temps qu'elle remuait sa cuillère dans l'énorme tasse de chocolat chaud que son grand-père lui avait préparée. Il s'était passé deux jours depuis son malaise, mais il n'avait pu la recevoir qu'aujourd'hui.

— Je ne voulais pas les inquiéter. Déjà qu'ils sont pas mal sur mon dos parce qu'ils tentent de me faire changer d'orientation pour la rentrée prochaine. Tu sais ce qu'ils pensent de l'histoire de l'art… Si je leur disais que je fais des malaises alors que je dois garder Sandro, je n'imagine pas leur réaction.

Éloi de Saintomer ne réagit pas immédiatement à la réponse de sa petite-fille. Il resta silencieux, la fixant étrangement alors qu'elle avalait une gorgée brûlante.

Sentant le regard de l'homme fixé sur elle, elle s'empressa

d'attraper, pour dissiper son malaise, un gâteau de l'assiette posée sur la table basse du salon. La pièce, décorée avec goût, était si propre et bien rangée qu'il semblait que personne ne vivait ici.

Alix avait toujours peur de renverser la moindre goutte de quoi que ce soit quand elle rendait visite à son grand-père. Malgré l'aspect froid et distant qu'il semblait cultiver volontairement, la jeune fille avait toujours eu un lien particulier avec lui. Plus jeune, quand ses parents étaient très occupés, elle avait passé des jours et des nuits chez lui. Elle s'inventait alors des histoires dans lesquelles elle était une princesse vivant dans un château perdu au milieu d'une forêt sombre et dangereuse. Il faut dire qu'Éloi vivait dans un hôtel particulier en plein Paris, dont les trois étages en pierre blanche pouvaient en effet ressembler à un château dans l'esprit d'une fillette imaginative. De lourds rideaux tendus de part et d'autre des hautes fenêtres, des dizaines de tableaux accrochés aux murs représentant des batailles épiques, des lits à baldaquin dans les nombreuses chambres… Alix avait l'impression que son grand-père venait d'une autre époque et vivait dans une bulle de passé préservée du bruit, de la vitesse et de la folie du monde moderne.

Ses parents lui avaient dit que cet hôtel particulier était un logement de fonction attribué à Éloi le temps d'un mandat de travail, mais Alix l'avait toujours connu habitant ici, et il semblait être à la retraite depuis belle lurette, donc elle se demandait si ses parents lui avaient avoué toute la vérité.

— Tu as bien fait de ne pas leur dire, murmura Éloi. Et cela a commencé quand, ces migraines ?

Chapitre 3

— J'ai toujours eu des maux de tête, mais depuis la visite de la cathédrale de Notre-Dame, ils sont devenus plus fréquents et plus intenses.

— Tu es allée à Notre-Dame ? s'écria l'homme comme si elle avait fait une grosse bêtise.

La réaction d'Éloi fut telle qu'il se redressa sur son fauteuil Louis XVI tendu d'un tissu crème immaculé.

Alix se recroquevilla sur le sien. Même si elle était proche de lui, son grand-père restait impressionnant. Du haut de son mètre quatre-vingt-douze, il inspirait le respect depuis toujours. Ses cheveux blancs soigneusement coiffés, sa barbe toujours impeccablement taillée, ses yeux d'un bleu perçant cerclés de lunettes rondes dorées, sa voix très grave… tout contribuait à faire de lui un personnage hors du commun. Alix avait hérité de lui l'éclat de son regard et une silhouette athlétique, même sans pratiquer de sport autre que celui imposé lorsqu'elle était au lycée.

— Je… oui, j'ai un devoir à faire sur la préservation du patrimoine culturel, et je pensais prendre la cathédrale comme support… Mais bon, ça va… c'est un monument parisien comme un autre, non ?

Éloi se radoucit et offrit un sourire rassurant à sa petite-fille.

— Excuse-moi, je ne m'attendais pas… Tu as raison, c'est un monument comme les autres. Et j'espère que les rénovations de la cathédrale sont à la hauteur de la splendeur qu'elle dégageait avant l'incendie. Je n'y suis pas retourné depuis.

— Je crois que oui. Je n'y étais jamais allée avant. Tu sais bien que les églises, c'est pas trop le truc de papa et maman.

— Je suis au courant…

Le silence s'installa à nouveau dans le séjour.

— Je ne sais même pas pourquoi je t'embête avec ça. Si ça se trouve, c'est seulement une chute de tension ou une crise d'hypoglycémie. Je me sentais juste seule, à la maison, et ça m'a fait peur que ce soit Sandro qui me trouve étalée par terre, finit par dire Alix.

D'un seul coup, elle tentait de comprendre pourquoi elle avait été saisie de l'urgence d'appeler son grand-père après son malaise. Après tout, si ses parents avaient été là, c'est eux qui se seraient occupés d'elle, l'auraient rassurée, ou l'auraient envoyée voir un docteur pour faire une batterie d'analyses !

Mais à présent, cet impératif lui semblait vide de sens. Éloi n'était pas médecin – d'ailleurs, elle n'avait jamais vraiment compris quel métier il avait exercé autrefois. Comment pouvait-il l'aider, à part en l'apaisant un peu de sa voix grave ? Cependant, même là, elle trouvait qu'il s'y prenait mal. Quelque chose paraissait le tracasser et Alix ne comprenait pas quoi.

— Non, non, tu as bien fait. Tes parents te laissent trop souvent seule avec ton frère. C'est une grosse responsabilité que de garder quasiment quotidiennement un petit de cinq ans, même si je te sais tout à fait capable de l'endosser. J'ai bien dit à ton père que je ne comprenais pas pourquoi ils s'étaient tellement acharnés à faire un second enfant si c'était pour s'en occuper si peu, mais c'est un autre débat et j'avoue que moi-même je n'ai pas été très présent pour ton père. J'imagine qu'il suit mon exemple et que la situation est parfaitement normale à ses yeux, vu le modèle que j'ai été pour lui.

Chapitre 3

Alix hocha la tête, même si les paroles de son grand-père n'étaient pas celles qu'elle attendait pour se sentir mieux. Elle était contente, elle, que Sandro soit là, et elle était heureuse de s'en occuper. Elle adorait tellement son petit frère qu'elle ne pouvait pas concevoir sa vie sans lui. Ce soir, l'adolescente attendait un peu plus de la part d'Éloi, mais elle ne savait pas quoi exactement. C'est pourquoi elle reposa sa tasse en porcelaine fine et se leva du fauteuil dans lequel elle s'était lovée, espérant sentir la fin de son angoisse.

Cela n'était pas arrivé. Quelque chose de sourd, d'insidieux, gonflait dans sa poitrine et Alix ne parvenait pas à saisir ce qui la mettait dans cet état.

— Tu pars déjà ? demanda Éloi en voyant sa petite-fille se mettre debout.

— Je crois… J'ai des devoirs.

Le vieil homme hocha la tête.

— Je comprends. Ne te mets pas trop la pression, Alix. L'essentiel, c'est que tu sois heureuse, pas que tu sois la première de ta classe.

— Dis ça à papa et maman tiens !

L'amertume s'entendait dans la voix de l'étudiante.

— Je le leur ai déjà dit. Mais ils ont une autre vision des choses, soupira Éloi.

Alix déposa un baiser sur la joue couverte de barbe soyeuse de son grand-père.

— Merci, ça m'a fait du bien de te parler.

Ce n'était pas tout à fait vrai, mais elle ne pouvait pas le quitter comme ça.

— Je suis là pour toi. Et préviens-moi si les symptômes reviennent.

— Entendu !

Alix quitta rapidement l'hôtel particulier et décida de rentrer à pied chez elle. Ce n'était qu'à trois stations de métro et marcher lui ferait du bien.

Maintenant qu'elle respirait l'air frais de la soirée, où flottait un reste d'humidité de la pluie tombée un peu plus tôt, elle eut l'impression que son grand-père lui avait caché quelque chose. Plus que surpris ou inquiet pour son malaise, il avait eu l'air contrarié. Elle revoyait son expression, en particulier quand elle avait évoqué la cathédrale Notre-Dame. Pourquoi avait-il eu une telle réaction ? Comme elle le lui avait rétorqué, c'était un monument historique parmi tant d'autres dans la capitale. Il avait fait mine d'être d'accord avec elle, mais avec le recul, elle se rendait compte qu'il ne l'était pas. Au bout de quelques minutes, elle décida de faire demi-tour. Elle voulait en avoir le cœur net.

Elle rebroussa chemin, repassa devant les vitrines qui s'allumaient une à une, leurs éclairages se reflétant sur les trottoirs encore mouillés. Il y avait du monde qui circulait sur cette rue large et passante de Paris. Les gens rentraient du travail, surgissaient de la bouche de métro, pressés, ou alors pendus à leur téléphone. Certains promenaient leurs chiens, qui reniflaient chaque pied d'arbre ou de réverbère. Des enfants sortaient du centre de loisirs en piaillant et en riant, engloutissant leur goûter tardif.

Alix poussa la grille qui délimitait la propriété d'Éloi, et entra directement dans l'hôtel particulier. Son grand-père ne l'avait pas raccompagnée à la porte et personne n'avait verrouillé après son départ.

Chapitre 3

En montant les marches du vaste escalier de pierre blanche recouvertes d'un épais tapis rouge qui étouffait les pas, elle entendit la voix grave et si familière de son grand-père résonner depuis le salon qu'elle avait quitté quelques minutes plus tôt. Éloi était au téléphone. En l'entendant prononcer son nom, la jeune femme se figea près de l'entrée de la pièce où il se trouvait, toujours assis sur son fauteuil, lui tournant le dos.

— Alix a ressenti les effets. Oui, un malaise. C'est une confirmation de plus que la barrière est affaiblie.

Il marqua un temps de pause, certainement pour écouter la réponse de son interlocuteur, qu'Alix ne pouvait pas entendre de là où elle se trouvait.

— On le savait déjà. Mais c'est la première fois qu'il y a des symptômes. En tout cas, que j'en entends parler… Non, je refuse de la mêler à cela ! J'ai toujours fait en sorte qu'elle y échappe… Tu sais bien qu'il en est hors de question. C'est trop dur.

Silence à nouveau.

Le sentiment d'angoisse qu'Alix ressentait depuis des jours monta d'un cran. Elle avait eu raison. Son grand-père lui avait caché quelque chose et, au ton de sa voix, elle devinait que c'était grave.

— Je sais… Je sais qu'on va avoir besoin de toutes nos ressources pour endiguer une éventuelle invasion, mais je ne peux pas le faire. Je refuse de le faire. C'est ma petite-fille, Isaac. Elle n'a même pas dix-huit ans.

Le dénommé Isaac dit quelques mots qu'Éloi écouta attentivement.

— Écoute, pour l'instant, on n'a pas besoin d'elle. Tu as déjà de nombreuses nouvelles recrues. Tu peux t'en accommoder, non ? On en reparlera plus tard. Je te laisse.

Alix comprit que la conversation était terminée et, le cœur battant à tout rompre, elle dévala les escaliers sans faire de bruit, quitta l'hôtel particulier et referma la porte doucement derrière elle. Elle ne voulait pas que son grand-père sache qu'elle avait tout entendu.

Dehors, la nuit était complètement tombée. L'air s'était encore rafraîchi, la foule sur les trottoirs continuait son ballet dansé par des gens affairés se croisant, anonymes, chacun perdu dans ses pensées, accaparé par ses préoccupations.

Alix quant à elle se sentit plus seule que jamais. Elle n'avait personne à qui parler de ce qu'il venait de se passer. La tête basse, les pensées tourbillonnant dans son esprit, les mots de son grand-père valsant dans sa mémoire, elle se remit en route vers chez elle. Devant son visage, sa respiration dessinait des nuages un peu trop saccadés et trop rapides, alors qu'un frisson qui n'était pas dû au froid ambiant remontait le long de sa colonne vertébrale.

CHAPITRE 4

Les semaines étaient passées sans nouvel incident. Alix avait relégué les événements qui avaient suivi sa visite à Notre-Dame de Paris dans un coin de sa tête, occupée qu'elle était avec les révisions des premiers partiels avant les vacances de Noël.

Elle n'avait pas fait de nouveau malaise et n'avait pas parlé avec son grand-père de la conversation qu'elle avait surprise chez lui. Mais même si elle se concentrait sur ses examens – la masse d'informations à retenir était colossale –, elle sentait une vibration étrange l'habiter en permanence. Comme si elle captait une onde qui traversait son corps en agitant ses cellules au passage. Elle ne s'était confiée à personne, pas même à Maëlle, et continuait à mener son quotidien le plus normalement possible.

Lentement, les journées raccourcissaient. Quand elle sortait de la fac, la nuit était tombée la plupart du temps.

Les arbres avaient perdu leurs feuilles. L'hiver approchait à pas froids. La routine d'Alix était la même : elle allait chercher Sandro à l'école maternelle, le ramenait à la maison, lui préparait son goûter, puis faisait ses devoirs pendant que son frère regardait ses dessins animés ou s'occupait dans sa chambre avec la quantité astronomique de jouets qui s'entassaient sur les étagères et dans des bacs en plastique colorés.

La jeune fille avait la sensation de vivre dans un état d'attente permanent. Pourtant, elle savait bien que ce n'était pas des partiels qu'il s'agissait. C'était autre chose. « Pour l'instant, on n'a pas besoin d'elle », avait dit son grand-père à l'homme dénommé Isaac qu'il avait eu au téléphone.

Pour l'instant.

Et si cela changeait ? En quoi aurait-on besoin d'elle ?

Alors qu'autrefois, elle se réjouissait de recevoir un appel d'Éloi, elle les craignait à présent. Et si on avait besoin d'elle ? Qu'allait-il lui annoncer ? « Tu as déjà de nombreuses nouvelles recrues. » Ces paroles tournaient également dans son esprit. Des recrues pour quoi ? Quand elle se remémorait cette phrase, Alix voyait systématiquement des images de soldats alignés au garde-à-vous. Des recrues dans quel but ? Et pourquoi elle pourrait en faire partie ? À part être une étudiante tout à fait correcte, elle ne possédait aucune qualité qui pouvait la distinguer des autres, aucun don spécial qui la rendait exceptionnelle.

Même si elle faisait tout pour ne pas y penser, parfois, toutes ces interrogations autour de la conversation surprise quelques semaines plus tôt revenaient comme une vague qui submergeait tout le reste et le sentiment d'angoisse l'envahissait de plus belle.

C'est pourquoi, ce samedi-là, elle avait décidé de retourner visiter la cathédrale. Seule. Peut-être comprendrait-elle la réaction de son grand-père ? Peut-être, avec un regard nouveau, trouverait-elle un indice qui lui donnerait un semblant de réponse ? Dans un premier temps, elle avait pensé demander à Maëlle de l'accompagner, car elle craignait un peu d'y aller sans elle, mais son amie passait le week-end chez son père qui habitait assez loin de Paris et, après réflexion, Alix se dit que c'était certainement mieux ainsi. Comment expliquer à son amie la raison de cette seconde visite ? Son devoir sur le sujet était rendu depuis un bon mois et elle n'avait aucune justification à lui apporter. D'autant qu'elle voulait surtout retrouver la statue de l'ange noir qui l'avait tellement perturbée. Elle avait évité de regarder la photo qu'elle avait prise de lui depuis son malaise mais, à présent, Alix ne voulait plus fuir. Il fallait qu'elle affronte cette peur, ce mystère.

Quand elle sortit du métro, la jeune fille s'arrêta quelques instants pour contempler le monument depuis l'autre côté de la Seine. Il faisait un temps étrange ce jour-là, le vent soufflait fort et chassait les nuages qui filaient à une allure folle au-dessus des toits de Paris. Parfois, une trouée dans leur compacité laissait passer un rayon de soleil, dessinant alors une colonne de lumière tombant sur la ville.

Le fleuve, par contre, renvoyait la lueur aluminium du ciel bouché dès que la déchirure se refermait. Ce couvercle métallique semblait se poser sur les tours de

Notre-Dame. La flèche, reconstruite à l'identique de celle imaginée par Viollet-le-Duc, paraissait vouloir percer l'épaisseur grise.

Les bourrasques faisaient s'envoler les longs cheveux châtains d'Alix, qui finit par les attacher pour ne plus les avoir dans les yeux. Elle remonta le col de sa veste en frissonnant et avança d'un pas résolu vers la cathédrale.

Sur son esplanade, elle retrouva le point kilométrique zéro, qui représentait le point de départ afin de calculer la distance de Paris avec toutes les autres villes de France. Juste comme ça, elle posa le pied sur la rose des vents en bronze incrustée dans le sol.

— Allez, Alix, arrête de perdre du temps, murmura-t-elle à la bise qui sifflait sur la grande place.

Car c'était bien ce qu'elle faisait depuis tout à l'heure. Sans trop savoir pourquoi, elle ressentait une appréhension à l'idée de retourner dans la cathédrale. Comme si un danger tapi derrière ses colonnes l'attendait, prêt à lui sauter dessus.

Alors qu'elle se dirigeait enfin vers les portes magistrales du bâtiment, elle crut apercevoir quelque chose d'étrange. Une ondulation, comme un voile transparent, flotter devant elle. Elle secoua la tête afin de chasser l'apparition, mais cette dernière ne s'évanouit pas. Au contraire, la vision se renforça, ondoyant dans une myriade d'effets moirés, et semblait traverser la cathédrale dans sa largeur. Le phénomène dégageait une beauté étrange, comme si un arc-en-ciel s'était posé sur le sol et s'étirait mollement, appelant presque à aller le toucher, à le traverser.

Alix se rendit compte que, malgré elle, elle s'en

approchait, attirée tel un papillon de nuit par la lumière, et, immédiatement, s'interrompit dans son élan. Soudainement, tout son instinct lui hurlait de ne pas avancer d'un pas. Sa peau était hérissée de chair de poule, elle sentait un filet de sueur couler le long de sa tempe, malgré le froid et le vent.

— OK… changement de plan. C'est pas le bon jour pour y aller.

Et sans un regard en arrière, elle fit demi-tour, en courant presque, retrouva l'entrée du métro, dévala les escaliers, fit biper son pass Imagin R.

Jamais elle ne se sentit aussi rassurée que lorsque les portes se refermèrent derrière elle et que la rame quitta la station pour l'éloigner du voile coloré qui avait miroité devant elle.

Une fois rentrée chez elle, Alix s'allongea sur son lit. Elle revoyait l'écharpe chatoyante derrière ses paupières fermées. Cela ressemblait à un mirage, et peut-être que c'en était un. Mais alors, pourquoi ce moment de panique totale ? Cette certitude qu'un danger se cachait derrière ces ondoiements magiques ? Deux fois elle s'était rendue à Notre-Dame, et deux fois elle avait deviné une menace terrible planer sur sa tête. La réaction de son grand-père à la mention du monument lui revint en mémoire. Ce n'était pas une illusion : il se passait quelque chose là-bas. Quelque chose de grave, dont il n'avait pas voulu lui parler. « Non, je refuse de la mêler à cela ! Tu sais bien qu'il en est hors de question. C'est trop dur. » Éloi avait prononcé cette phrase avec une profonde inquiétude vibrant dans sa voix grave. « C'est trop dur. »

Alix posa ses poings sur ses tempes et appuya comme si elle voulait faire sortir de son esprit toutes les questions qui se bousculaient et auxquelles elle ne trouvait pas de réponse. Si elle en avait eu la bravoure, elle aurait appelé Éloi pour lui avouer enfin qu'elle avait surpris cette conversation. Mais elle n'en avait pas le courage, et encore moins l'envie. Peut-être qu'en découvrant les réponses à ses interrogations, elle serait confrontée à une situation à laquelle elle ne voulait pas être mêlée. À laquelle son grand-père ne voulait pas la mêler. Il l'avait lui-même déclaré.

Alix avait l'impression que son monde était sur le point de basculer, mais elle ne savait ni pourquoi, ni dans quelle direction. La seule chose dont elle était certaine, c'est qu'elle se trouvait au bord d'un gouffre. Son avenir lui semblait être de l'autre côté, mais elle n'avait aucun moyen de le franchir. Est-ce que se laisser tomber était la seule solution ?

Elle refusa d'accepter la chute. Elle poussa un profond soupir et ouvrit les yeux. La peluche de Totoro à côté d'elle la regardait avec un brin d'étonnement – ou d'inquiétude peut-être.

— Ça va aller, murmura-t-elle à la créature grise et silencieuse. Ça va aller. C'est juste moi qui délire et qui vois trop de choses là où il n'y a rien. N'est-ce pas ?

Mais le gentil monstre ne répondit rien. Cependant, il n'avait pas l'air convaincu par son affirmation. Pas plus qu'elle…

NAISSANCE DU VOILE

Extrait du journal de maître Roland, 1220[1]

Cela fait plusieurs mois à présent que j'étudie ce voile ondulant. Tous les jours, après mon travail, je me rends près de lui, et je le contemple, un peu plus fasciné chaque fois.

Des centaines de personnes l'ont passé, persuadées que leur vie serait meilleure de l'autre côté. Je ne peux les en blâmer. L'année a été difficile pour tout le monde : un hiver très froid, un été trop pluvieux qui a inondé les champs. Les récoltes ont été mauvaises et les gens meurent de faim. La colère gronde dans le peuple. Les seigneurs locaux en profitent pour se faire la guerre, afin de tirer avantage de la situation.

Ce soir, comme toujours, j'ai fait mon tour près du phénomène qui n'a pas bougé depuis son apparition. Ma tentation d'aller voir ce qui se trouve de l'autre côté grandit à chaque fois que je l'admire ondoyer dans le soleil

1. Retranscrit en français moderne par EdS.

couchant. À ce moment-là, ses couleurs se font plus vives, elles semblent s'embraser, son arc-en-ciel de teintes prend feu. Cependant, aujourd'hui, il s'est passé quelque chose de nouveau.

Un incendie s'est déclaré au village. Toutes les cloches de l'église se sont mises à sonner en même temps, pour prévenir de la catastrophe. Brièvement, je me suis demandé si je ne devais pas y retourner, afin de m'assurer que ma boutique d'écrivain public ne prenait pas feu. J'y entasse des centaines de parchemins facilement inflammables. C'est au moment où j'allais faire demi-tour qu'un phénomène inhabituel s'est déroulé sous mes yeux : le Voile s'est comme entrouvert. Ou, plus exactement, sa matière assez opaque pour nous masquer ce qu'il se cache de l'autre côté s'est affaiblie. Ses couleurs se sont fanées et sa matière est devenue presque transparente. Des silhouettes me sont alors apparues. Grandes, rapides, elles se déplaçaient entre des points de lumière éclatante. À un moment, il m'a semblé voir l'une d'entre elles déployer des ailes et s'envoler.

Mon cœur a bondi jusque dans ma gorge. Était-ce un ange que j'avais vu ? Est-ce que le moine avait raison ? Était-ce le paradis qui nous attendait de l'autre côté, et ce voile un raccourci qui nous permettrait de l'atteindre sans avoir à vivre toute notre vie vertueusement ?

Timidement, j'ai passé ma main sur la zone plus claire du Voile et mes doigts l'ont traversé sans problème… Alors mon bras a suivi et je l'ai tendu. Je l'apercevais vaguement, flou. Je ne ressentais rien de spécial, ni chaleur, ni froid, ni picotement. Un peu rassuré, j'ai osé avancer le buste et passer à moitié, seulement. Mon œil gauche était de l'autre côté de ce rideau qui m'obsédait tant, et mon œil droit toujours dans notre monde. C'est alors que je les ai vus. Les monstres.

Ils erraient là par centaines. Leur peau grise, leurs membres difformes, leurs gueules énormes ouvertes sur des dents pointues comme des dagues acérées.

Certains avaient des ailes, d'autres des membres supplémentaires. Ils ressemblaient à des créatures venues tout droit de l'enfer : moitié hommes, moitié animaux. L'une de ces bêtes de cauchemar a tourné la tête vers moi, m'a vu, et s'est précipitée dans ma direction. Elle était rapide, et j'ai voulu revenir en arrière, mais elle m'a attrapé la main et ses griffes se sont enfoncées dans ma peau, laissant des traînées rouges.

Elle m'a regardé droit dans les yeux, des yeux bleus, comme ceux du fils aîné du meunier, qui a traversé le Voile quelques jours plus tôt. Et en effet, c'était bien lui. Son visage avait commencé à se transformer, mais ses traits n'étaient pas assez déformés pour masquer son humanité d'origine.

— Paulin ! ai-je soufflé en le reconnaissant.

Il a esquissé un sourire triste qui évoquait plutôt une grimace. Des crocs de bête avaient poussé à la place de ses canines. Toute sa belle chevelure brune était tombée pour laisser apparaître un crâne chauve, bosselé, dont la matière en mutation semblait se transformer en pierre.

C'était bien Paulin.

Malgré ses mandibules difformes, il a soufflé une phrase que j'ai peiné à comprendre, mais qui restera à jamais gravée dans ma mémoire :

— Empêche les autres de venir.

Sa voix ressemblait plus à un gargouillis horrible. Puis il m'a lâché et repoussé violemment en arrière. J'ai retraversé le Voile et je suis tombé par terre, abasourdi, la tête me tournant, mon cœur ayant presque explosé dans ma poitrine qui était douloureuse, terriblement douloureuse.

Maintenant je sais. Ce n'est pas le paradis qui est de l'autre côté, c'est l'enfer. Un enfer où les femmes et les hommes qui ont osé s'y aventurer se transforment en monstres défigurés. Un enfer où les femmes et les hommes disparaissent, comme si on leur avait volé leurs âmes.

Il m'a fallu du temps pour trouver la force de me relever. Les cloches ont fini de sonner, et le Voile a repris son apparence habituelle, cette danse de couleurs si attrayante qu'elle a attiré nombre de mes voisins.

Finalement, mes jambes me portant à nouveau, je suis retourné chez moi. L'incendie avait été éteint. C'était la grange à l'opposé de ma maison qui avait brûlé. Avec tout le foin pourri qui s'y entassait, cela devait arriver à un moment ou à un autre. Heureusement, la bâtisse était suffisamment à l'écart du village pour qu'il n'y ait pas de maisons touchées.

D'après les commérages que j'entendais autour de moi, des gens avaient péri dans la catastrophe, mais je n'avais pas la tête à me préoccuper de ce fait divers.

Je suis à présent enfermé chez moi et je couche sur cette feuille de parchemin mon témoignage. Il faut que je prévienne les gens. Il faut les empêcher de traverser le Voile. Et, surtout, il faut empêcher les monstres gargouillant – les « gargouilles » comme je décide de les appeler – de venir de notre côté. Si nous pouvons traverser cette épaisseur lumineuse, alors certainement le peuvent-ils aussi dans l'autre sens. Qu'est-ce qui les empêche de le faire et de nous attaquer ? Je n'en sais rien. Mais je pressens, au plus profond de moi-même, que cela va finir par arriver.

Demain, j'irai voir le prêtre à l'église et notre châtelain, afin de leur apporter mon témoignage. J'espère que l'on me croira. Sinon, la fin de l'humanité est proche…

CHAPITRE 5

Le vaste séjour était décoré à la perfection. Un sapin immense trônait dans un angle, croulant sous les guirlandes et les boules colorées. Des petites loupiotes clignotantes lui conféraient un air magique. À son pied, des piles de cadeaux soigneusement emballés dans du papier argenté laissaient miroiter un Noël généreux. Dans la cheminée, un feu pétillait joyeusement, diffusant une douce chaleur. Dans la salle à manger adjacente, le couvert était dressé pour le réveillon du 24 décembre.

Comme chaque fois, Éloi avait mis les petits plats dans les grands : la vaisselle en porcelaine avait été sortie des placards, les verres en cristal scintillaient sous la lumière du lustre monumental accroché au plafond, en dessous duquel on avait centré la grande table, la nappe brodée, assortie aux serviettes, faisait ressortir l'argenterie. Alix avait l'impression, tous les ans, d'être dans un décor de conte de fées. C'était leur tradition de passer Noël chez son grand-père qui les gâtait, elle et son frère, au-delà du raisonnable.

« Je n'ai que deux petits-enfants, se plaisait-il à répéter à chaque fois que son fils lui reprochait de leur faire trop de cadeaux, laisse-moi leur faire plaisir et me faire plaisir par la même occasion. Je ne rajeunis pas. Si je ne peux pas le faire maintenant, alors quand ? »

Évidemment, cette dernière remarque sur son âge – qu'Alix n'avait jamais réussi à déterminer avec certitude, mais qu'elle estimait entre soixante-cinq et soixante-dix ans – coupait court à toute tentative de protestation supplémentaire.

— Je suis tellement heureux de vous voir tous ici ! s'exclama Éloi en leur faisant la bise.

Sandro tournait déjà autour des paquets, tentant de déterminer lesquels lui étaient destinés.

— Pas tout de suite, les cadeaux, lui rappela Caroline, sa mère. On dîne d'abord.

— Mais je n'ai pas faim, ronchonna l'enfant en croisant les bras devant sa poitrine d'un air mécontent.

Malgré les protestations de Sandro, tout le monde passa à table.

Alix n'était pas revenue chez son grand-père depuis qu'elle lui avait raconté son malaise. Rapidement, avant de s'installer pour le dîner, il l'avait interrogée pour savoir si d'autres phénomènes étranges avaient eu lieu. Elle lui avait répondu négativement. C'était le soir de Noël et elle ne voulait pas le gâcher en parlant du voile coloré qu'elle avait vu onduler devant la cathédrale. De plus, avec le recul, elle se demandait si elle n'avait pas tout imaginé.

Chapitre 5

En tout cas, elle tentait de s'en convaincre, c'était plus rassurant.

La soirée se passait dans la bonne humeur. Éloi racontait des anecdotes sur sa jeunesse et faisait rire tout le monde, quand la sonnerie de la porte d'entrée se fit entendre, plongeant instantanément la salle à manger dans le silence.

— Tu attendais quelqu'un en plus, papa ? demanda le père d'Alix en fronçant les sourcils.

— Bien sûr que non, répondit Éloi en tapotant sa bouche de sa serviette avant de se lever. Tu sais bien que c'est notre moment à nous.

Il quitta la pièce, un air soucieux posé sur son visage. Alix sentit une pointe d'angoisse lui serrer le cœur à nouveau. Elle savait que son grand-père coupait son téléphone et prévenait tout le monde qu'il n'était pas disponible le soir de Noël. C'était, comme il le disait, son cadeau à lui d'avoir sa petite famille rassemblée autour de sa table, loin des soucis et des obligations du quotidien.

Bien que cherchant à être discrètes, des voix s'élevèrent depuis l'escalier, se rapprochant d'eux.

— Bien sûr que tu ne pouvais pas me joindre. Tu sais que je ne décroche pas le soir de Noël. Ce n'est quand même pas compliqué à retenir !

— On a une alerte niveau 5, Éloi. La brèche dans la barrière devient plus grande. Ça pousse de l'autre côté. Une équipe en est revenue blessée. Des anges ont été attaqués. J'étais censé faire quoi ?

— Isaac, c'est toi qui as pris ma relève depuis des années. Tu sais quoi faire. Tu n'as pas besoin de moi.

La voix d'Éloi était lasse et énervée à la fois.

— On a tous besoin de toi. Tu es le seul qui était là la dernière fois que c'est arrivé. Tu es le seul à avoir vécu cette situation… Tous les autres…

L'interlocuteur d'Éloi s'interrompit en apparaissant sur le seuil de la salle à manger où tous les invités le fixaient en silence.

Alix découvrit qui était donc le fameux Isaac, que son grand-père avait eu au téléphone et avec qui il avait parlé d'elle. C'était un homme à la peau d'ébène aussi grand qu'Éloi, mais aux épaules deux fois plus larges. Il était chauve et ses yeux profondément enfoncés dans ses orbites étaient si noirs qu'on ne pouvait distinguer les iris des pupilles. Un long manteau sombre, très chic, mettait en valeur sa silhouette impressionnante.

— Désolé de vous déranger, annonça-t-il de sa voix caverneuse. J'ai besoin d'Éloi en urgence.

Son regard se posa alors sur Alix. Un sourire léger étira ses lèvres pleines.

— J'ai besoin d'elle aussi, ajouta-t-il en la pointant du doigt.

— Hors de question, Isaac, le sujet est clos, riposta Éloi.

— Pas tout à fait. On en a parlé et tu sais qu'en cas d'urgence, on n'a pas le choix.

Les convives étaient stupéfaits. David, le père d'Alix, se leva de sa chaise et posa une main sur l'épaule de cette dernière, assise près de lui, en un geste rassurant et protecteur.

— Excusez-moi, mais je crois que nous n'avons pas été présentés. Et je ne vous permets pas de parler de ma fille de la sorte.

Chapitre 5

— Je m'appelle Isaac, répondit l'homme du tac au tac, sans se laisser démonter par le ton légèrement agressif de David. Je travaille avec Éloi depuis des années et j'ai une urgence, là. Je sais que c'est Noël, mais si vous voulez fêter celui de l'année prochaine dans de bonnes conditions, je pense qu'il vaudrait mieux mettre un terme à votre soirée.

— Ah mais je veux mes cadeaux, moi ! s'écria Sandro de sa petite voix aiguë.

Son intervention naïve fit légèrement descendre la tension qui régnait dans la pièce. Alix avait le cœur qui battait la chamade, elle avait l'impression qu'elle allait vomir le début de son repas tellement son ventre s'était contracté au moment où Isaac avait précisé qu'il avait besoin d'*elle*.

Toutes ses peurs remontaient à la surface. Elle ne voulait pas que cet homme ait besoin d'elle. Elle ne voulait pas savoir ce qui se cachait derrière l'urgence dont il parlait. Elle avait l'intuition que si elle l'apprenait, sa vie telle qu'elle la connaissait serait terminée.

— Excusez-moi un instant, murmura Éloi. Tu veux bien me suivre ? demanda-t-il à Isaac.

Les deux hommes disparurent. Alix devina qu'ils s'étaient enfermés dans le grand bureau de son grand-père, une vaste pièce au milieu de laquelle trônait une immense table en bois ancienne, pleine de petits tiroirs aux poignées dorées. Tous les murs étaient tapissés de bibliothèques pleines à craquer de livres anciens ou de parchemins encore plus antiques et, entre les deux fenêtres situées derrière le bureau, des photos de monuments du monde entier étaient exposées, telles des cartes postales de souvenirs de vacances.

Le silence était retombé autour de la table à manger. Le repas refroidissait, l'ambiance chaleureuse qui régnait un peu plus tôt était devenue glaciale.

— Qu'est-ce qu'il se passe ? On va quand même ouvrir les cadeaux ? demanda Sandro, inquiet. Je suis fatigué, ajouta-t-il en laissant sa tête tomber à côté de son assiette.

— Ça doit être grave, pour que cet homme soit venu interrompre ton père de la sorte. Tu le connais ? Éloi est bien à la retraite depuis un moment, non ? interrogea Caroline en prenant Sandro dans ses bras pour le réconforter.

Le petit garçon se blottit contre sa mère et Alix se fit la réflexion qu'elle aurait aimé pouvoir faire pareil.

— Tu sais bien que les activités de mon père ont toujours été mystérieuses. Et non, je ne le connais pas, répondit David. Mais je n'aime pas ce qu'il annonce. Quand j'étais jeune… plus jeune qu'Alix encore, papa est venu me dire que j'allais devoir partir dans une école spéciale où on avait besoin de moi. C'est dans cette école qu'il avait lui-même fait ses études, et elle était visiblement très réputée, même si je n'ai jamais réussi à savoir de laquelle il s'agissait exactement. À l'époque, tout plaquer me terrifiait. Je ne voulais pas quitter mes copains. En tant que fils unique, je les considérais comme mes frères, ma famille. Et finalement, ça ne s'est pas fait. Je sais que mon père s'est farouchement opposé à mon départ. Il me semble même que ça avait posé des problèmes au sein de son travail, pour une raison que j'ignore. Mais j'ai pu mener ma vie tranquillement, faire mes études de droit… et te rencontrer.

Sur ces mots, il sourit avec tendresse à sa femme qui

lui rendit un rictus crispé en serrant Sandro encore plus fort contre elle.

— Tu crois que cet Isaac veut emmener Alix dans cette école ? Elle fait déjà des études, on ne va pas lui faire changer d'université en plein milieu d'année !

Alix voyait bien que sa mère était inquiète. Ses parents n'avaient jamais approuvé son choix de faire de l'histoire de l'art, mais ils avaient fini par se faire une raison en comprenant que leur fille avait d'autres envies, d'autres passions, même s'ils ne voyaient pas trop quel débouché lui offrirait son diplôme. Alors pour que Caroline proteste à l'idée qu'Alix parte dans une autre école – visiblement plus réputée –, c'était qu'elle aussi sentait que quelque chose clochait.

— Je n'en ai aucune idée, mais je m'y opposerai tout comme mon père l'a fait…

David fut interrompu par le retour des deux hommes dans la salle à manger.

Éloi affichait une mine sombre et son visage semblait défait. Jamais Alix ne l'avait vu avec une telle expression de gravité, de peur et de tristesse mélangées.

— Je… je suis désolé, souffla-t-il.

Sa voix était rauque.

— Papa, que se passe-t-il ? interrogea David en se levant pour se rapprocher de son père.

— Isaac… Isaac vient de m'annoncer une terrible nouvelle. Je vais devoir interrompre notre dîner. Je dois partir immédiatement. On a besoin de moi.

— Là maintenant, ce soir ?

— Oui… Et en espérant qu'elle soit d'accord, je vais emmener Alix avec moi. On a besoin d'elle aussi.

Cette fois, ce fut la jeune fille qui se leva. Jusqu'ici, elle était restée silencieuse, tournant le peu d'informations qu'elle avait à sa disposition dans sa tête. Isaac avait parlé de blessés, d'événements qui semblaient très graves.

Elle avait deviné que ce moment qu'elle redoutait depuis des semaines allait se produire ce soir quand Isaac avait débarqué telle une tempête prête à tout balayer sur son passage. Comme une fatalité à laquelle elle allait devoir faire face à un moment ou à un autre. David s'interposa en se plaçant devant sa fille.

— Mais qu'est-ce que tu racontes, papa, tu n'es pas sérieux ? Tu veux emmener Alix avec toi, maintenant ? Pourquoi, enfin ? Tu es devenu fou ?

Éloi secoua la tête.

— Je ne peux pas t'expliquer. C'est important, c'est tout ce que tu as à savoir.

— Est-ce que c'est dans cette école où on voulait m'envoyer quand j'étais jeune ? La « spéciale » dans laquelle je ne voulais pas aller ?

— Oui, c'est exactement ça.

La mère d'Alix se leva à son tour en portant Sandro, qui s'était à moitié assoupi, et manqua de renverser un des verres en cristal sous le coup de l'émotion.

— Je refuse que vous emmeniez ma fille de la sorte, en pleine année scolaire, dans une école dont nous ne savons rien.

David lui fit signe de se rasseoir, en hochant la tête en signe d'accord.

— Papa, pourquoi est-ce que je laisserais ma propre fille te suivre alors que tu as tout fait pour que je n'aille pas là-bas ? Et pourquoi maintenant, comme ça, en pleine nuit, en plein réveillon de Noël ? Ça n'a aucun sens ! Et ce sont les vacances scolaires, je te rappelle !

On sentait la colère et la peur envahir David alors que son visage se décomposait sous le coup de ses émotions.

Cette fois, ce fut Isaac qui s'avança. Il était tellement massif qu'il semblait occuper presque toute la pièce. Sa présence était impressionnante, écrasante, c'était celle d'un chef, de quelqu'un qui avait une autorité à laquelle on ne pouvait pas s'opposer.

— Je sais que tout cela est très soudain. Mais l'école en question ne suit pas le calendrier scolaire normal, expliqua-t-il de sa voix de baryton.

Caroline, qui ne s'était pas rassise, vint se positionner à côté de son mari afin de faire front avec lui contre la domination physique d'Isaac. Sandro, dans ses bras, rajoutait une dimension dramatique à la scène.

— Mais qu'est-ce que c'est que cette histoire ? Quelle est cette école, et pourquoi est-ce qu'elle aurait besoin de notre fille spécialement ? Qui êtes-vous, et de quel droit vous immisceriez-vous dans les études de ma fille ?

Alix, en entendant ces mots, sentit une onde d'amour pour sa mère se déployer dans son cœur. Elles s'étaient tellement disputées au sujet de son orientation, que de la voir prendre sa défense de la sorte balayait tous les conflits qu'elles avaient pu avoir durant son année de terminale.

Éloi fit un signe de la main qui semblait vouloir écarter tout débat.

— Je sais exactement quelles sont les aspirations de ma petite-fille et croyez-moi, si j'avais le choix, je la laisserais repartir avec vous ce soir, rentrer chez elle pour qu'elle continue à étudier à la Sorbonne. Mais je vous promets qu'elle pourra rattraper ses cours rapidement. Disons que… c'est comme un stage, là. Elle reviendra vite.

— Hors de question ! hurla David. Je ne te laisserai pas emmener ma fille je ne sais où !

Sandro, qui s'était assoupi, sursauta et se mit à pleurer en entendant son père crier de la sorte.

— Je veux Aliiiiix ! hurla-t-il de sa voix stridente de petit enfant.

Caroline se dépêcha de lui déposer un baiser sur le haut de la tête et de le serrer encore plus fort en le berçant pour le consoler.

— Vous faites peur à Sandro. Ça suffit, maintenant !

Alix finit par faire quelques pas en direction de son grand-père. Son cœur battait à tout rompre et elle se sentait toujours au bord du malaise. Une partie de sa conscience savait ce qu'elle devait faire et l'autre voulait l'en empêcher. Mais c'est d'une voix à peine tremblante qu'elle prit la parole :

— Je pense que j'ai mon mot à dire dans tout ça, non ? Je serai majeure dans quelques semaines et je suis capable de prendre mes propres décisions. Si la situation que grand-père affronte nécessite ma présence, je vais l'aider. Il a toujours été là pour moi quand j'en avais besoin et je lui fais confiance. S'il assure que je retrouverai rapidement une vie normale, alors il n'y a pas de raison de s'inquiéter. Ne vous en faites pas, je suis une grande fille, tout ira bien.

Alors qu'elle prononçait ces mots, Alix sentait au fond d'elle une immense terreur l'envahir. Elle ne croyait pas vraiment à ses affirmations. Mais si c'était la seule façon d'apaiser la situation, d'arrêter d'effrayer son petit frère, de faire cesser les cris, alors elle suivrait son grand-père. Et puis, elle avait l'étrange intuition que c'était la bonne décision.

Éloi la regarda avec soulagement et tendresse.

— Merci, ma chérie. Nous allons partir tout de suite.

Puis il s'adressa au reste de la famille :

— Vous pouvez rester ici et terminer votre repas, ouvrir vos cadeaux. Mon maître d'hôtel passera demain tout ranger et tout fermer.

— Je veux qu'Alix reste, hoqueta Sandro entre deux sanglots. Et je veux mes cadeaux de Noël.

— Je ne pense pas que quiconque ici ait encore faim, murmura David. Alix, tu es sûre de toi ? continua-t-il en se tournant vers sa fille, une mine soucieuse posée sur son visage.

Alix lui ressemblait beaucoup : mêmes traits réguliers, mêmes yeux clairs, même bouche pleine. Ils avaient aussi tous les deux un caractère bien trempé, ce qui pouvait provoquer des étincelles parfois. Mais ce soir, elle avait juste envie de redevenir une petite fille et de se blottir dans les bras protecteurs de son papa, comme Sandro le faisait dans ceux de sa mère. Pourtant, elle le rassura :

— J'en suis sûre. Ne vous en faites pas. Je vous appelle dès que je peux et je rentre très vite à la maison.

Alix sentit les larmes monter dans ses yeux, sa gorge se nouer. Elle savait qu'en prenant cette décision, sa vie entière allait changer. Elle en avait l'intime conviction. Elle ne pourrait plus faire demi-tour. Elle déposa un baiser sur la tête de son frère.

— Je reviens vite, mon bonhomme. Fais attention

à toi. Papa, maman, ne vous disputez pas trop et n'en voulez pas à grand-père. C'est ma décision. Pas la sienne.

Puis, à Éloi et Isaac, elle se contenta de demander :

— Alors, on y va ?

— On y va, approuva Isaac.

Et sans un regard en arrière, Alix les suivit. Où ça ? Elle n'en avait aucune idée.

CHAPITRE 6

Le van de luxe, aux vitres teintées, roulait depuis un bon moment déjà. Alix regardait par la fenêtre le paysage qui se déroulait fondu dans les ombres, ses pensées effilochées tout comme ses émotions. Dans les appartements, puis les maisons qu'elle avait vu défiler, les gens fêtaient le réveillon de Noël en riant. De la musique jaillissait de certaines habitations. Elle avait éteint son téléphone, assaillie par les dizaines de messages de ses parents qui la suppliaient de revenir, de changer d'avis.

Elle ne demandait que ça, rentrer chez elle, retrouver sa chambre, avec ses peluches sur son lit. Elle serait en train d'ouvrir ses cadeaux, ainsi que Sandro, avec ses cris de joie devant les présents qu'il attendait depuis si longtemps.

À nouveau sa gorge se serra et les larmes baignèrent ses yeux, mais cette fois, elle ne les retint pas. Elle les laissa couler en silence.

— Tu es très courageuse, tenta de la rassurer Isaac au volant.

Près de lui, Éloi n'avait pas prononcé un mot depuis leur départ. Il s'était enfermé dans un mutisme qui déroutait Alix. Elle aurait aimé une parole de soutien, d'affection de sa part, mais c'était comme si son esprit était ailleurs. Très loin.

Elle laissa échapper un rire moqueur.

— Je ne crois pas, non. Je suis morte de peur.

Isaac lui jeta un regard à travers le rétroviseur et lui adressa un signe de tête de reconnaissance.

— C'est normal. L'inconnu est effrayant. Et tu as raison de l'être. Le contraire serait inquiétant. Cela démontrerait un problème de gestion des émotions et nous avons besoin de personnes équilibrées pour nous aider dans nos missions.

Un frisson remonta dans le dos de la jeune fille à ces paroles.

— C'est quoi cette école, exactement ? finit-elle par demander.

À présent, ils roulaient sur une route cernée d'une forêt. La nuit était froide mais claire et un fin croissant de lune perché dans le ciel glacial semblait sourire comme le chat du Cheshire dans *Alice au pays des merveilles.*

— Ce n'est pas une école, se contenta de répondre Isaac.

Alix resta silencieuse un moment, le temps d'enregistrer l'information. On lui avait pourtant parlé d'une école, même si elle avait compris depuis le début qu'elle était spéciale et secrète.

Chapitre 6

— C'est une base d'entraînement.

Ce n'était pas Isaac qui avait répondu à sa question non formulée, mais Éloi. Ce dernier continua d'une voix sourde, comme à contrecœur :

— Alix… il y a une guerre qui se prépare. Et on a besoin de soldats.

— Mais… je ne suis pas un soldat !

Elle sentait la panique remonter en elle. Là, tout de suite, elle se disait qu'elle avait fait une grosse erreur. Aller dans une école même très particulière, devoir quitter sa famille en un claquement de doigts, ce n'était déjà pas ce dont elle rêvait pour son réveillon de Noël. Mais là…

— Tu ne l'es pas encore, murmura Éloi, mais tu vas le devenir. Comme je l'ai été.

Cette fois, la jeune fille s'agita et cria :

— Je ne veux pas être un soldat ! Je n'ai jamais désiré faire la guerre, et tuer des êtres humains encore moins ! Faites demi-tour ! Ramenez-moi chez moi. Je ne veux pas faire partie de ça !

— Tu n'auras pas à tuer d'autres êtres humains, je te l'assure, affirma Isaac avec calme. Ce n'est pas ce genre de guerre que nous menons.

Mais Alix ne l'écoutait que d'une oreille.

— Grand-père, s'il te plaît, ramène-moi chez moi. Tu sais bien que… je ne suis pas faite pour ça. Je veux rentrer, je ne veux rien savoir de votre guerre, et je ne dirai rien à personne. Je me suis trompée, je ne veux pas de tout ça. S'il te plaît…

Cette fois, elle pleurait vraiment, secouée de sanglots de terreur. Fébrilement, elle tenta d'ouvrir la portière, malgré la vitesse à laquelle ils roulaient, mais Isaac avait enclenché la sécurité enfant et elle resta verrouillée.

— Je suis désolé, Alix. Tu es nécessaire à notre cause. Si ce n'était pas le cas, on te ramènerait auprès de tes parents, je te l'assure. Ce n'est même pas un problème de secret. C'est juste… l'ensemble de l'humanité est en danger et on a besoin de toutes les recrues possibles.

La voix d'Éloi semblait venir de très loin. Et même si son ton se voulait rassurant, une immense tristesse en émanait et c'était surtout cela qu'Alix entendait.

— L'humanité ? Mais ça ne veut rien dire ! Je ne peux rien faire pour vous aider, je suis juste une étudiante en histoire de l'art…

Isaac continuait à conduire de façon imperturbable. À présent, ils traversaient des champs. Un léger brouillard flottait juste au-dessus du sol, donnant au paysage nocturne un aspect irréel.

— Alix, tu n'es pas que cela. Tu es la petite-fille d'Éloi. Et pour cela, nous avons besoin de toi. Il est un héros. Il nous a tous sauvés, il y a des décennies de cela.

— Grand-père ? demanda Alix toujours avec désespoir.

Elle ne comprenait rien. Tout était confus, toutes ces paroles qui lui étaient comme balancées à la figure n'avaient aucun sens.

— Nous n'avons aucune preuve qu'elle peut être… comme moi… commença Éloi, mais il ne termina pas sa phrase.

Isaac tourna soudainement sur un petit chemin de terre glissé entre deux parcelles endormies. Devant eux, un pan de forêt ne suffisait pas à masquer les lumières d'un grand bâtiment camouflé derrière les troncs. En été, il devait très certainement être caché par la touffeur des feuilles, mais en plein hiver, les branches nues peinaient à escamoter ce qui se trouvait là.

La fameuse école secrète. Ou plutôt la base d'entraînement. Celle où Alix était censée devenir une soldate. Malgré elle, une pointe de curiosité commença à monter en elle. Même si son père aurait dû l'intégrer dans sa jeunesse, il ne savait rien de ce lieu. C'était un mystère total, qu'elle allait enfin découvrir.

Et quel genre de soldats entraînait-on ? Aussi jeunes ? Aussi... inexpérimentés ? Elle ne savait pas se battre. La violence lui était étrangère, alors qu'elle avait la chance d'avoir vécu, jusqu'ici, un quotidien protégé de tout. Un vrai cocon de douceur, rassurant, comme il devrait en être offert à tous les enfants de la planète.

Alors pourquoi elle ? Et qui était réellement son grand-père ?

Les réponses à toutes ces questions allaient bientôt lui parvenir. La voiture traversa la portion de forêt qui était elle-même entourée d'un grillage sécurisé qu'elle n'avait pas vu de loin, dans le noir. Une cahute à l'entrée abritait un homme en charge de l'ouverture et de la fermeture du portail par lequel leur véhicule passa. La route s'arrêta dans une grande cour cernée d'arbres.

L'immense bâtiment se dressait devant eux. Il ressemblait à une école ancienne, en pierre claire, haute de quatre étages, dont les deux derniers se trouvaient au niveau d'un toit en ardoises grises hérissé d'antennes et de paraboles. Les hautes fenêtres, bordées de cadres en bois peint en blanc, étaient pour nombre d'entre elles plongées dans la pénombre, mais certaines laissaient passer une lumière jaune, filtrée par des volets clos ou des rideaux fermés.

L'entrée se trouvait au centre du bâtiment, une simple porte en bois faite de deux panneaux. Pour y accéder, il fallait monter quelques marches taillées dans une pierre aussi pâle que celle des murs. Le tout était plongé dans le silence de la nuit. Seuls les craquements des branches soulevées par un vent léger et quelques oiseaux s'appelant au loin brisaient la tranquillité des lieux, contrastant avec l'urgence de la situation qui avait obligé Alix et son grand-père à s'arracher à leur réveillon de Noël de façon si dramatique.

Éloi sortit de la voiture et alla ouvrir la portière pour sa petite-fille.

— Bienvenue au Nid... un des derniers remparts contre le mal...

Alix sortit lentement du van. L'air glacial, porteur d'un parfum de terre mouillée et de feu de bois, lui fit du bien, la réveilla un peu. Jusqu'ici, elle s'était sentie comme assommée par la suite des événements qui l'avaient conduite en ce lieu inconnu et impressionnant.

— Tu sais que je ne comprends toujours rien à ce que tu me dis, murmura-t-elle.

L'instant de panique qu'elle avait connu un peu plus tôt était passé. Elle se sentait plus calme, maintenant qu'elle voyait où on l'avait menée. Cela ne correspondait pas à l'idée qu'elle s'en faisait : cela ne ressemblait ni à un camp militaire, ni à un champ de bataille fait de tranchées ou de bunkers. Non. Finalement, cela ressemblait bel et bien à une école un peu vieillotte, perdue dans la campagne.

Éloi passa une main réconfortante dans le dos de sa petite-fille.

Chapitre 6

— Je sais, et tu auras toutes les explications très vite. Mais crois-moi, j'aurais préféré que tu n'aies jamais à les découvrir.

Alix soupira. Un épais nuage de buée se forma devant son visage.

— C'est si grave que ça ?

Le visage de l'homme se plissa.

— Oui, sinon je ne t'aurais pas fait venir. J'ai tout fait pour te protéger, et pour protéger ton père, avant toi. J'ai mené la vie qui t'attend et je ne la souhaite à personne, même si elle m'a fait vivre des aventures et m'a permis de faire de belles rencontres, dont ta grand-mère. Je crois qu'elle non plus n'aimerait pas te savoir ici.

La femme d'Éloi était décédée quelques années plus tôt d'un cancer du sein foudroyant. Depuis, son mari était resté inconsolable et solitaire, alors qu'il aurait eu tout le loisir de refaire sa vie, d'autant qu'il était resté très séduisant et actif.

— Grand-mère est venue ici aussi ?

Alix, qui avait toujours regretté de ne pas avoir eu l'occasion de connaître mieux cette femme magnifique, même touchée par la maladie, et qu'elle aimait beaucoup, se sentit soudainement un peu plus proche d'elle.

— Oui… mais nous continuerons cette conversation plus tard. Il fait froid et tu dois être épuisée. Nous allons te montrer ta chambre.

— Je n'ai aucune affaire, pas de pyjama, pas de tenue de rechange, fit remarquer la jeune fille à son grand-père.

— Tout est déjà fourni, pour l'essentiel, mais je ferai amener des vêtements et d'autres choses que tu m'indiqueras plus tard, d'accord ?

Alix haussa les épaules. Elle était effectivement épuisée.

— Je n'ai pas le choix de toute façon.

Isaac les attendait sur le pas de la porte et ils le rejoignirent en silence.

À l'intérieur, il faisait chaud. Le sol était couvert de dalles noires et blanches qui donnaient l'impression de marcher sur un damier géant. Les murs, peints tout simplement en blanc, portaient des tableaux pour certains à l'apparence ancienne, illustrant des batailles. Ils ressemblaient à ceux qui décoraient l'hôtel particulier d'Éloi.

De nombreuses pièces étaient desservies par le couloir qu'ils empruntèrent jusqu'à un escalier en bois usé. Ils montèrent les marches grinçantes, guidant Alix qui se contentait de les suivre en silence.

— Ça te fait quoi de revenir ici ? chuchota Isaac à l'attention d'Éloi.

— Je ne sais pas. Un peu de nostalgie, beaucoup d'angoisse.

Isaac ne répondit rien. Il se contenta d'annoncer, une fois qu'ils furent parvenus au troisième étage :

— C'est ici que se trouve le dortoir des filles. Tu as droit à une chambre pour toi toute seule, pour l'instant, mais ça risque de changer avec l'arrivée de nouvelles recrues.

Alix hocha la tête et pénétra dans la pièce qu'on ouvrit devant elle. Elle fut étonnée de découvrir un espace assez vaste, occupé par deux lits, un de chaque côté. Les murs étaient recouverts de tapisseries au motif baroque bordeaux sur un fond crème. Des tapis étaient posés sur les mêmes dalles noires et blanches pour en atténuer le froid. De lourds rideaux pendaient de part et d'autre de la fenêtre qui se trouvait au centre du mur opposé à la porte.

Les lits étaient faits, couverts d'un épais duvet à la housse grise et sobre. Des étagères, deux bureaux et deux placards complétaient ce décor.

— Wow... c'est plus beau et plus grand que ce que j'imaginais.

Isaac eut un petit rire.

— Nous prenons soin de nos soldats. Tu seras bien ici.

Alix choisit le lit de droite et s'y assit. Il était confortable et s'enfonça légèrement sous son poids.

— Si vous le dites...

Isaac lui indiqua le mobilier d'un geste de la main.

— Tu as tout ce qu'il faut dans le placard. La salle de bains et les toilettes sont au fond du couloir. Nous te laissons à présent. On nous attend pour une réunion d'urgence. Repose-toi bien, tu en auras besoin, conclut le géant avant de quitter la chambre.

Éloi, quant à lui, déposa un baiser sur le haut de la tête de sa petite-fille.

— Je suis désolé, Alix. Vraiment. Mais tu en tireras aussi du positif, tu verras. Tout ce que j'ai vécu ici a forgé l'homme que je suis devenu. Et tu n'en seras que plus forte.

Alix se contenta de hocher la tête. Elle se sentait vide de tout.

Une fois seule, elle se déshabilla, enfila un pyjama en coton gris pâle, un peu trop grand, qu'elle dénicha en effet dans l'armoire située du même côté que son lit, et sans même faire un tour par la salle de bains, se glissa sous la couette pour pleurer enfin toutes les larmes qu'elle avait réussi à contenir jusqu'ici, avant de sombrer dans le sommeil.

SURVEILLANCE DU VOILE

Extrait du journal du père Girard, 1254[1]

Maître Roland est décédé il y a plusieurs années déjà, mais c'est grâce à lui que notre organisation secrète a vu le jour. Celle qui a pour objectif de défendre l'humanité contre les gargouilles. Après avoir découvert la vérité au sujet du monde qui se cachait de l'autre côté de ce rideau aux couleurs chatoyantes, il a tenté d'alerter un maximum de monde. Nombreux sont ceux qui l'ont pris pour un fou, un lunatique. Mais d'autres l'ont cru. D'autres sont allés voir, comme lui l'avait fait, et ont pu témoigner à leur tour. C'est ainsi que tout a commencé. Depuis, nous continuons à faire vivre la flamme de son héritage. Nous continuons à dédier notre vie à la protection de notre monde. Il a fallu créer une milice spéciale pour empêcher les gens de traverser le Voile. Des patrouilles se sont organisées, mais il est impossible de le surveiller sur toute sa longueur en permanence.

---

1. Retranscrit en français moderne par EdS.

Pour faire peur aux populations, nous avons commencé à traquer ceux qui désiraient passer de l'autre côté de l'écharpe à l'aspect si merveilleux mais aux mystères épouvantables. Des groupes secrets, à la doctrine malsaine, se mobilisent pour convaincre les gens de rejoindre l'autre monde, leur promettant le jardin des délices, la rédemption, la vie éternelle auprès de Dieu. Quant à nous, nous avons également fondé notre organisation secrète, qui tente de trouver des moyens de refermer ce passage, de protéger notre monde et de séparer à jamais ces deux univers.

Nous avons utilisé les ressources de l'Inquisition pour faire brûler leurs chefs en place publique en les accusant de sorcellerie, nous en avons torturé d'autres, jeté en prison plusieurs, afin de mettre en garde tous ceux qui seraient tentés de suivre leur exemple, mais cela ne suffit pas. Il y en a encore pour trouver des faiblesses dans nos rondes, et traverser ce que nous appelons également la « faille », sans que nous puissions les arrêter. De l'autre côté du Voile, les rangs des gargouilles augmentent. Nous le savons, car nous inspectons aussi l'enfer qui s'y trouve.

Grâce à maître Roland, nous avons découvert que certaines vibrations sonores affaiblissent le tissu moiré qui sépare notre monde de celui… des monstres. Cela nous permet de regarder ce qu'il se passe là-bas, et d'en revenir afin de consigner toutes nos observations.

Nous ne comprenons pas tout ce que nous voyons. Les lumières, les tourbillons sombres, tout cela reste hermétique à nos connaissances actuelles, mais nous avons pu remarquer que les personnes qui deviennent des gargouilles ne meurent pas de vieillesse. Une fois la métamorphose accomplie, elles restent figées dans le temps. Depuis près de quarante ans que le phénomène est apparu, des milliers d'hommes, de femmes et même d'enfants ont traversé et ont fini par constituer une armée conséquente.

Grâce à notre surveillance, nous veillons à ce que ces créatures ne tentent pas de revenir de notre côté. C'est déjà arrivé, lorsque les cloches des églises se trouvant à proximité ont sonné assez longuement pour altérer la barrière éthérée, permettant alors à quelques gargouilles de franchir le passage. Elles ne sont pas revenues à l'état d'humains qu'elles possédaient autrefois. Par contre, elles ont fait preuve d'une violence inouïe, tuant toute forme de vie sur leur passage, parfois dévorant les gens encore vivants. J'ai assisté une fois à ce spectacle et je n'en oublierai jamais l'horreur, ni le sang, ni les cris des victimes.

Récemment, nous avons fait une découverte majeure : les dents et les griffes des gargouilles qui représentent leurs armes – ô combien cruelles et efficaces, mais je les détaillerai dans un prochain traité –, ne traversent pas le métal. Nous avons donc recouvert nos propres soldats de plaques épaisses créées par notre forgeron. Elles sont moins nobles que celles portées par les chevaliers mais elles protègent du mieux possible ceux qui sont prêts à se sacrifier pour les habitants de leurs villages et villes.

J'ai appris qu'à Paris, une armée entière avait été formée pour défendre la ville. On commence à représenter les gargouilles sur les églises afin de faire peur aux fidèles. Ainsi, nous espérons les convaincre de ne jamais passer le Voile et de rester de ce côté du monde.

Pour l'instant, le résultat n'est pas à la hauteur de nos attentes et nos recherches ne donnent rien. Nos moyens ne sont pas suffisants, nos connaissances trop infimes pour parvenir à une conclusion. C'est pourquoi nous préférons faire peur à la population. Nous leur parlons de sorciers, de sorcières, d'infidèles, afin de les détourner de la tentation morbide du Voile. Nous multiplions les patrouilles pour empêcher l'armée de monstres, de l'autre côté, de voir ses rangs grossir. Cela ne suffit pas. Je désespère d'arriver à un résultat avant ma mort, mais peut-être les générations suivantes parviendront-elles à nous libérer de cet enfer.

CHAPITRE 7

Ce furent des voix inconnues qui tirèrent Alix du sommeil dans lequel elle avait fini par sombrer.

Quand elle ouvrit les yeux, elle eut un moment de confusion. Que faisait-elle dans cette chambre inconnue ? Dans ce lit qui n'était pas le sien ? Puis les événements de la veille lui revinrent en tête comme une vague glacée qui provoqua un tremblement de tout son corps.

Elle se redressa lentement sous l'épais duvet qui l'avait gardée au chaud. Avec des gestes hésitants, elle s'extirpa de ses couvertures, frissonna dans l'air froid du matin, puis partit explorer le placard qui était près de son lit. La veille, elle y avait trouvé le pyjama qu'elle portait, et qui était un peu trop large, mais confortable.

Elle y découvrit une trousse de toilette garnie des accessoires de base : savon, shampooing, brosse à dents, brosse à cheveux, dentifrice, déodorant.

Une seule tenue était pliée devant elle. Il s'agissait d'une combinaison en une pièce, beige, avec une fermeture éclair sur le devant. Cela ressemblait à la tenue que portaient parfois les ouvriers sur les chantiers.

Les voix continuaient à résonner derrière la porte. Il y avait donc du monde ici. Elle se demandait à quoi ressemblaient ces personnes qui circulaient dans le couloir. Quelle était leur vie, le destin qui les avait menées ici ? Alix devait absolument se rendre dans la salle de bains et, ce faisant, elle aurait les réponses à ses questions, mais elle n'osait pas franchir l'obstacle qui la séparait de ces personnes.

Le souffle court, elle s'assit sur son lit, les yeux fermés, tentant de rationaliser tout ce qui lui arrivait depuis la veille au soir. Cependant, rien ne lui permettait de donner une logique à ces événements. Pourquoi était-elle là ? Pourquoi elle ? Sa présence semblait indispensable à Isaac, néanmoins elle ne parvenait toujours pas à saisir les raisons de cette nécessité. Elle avait beau chercher quelque chose dans sa courte histoire qui aurait pu justifier l'impératif de son recrutement, elle ne trouvait aucun détail l'expliquant. Elle continuait à se trouver d'une banalité totale.

Finalement, sa vessie sur le point d'exploser, elle fut bien obligée de quitter cette pièce, bien qu'encore inconnue, qui représentait déjà pour elle un espace de protection contre le monde extérieur. Un monde qui n'était plus celui qu'elle connaissait encore quelques heures plus tôt.

— Allez, Alix, tu peux le faire. Tu es déjà partie en colonie de vacances. Dis-toi que c'est pareil.

Chapitre 7

Ces mots prononcés à mi-voix ne parvinrent pas à la convaincre complètement. Toutefois, elle se leva et, le cœur battant à tout rompre, entrouvrit la porte. Quelques silhouettes apparurent derrière. Des filles, qui avaient à peu près son âge et qui discutaient entre elles avec entrain. Elles portaient, pour certaines, la même tenue trouvée dans son placard.

Voyant qu'aucune de ces adolescentes ne semblait traumatisée, malheureuse ou blessée, Alix se décida à se faufiler dans le couloir, avec sa trousse de toilette, une serviette sous un bras et la combinaison beige sous l'autre.

La tête baissée, afin de ne croiser le regard de personne, elle se dirigea vers la salle de bains que lui avait indiquée Isaac la veille. Personne ne sembla faire attention à elle et personne ne lui adressa la parole, ce qui l'arrangea bien.

Elle trouva la salle d'eau. Des cabines de douche, d'autres de toilettes, étaient séparées par des parois blanches. Des portes jaunes, pour certaines fermées, donnaient sur l'allée. En face, des lavabos et des miroirs décoraient les murs. Le bruit d'eau qui coulait et des nuages de vapeur d'eau lui indiquaient que certaines filles faisaient leur toilette.

Après s'être soulagée, Alix s'enferma dans l'une des douches. Elle était organisée en deux parties. À l'avant, une sorte de petit vestiaire avec un crochet et une étagère lui permit de déposer sa trousse de toilette et de suspendre sa serviette et son pyjama. Une demi-cloison protégeait les affaires des projections liquides qui auraient tout trempé.

Nue, Alix appuya sur le bouton argenté qui trônait au milieu du mur du fond. Aussitôt, un jet d'eau jaillit d'un pommeau fixe, accroché un peu plus haut. Sans hésiter, la jeune fille se glissa sous la cascade chaude et resta immobile, laissant l'eau couler sur sa tête, sa peau glacée. Elle resta longuement ainsi, appuyant plusieurs fois sur la pression quand le ruissellement se tarissait. Au bout d'un moment, elle se détendit imperceptiblement et eut l'impression de chasser quelque peu le cauchemar de ces dernières heures.

Une fois sèche et habillée, elle retourna dans sa chambre poser ses affaires. Elle ralluma son téléphone, pour y trouver d'autres messages de ses parents affolés, qui voulaient savoir si elle allait bien, où elle était, qui la suppliaient de rentrer.

Elle leur répondit rapidement qu'elle allait bien, qu'elle n'avait aucune idée de l'endroit exact où elle se trouvait à part que c'était au milieu de nulle part et qu'elle leur donnerait plus de nouvelles bientôt. Elle envoya également un message à Maëlle. Elle avait longuement hésité, ne sachant pas quoi lui dire. Elle ne pouvait pas lui dévoiler la vérité, alors quel mensonge inventer ? Elle finit par lui expliquer, en restant très vague, qu'elle avait été repérée par une école privée prestigieuse qui l'avait recrutée et qu'elle risquait de ne pas retourner à la fac après les vacances. Elle lui souhaita un joyeux Noël pour donner une touche de normalité à la révélation qu'elle venait de faire à son amie. En imaginant cette dernière seule sur les bancs de l'amphi, son cœur se serra encore plus. Il existait un gouffre entre elles deux, à présent, et Alix ne savait pas s'il se comblerait un jour.

Après ça, elle resta assise sur son lit, indécise.

Chapitre 7

— Qu'est-ce que je suis supposée faire, maintenant ? se demanda-t-elle tout haut.

Dans le couloir, les voix s'étaient tues. Où étaient allées les filles qu'elle avait rapidement croisées ? Pour le savoir, Alix allait devoir partir à la pêche aux informations. Mais alors qu'elle rassemblait son courage pour partir en exploration, on frappa quelques coups à sa porte.

— Entrez !

Un visage d'homme passa dans l'entrebâillement.

— Alix ?

— Oui.

— Ah, je t'ai trouvée. Je m'appelle Noah. Je suis ton guide pour la journée. Tu veux bien me suivre ?

La jeune fille se leva sans hésiter. Elle avait besoin de s'occuper, et d'obtenir les réponses à ses questions, sinon elle allait devenir folle.

Noah lui sourit. Il devait avoir la trentaine et sa peau était aussi noire que celle d'Isaac, son sourire aussi blanc, mais plus chaleureux. Ses cheveux tondus à ras, et une barbe taillée aussi courte soulignaient ses traits acérés.

— Je crois que tu as rencontré mon père, hier soir, lui dit Noah en lui faisant signe de le suivre hors de sa chambre.

— Ah oui, Isaac, je présume… Difficile de l'oublier, murmura Alix.

L'homme éclata de rire.

— Mon père est un géant impressionnant, je te l'accorde.

— Vous n'avez rien à lui envier, avisa la jeune fille, constatant que son interlocuteur était aussi immense qu'Isaac.

Noah portait une sorte d'uniforme noir constitué d'un

pantalon treillis et d'une chemise à manches longues qui le rendaient encore plus impressionnant. Un insigne représentant une paire d'ailes argentées était cousu sur la poche située contre le cœur.

Il la guida dans le couloir, mais à l'opposé de la direction qui menait à la salle de bains.

— Tu peux me tutoyer, tu sais. Il m'a raconté que tu es arrivée ici... un peu en catastrophe, continua Noah en la menant vers l'escalier qu'elle avait emprunté la veille pour arriver à l'étage des filles.

— C'est un doux euphémisme. Disons que ça s'est fait en urgence et que je n'ai aucune idée de l'endroit où je suis ni de pourquoi je suis là. D'autant que tout le monde a l'air très calme...

— Ne te fie pas aux apparences, tu vas vite comprendre. Mais je tiens à te souhaiter la bienvenue au Nid.

Le Nid... C'était ainsi que son grand-père avait appelé le bâtiment dans lequel ils se trouvaient.

— Le « Nid » ? C'est un drôle de nom, fit remarquer Alix.

— C'est parce que c'est d'ici que nous nous envolons, expliqua son interlocuteur, la laissant encore plus dans le flou.

Ils descendirent d'un étage.

— Ici, ce sont les quartiers des officiers. Au quatrième, c'est le dortoir des garçons.

Au premier, Noah s'arrêta et déclara : `

— À ce niveau, il y a les salles de classe et d'entraînement. Au rez-de-chaussée, les salles de réunion, l'hôpital, le laboratoire et le réfectoire où se prennent tous les repas. J'imagine que tu as faim...

Chapitre 7

À cette question, l'estomac d'Alix se mit à gronder furieusement.

— Je dois avouer que oui… Malgré la situation…

Noah eut un rire entendu. Son regard, aussi sombre que celui de son père, était plus doux, avec une lumière chaleureuse au fond de ses prunelles.

— Tu dois être déboussolée. Mais tu vas vite t'habituer. Tu vas voir, une fois qu'on s'y installe, le Nid devient notre deuxième maison. La première même, pour certaines personnes qui y sont depuis un moment. Nous sommes tous liés par un secret, par une mission, et cela crée… une connexion entre nous qui est unique.

Ils étaient arrivés au rez-de-chaussée, et pourtant Alix put constater que l'escalier descendait encore.

— Qu'y a-t-il, plus bas ? La cave ?

Le sourire de Noah disparut et son front se plissa.

— Si on veut. Tu sauras tout plus tard. Chaque chose en son temps, d'accord ? Tu vas devoir absorber beaucoup d'informations.

— OK… murmura Alix.

— Viens, on va manger.

Ils remontèrent le couloir au damier noir et blanc. Ils croisèrent quelques personnes, des jeunes filles et des jeunes hommes, qui devaient tous être à peu près dans la même tranche d'âge qu'Alix. Certains portaient des combinaisons beiges, d'autres le même uniforme sombre que Noah.

Personne ne fit attention à elle. On lui jeta parfois un coup d'œil curieux, mais jamais pesant ou gênant.

Enfin, ils parvinrent au seuil du réfectoire. C'était une grande pièce occupée par une vingtaine de longues tables en bois sombre, encadrées de part et d'autre par des bancs de la même matière.

La paroi du fond était une belle baie vitrée qui ouvrait sur l'extérieur, où se trouvaient des espaces de détente, une pelouse et, derrière, une forêt qui descendait en pente douce.

Une couche de givre s'était déposée sur l'herbe, la rendant blanche comme le ciel.

— Ça sent la neige, fit remarquer Noah.

Alix ne répondit rien. Dans d'autres circonstances, cette ambiance aurait été parfaite pour la journée de Noël. Mais la fête paraissait bien loin à Alix.

Elle humait surtout des parfums de pain grillé, de café et de bacon flottant dans l'air, réveillant à nouveau son estomac vide.

— Je trouve que ça sent la nourriture, répliqua-t-elle.

Son guide éclata de rire une fois de plus et lui fit signe de s'avancer.

— J'ai comme l'impression que tu es affamée.

Pour toute réponse, Alix se dirigea vers l'espace self, prit un plateau et se servit une belle assiette d'œufs brouillés, de quoi se faire des tartines et une grande tasse de café.

Noah l'imita et ils s'assirent à une table vide.

— Bon, pendant que je mange, explique-moi tout, l'encouragea la jeune fille.

— Je ne peux pas encore tout te dévoiler, mais je peux te donner une idée de ce qui t'attend. Une guerre se prépare.

— Mon grand-père me l'a déjà dit, et ton père aussi. Entre quels pays ?

Chapitre 7

Noah secoua la tête.

— Pas entre pays… Entre mondes.

Alix interrompit sa mastication et fronça les sourcils.

— Ça ne veut rien dire. Ou alors tu me fais un plan de science-fiction là, avec une planète cachée et habitée par des extraterrestres sanguinaires menaçant de nous annihiler.

Cette fois, Noah ne rit pas et ne sourit pas non plus. Un air sérieux s'était posé sur son visage, montrant que la situation était vraiment grave.

— C'est presque ça pourtant… Comme une autre dimension, un autre univers, qui ne ressemble en rien au nôtre. Il est là, tout contre notre monde, et une fine barrière nous protège de sa présence.

Il laissa passer un temps, guettant une nouvelle réaction d'Alix, mais elle continuait à manger avec appétit, attendant la suite, visiblement pas encore décidée à croire son interlocuteur. Ce dernier, constatant qu'elle ne ferait aucune remarque, poursuivit :

— Cette barrière est alimentée constamment grâce à des générateurs situés en des milliers de points stratégiques partout sur la planète. Il en existe des centaines en France, répartis un peu partout. L'un d'entre eux se trouve à Notre-Dame de Paris.

À ce nom, Alix poussa une exclamation de surprise.

— J'y étais il y a quelques semaines ! Je n'ai vu aucun générateur ou quelque chose y ressemblant.

— C'est normal. Il a été détruit pendant l'incendie de 2019 et on n'a pas pu en installer un nouveau tout de suite, parce que le chantier était fermé et super sécurisé. Personne ne sait que nous existons ni contre quoi nous

nous battons. Notre organisation est totalement secrète. Même les gouvernements ignorent notre existence. C'est quelque chose qui s'est fait au cours de la Révolution. Les rois étaient au courant avant, même s'ils ne faisaient pas grand-chose, et puis quand la royauté a disparu, notre organisation a basculé dans la clandestinité totale, et mes prédécesseurs n'ont pas tenté de changer les choses. Avec tout ce mystère nous environnant, il nous était donc impossible d'agir durant toute la durée des travaux. Maintenant que la cathédrale est de nouveau ouverte au public, un de nos commandos de choc doit s'y rendre pour en remettre un et restaurer la continuité de la barrière. Car depuis l'incendie, cette dernière s'est affaiblie. Nous avons augmenté l'intensité des générateurs se trouvant à proximité pour compenser, mais cela n'a pas suffi.

Alix avait terminé son petit-déjeuner et elle se sentait mieux. Elle avait attentivement écouté le récit de Noah et elle se demandait à présent s'il ne se moquait pas d'elle. Son histoire était abracadabrante. Et pourtant, elle se souvenait de la réaction de son grand-père quand elle avait mentionné sa visite à Notre-Dame. Les maux de tête, son malaise après s'y être rendue. Elle se rappelait très nettement de l'espèce de voile moiré qui l'avait tellement terrorisée.

— Et cette barrière, elle nous protège de quoi, exactement ?

— De monstres, qui vivent dans cet autre monde. Un monde qui a ses propres règles, et qui n'a rien de commun avec le nôtre. Il y a quelques siècles, un passage s'est ouvert entre nos deux univers, une sorte de fracture qui est apparue en plusieurs endroits en même temps, partout sur la planète. Enfin, c'est ce que nous savons des quelques témoignages de l'époque.

— Comme une fissure dans le sol ? demanda Alix.

Noah sembla songeur pendant un moment avant de se lever.

— Le mieux, c'est que je te montre tout de suite. C'était prévu plus tard dans le programme de ta journée, mais autant y aller maintenant.

Alix l'imita. Ils allèrent déposer leurs plateaux sur un tapis roulant qui les fit disparaître derrière un rideau constitué de larges lamelles de plastique gris, puis quittèrent le réfectoire qui s'était vidé depuis leur arrivée.

Noah la conduisit vers les escaliers, sauf qu'il ne la guida pas vers les étages supérieurs. Cette fois, il l'invita à descendre sous le bâtiment, sous le Nid.

CHAPITRE 8

Alix eut l'impression qu'ils s'enfonçaient loin sous terre, car la descente dura un long moment. Au départ, les murs de la cage d'escalier étaient recouverts de pierres blanches, comme celles de la façade, puis elles devinrent brunes, grossièrement taillées, brutes, avant de devenir de simples parois de terre. L'odeur d'humidité s'intensifiait à mesure qu'ils avançaient dans les entrailles du Nid.

Enfin, ils arrivèrent tout en bas. Un plafond voûté, qui semblait très ancien, soutenu par de grosses poutres en bois, surmontait une série de galeries larges, éclairées par des néons reliés entre eux par des câbles électriques gainés de noir. Au sol, de simples planches avaient été disposées afin de faciliter la progression des visiteurs.

Il régnait un silence profond, seulement troublé par le léger souffle d'un système d'aération que l'on devinait grâce à quelques grilles fixées aux murs.

Alix était restée silencieuse et n'osait toujours pas prononcer un mot. Alors qu'elle avait réussi à se débarrasser de son angoisse en retrouvant des gestes familiers comme prendre une douche ou un petit-déjeuner, grâce aussi à la présence chaleureuse et bienveillante de Noah, elle la sentit se reformer dans son ventre. Une boule d'appréhension gonflait dans ses entrailles, ainsi que dans sa gorge. Les battements de son cœur s'accélérèrent et elle sentit un fourmillement envahir le bout de ses doigts.

Noah se retourna vers elle et dut sentir le changement dans son humeur, car il lui demanda doucement :

— Ça va, Alix ? Tu es toute pâle.

— Ça va aller, souffla-t-elle.

Il eut un sourire rassurant et lui fit signe d'avancer.

— On y est presque…

Le sous-sol était un véritable labyrinthe et Alix se demanda comment son guide faisait pour s'y retrouver. Pourtant, à un moment, ils parvinrent dans une immense salle elle aussi voûtée. Ici, les murs étaient recouverts de chaux et le sol d'une sorte de lino sombre.

Des casiers, comme ceux qu'on pouvait trouver dans les vestiaires des salles de sport, longeaient les parois. Il y avait aussi des bancs alignés, sur lesquels traînaient quelques vêtements. Tout au fond, ce vaste espace s'ouvrait sur la forêt. Comme Alix l'avait noté, le terrain, à l'extérieur, était en pente, et cette déclivité finissait par rejoindre le sous-sol qu'ils avaient arpenté, formant ainsi l'ouverture d'une caverne.

Mais ce qui provoqua un cri de peur chez Alix, ce fut la vision d'un voile moiré ondulant qui la séparait des arbres nus. Il était identique à celui qu'elle avait vu devant la cathédrale quand elle avait voulu y retourner et ondoyait comme si une brise l'agitait. Ses couleurs changeaient, passaient d'une teinte à l'autre au gré des mouvements de son flottement.

Noah s'arrêta derrière les bancs et fit signe à Alix de l'imiter. De toute façon, elle ne comptait pas faire un pas de plus. Elle regrettait d'avoir autant mangé alors que la nausée la saisissait. Une chair de poule presque douloureuse hérissait sa peau. Les mêmes sensations d'attirance et de répulsion mélangées qu'elle avait ressenties sur le parvis de Notre-Dame l'envahissaient.

— Qu'est-ce que c'est ? demanda-t-elle d'une voix rauque.

— C'est le Voile, qui représente la frontière entre les deux mondes. Ici, nous créons volontairement une brèche dans sa structure pour faire des rondes de l'autre côté. Mais même sans cela… Nous sommes sur son trajet, qui passe également par Notre-Dame. Et par endroits, il s'est formé des zones affaiblies identiques à celle-ci. Les autres ne sont pas de notre fait alors que cette brèche, nous la créons nous-mêmes.

— J'ai… vu… j'ai vu le même phénomène, murmura Alix.

— Une brèche ? s'exclama Noah.

— Non, le Voile. Devant la cathédrale. Mais ça fait des semaines. Ça m'a fait tellement peur que je n'ai pas osé y retourner depuis.

Elle pensait que cette nouvelle allait bouleverser son interlocuteur, mais il se contenta de hocher la tête d'un air entendu.

— Je ne suis pas étonné. Grâce à notre système de défense, le Voile est invisible et personne ne peut passer à travers, c'est comme s'il n'existait plus. Toutefois, puisque le générateur de Notre-Dame est mort, la protection n'est plus aussi efficace dans cette zone et il arrive que cette frontière éthérée apparaisse en certains points. Depuis toujours, le Voile traverse la forêt qui nous entoure. C'est pour cette raison que les premiers soldats ont utilisé ce terrain, qui est privé et protégé, et créé le Nid à cet endroit.

— Mais tu as parlé de « brèche », ça veut dire que le Voile est déchiré, qu'on peut passer à travers ? s'inquiéta Alix qui ne pouvait détourner son regard des ondulations moirées – cependant, ici, elles semblaient plus fades que devant la cathédrale, comme si ses couleurs s'étaient délavées et ternies.

Noah secoua la tête.

— Non, le Voile ne s'est pas déchiré ici. Comme je te l'ai dit, nous avons volontairement créé une déchirure pour organiser des patrouilles de l'autre côté. Depuis des siècles, nous savons que certaines vibrations affaiblissent le Voile et nous permettent surtout de revenir chez nous. Le franchir, c'est très simple. Des centaines de milliers de personnes l'ont fait depuis son apparition. Mais il est impossible de revenir, sauf si nous altérons cette bande éthérée. Mais nous ne le faisons que ponctuellement pour éviter que les monstres ne la traversent pour venir chez nous.

Alix étouffa une expression de surprise horrifiée.

— Tu veux dire qu'il y a des monstres de l'autre côté ?

— Oui, des gargouilles.

Cette fois, la jeune fille sentit sa tête tourner et elle se laissa tomber sur le premier banc qui se trouvait devant elle.

Chapitre 8

— C'est du délire. Je ne comprends plus rien.

— Ton grand-père va tout t'expliquer. Il est notre plus ancien combattant ici. Et il connaît tout cela par cœur. C'est lui qui a étudié toute l'histoire de ce phénomène. Il a retrouvé des témoignages antiques grâce à des recherches qui ont pris des années dans toutes les bibliothèques privées ou publiques du monde, ainsi que dans les monastères et il a retranscrit les textes les plus anciens pour que nous soyons capables de les lire – et de les comprendre, surtout. C'est notre spécialiste, le héros d'une des plus grandes batailles.

Soudain, le Voile devant eux se troubla. Comme si on y avait jeté un caillou, des ondulations circulaires apparurent.

— Que se passe-t-il ? Ce sont des monstres ?! s'écria Alix en se relevant d'un bond, prête à fuir.

Noah eut un bref rire et posa une main rassurante sur l'épaule de sa recrue.

— Non, ne t'inquiète pas, ce sont nos soldats qui rentrent de mission. Tu vas faire la connaissance de nos anges mécaniques, Alix. Et bientôt, tu en seras un toi aussi, comme l'a été Éloi, et mon père, et tellement d'autres, qui sont là pour protéger notre monde de l'invasion des gargouilles…

DISPARITION DU VOILE

Témoignage du seigneur d'Uzerches, 1534[1]

Le Voile s'est évanoui à nouveau. Cela s'est produit à plusieurs reprises, depuis qu'il est apparu pour la première fois au milieu de nos terres, il y a près de trois siècles. De ce que j'ai pu comprendre à partir des observations faites par mes ancêtres qui ont vécu là depuis toujours, il possède des cycles irréguliers, que personne n'explique. Il peut revenir pour des décennies et disparaître pour autant de temps. Parfois, nous parvenons même à l'oublier. Cela nous permet de retrouver une vie normale sans éprouver la peur de le revoir onduler dans nos forêts et nos champs à nouveau. Les personnes qui ont disparu après avoir passé l'écharpe colorée finissent par quitter nos mémoires. Nous ne pouvons même pas les pleurer comme des morts, puisque nous les savons vivantes de l'autre côté, sous leur forme monstrueuse. Est-ce que ce sont leurs péchés sur notre terre qui les transforment de la sorte ?

1. Retranscrit en français moderne par EdS.

Je ne le sais pas. Tous les hommes de ma famille font partie de l'organisation secrète qui s'est créée depuis que maître Roland a découvert la vérité au sujet du monde maudit qui se trouve derrière le Voile. Son savoir s'est transmis au sein de notre confédération, et nous faisons tout pour protéger les humains de ce danger.

Pour cela, nous avons compilé toutes nos connaissances au sujet de la faille et de ce qui se trouve de l'autre côté :

• Il est très facile de la traverser, mais une fois de l'autre côté, il est impossible de revenir notre monde.

• Les personnes qui l'ont franchie, quels que soient leur âge, leur métier, leur genre, subissent le même sort. Lentement, elles se transforment en monstres. En « gargouilles », comme les a appelées maître Roland, en raison du bruit de gargouillis qu'elles émettent en un simulacre de parole.

• Le seul moyen que nous avons pour traverser le Voile dans l'autre sens, une fois de l'autre côté, c'est de faire sonner les plus grosses cloches possibles sur un temps assez long, ce qui l'affaiblit et nous permet d'en sortir et de revenir chez nous.

• Des gargouilles ont réussi à passer chez nous à plusieurs reprises et ne font preuve d'aucun sens moral. Elles ont massacré les personnes qu'elles croisaient sur leur chemin, sans distinction, sans pitié et sans raison.

• Le seul moyen que nous ayons de nous protéger de leurs attaques, c'est de porter une armure en métal. Depuis le début, nos forgerons ont perfectionné les carapaces qu'ils façonnent, les rendant plus solides et plus légères afin de ne pas limiter les mouvements de nos soldats.

Disparition du Voile

Régulièrement, nous organisons des missions de l'autre côté du Voile dans le but d'éliminer un maximum de gargouilles. Nous choisissons des lieux isolés, proches de la faille, nous y transportons nos cloches spéciales dans des chariots et nous les faisons sonner afin d'affaiblir la frontière. Nos armées la traversent et... font ce qu'elles ont à faire. Nous devons toutefois être prudents. À deux reprises, durant les années précédentes, nous avons été débordés par le nombre de monstres que nous avons rencontrés là-bas et notre mission eut pour effet l'inverse de notre objectif : le relâchement du Voile leur a permis de passer en grande quantité chez nous et nous avons dû porter la responsabilité de l'extermination totale du village voisin avant de réussir à les arrêter.

Une autre fois, notre bataillon s'est fait submerger et a été entièrement éliminé. Aucun de nos soldats n'est rentré et nous avons dû abandonner leurs dépouilles de l'autre côté, après avoir arrêté les cloches afin d'empêcher une nouvelle invasion.

Depuis deux jours, le Voile a disparu. Nous ne savons pas ce qui provoque sa dissipation, mais quand cela arrive, c'est un grand soulagement pour nous. Cela nous laisse du temps – quelques années en général – pour améliorer nos armes, nos défenses, nos tactiques, pour former de nouvelles recrues et surtout pour reprendre une vie un peu plus normale, sans craindre pour nos vies et celles de nos proches.

Je prie pour qu'il en soit ainsi jusqu'à ce que je sois rappelé par Dieu. Je suis fatigué, et j'aimerais terminer mon existence en paix. Toutefois, j'ai conscience que la menace reviendra, même si je ne suis plus là, et je me sens coupable de léguer ce fardeau aux prochaines générations.

Mais quoi qu'il arrive, je suis fier, et je le serai toujours, de faire partie de ces gardiens du Voile qui ont sauvé d'innombrables vies face aux gargouilles et je prie pour que ce fléau disparaisse à jamais afin que nos enfants puissent vivre en paix.

CHAPITRE 9

Malgré les paroles rassurantes de Noah, Alix s'était reculée de quelques pas et placée en retrait derrière lui, qui était bien plus imposant et, surtout, qui connaissait la situation bien mieux qu'elle.

D'énormes silhouettes apparurent en transparence derrière le Voile. Elles semblaient avoir des ailes et, des membres massifs. La première franchit la cloison mouvante en donnant l'impression de surgir d'une eau verticale.

De loin, et sous le coup de l'émotion, Alix crut d'abord voir un robot au corps métallique, et aux membres attachés entre eux par des rouages ou des engrenages complexes. Deux grandes ailes argentées jaillissaient de son dos mais, très vite, se replièrent, en même temps que le casque de la créature s'escamotait pour laisser place à une tête humaine. Un jeune homme aux cheveux bruns retenus en un petit chignon au sommet de son crâne, tout ce qu'il y avait de plus normal.

Son visage à la mâchoire carrée était luisant de transpiration. Ses yeux, cerclés de maquillage noir, se posèrent sur la jeune femme qui fut saisie par le gris intense de ses iris, ressortant particulièrement au milieu de ces traînées sombres qui avaient dessiné des coulures sur ses joues, en raison de la sueur. Sa barbe de trois jours ne parvenait pas à masquer le dessin de ses pommettes et le creux de ses joues. Son regard, bien que clair et limpide, était farouche, émettant une lueur combative.

Son aspect de robot lui venait de cette armure métallique extrêmement sophistiquée, dont Alix ne saisit pas tous les mécanismes imbriqués les uns dans les autres, dessinant des volutes argentées dans la matière même de cette cuirasse très spéciale. Elle pensait que le jeune homme allait entreprendre d'ôter un par un les éléments de sa tenue, mais alors qu'il avançait de trois pas supplémentaires, cette dernière disparut en un clin d'œil, ne laissant aucune trace de sa présence nulle part. C'était comme si elle était entrée dans la peau de son porteur. En dessous, le soldat ne portait qu'une combinaison noire très collante, qui ne cachait rien de son anatomie, et surtout pas de sa musculature fine, mais développée.

La jeune fille ne put s'empêcher de détourner le regard brièvement, car il aurait pu tout aussi bien être nu, tellement le tissu lui collait à la peau.

Mais rapidement, sa pudeur fut distraite par l'apparition d'autres robots, qui, les uns après les autres, surgirent de la matière même du Voile, brouillant temporairement ses couleurs affadies.

Chapitre 9

Ils portaient tous des armures ailées, mais très différentes les unes des autres. Cela donnait l'impression que chaque porteur l'avait personnalisée afin d'en créer un modèle unique. À l'instar du premier soldat, alors qu'ils s'avançaient vers l'intérieur de la grotte, leurs cuirasses s'évanouiraient d'elles-mêmes, comme par magie. En dessous, des garçons et des filles, tous revêtus du même justaucorps noir et collant, tous jeunes, se révélaient et se mettaient à discuter entre eux comme si toute la scène était parfaitement normale.

— Tu peux saluer nos anges mécaniques, Alix. Ils reviennent d'une mission de reconnaissance dans la zone neutre. C'était plutôt calme ces dernières heures, après des moments plus tendus. Espérons que cela dure… Nous avons subi une attaque il y a deux jours. Trois de nos soldats ont été grièvement blessés et évacués du Nid pour être transportés à l'hôpital. L'état de l'un d'entre eux est particulièrement préoccupant. Nous avons multiplié les rondes pour nous assurer que cela ne se reproduise pas.

Alix ne sut quoi répondre. Elle avait l'impression de rêver. Elle était pétrifiée, les yeux ronds, contemplant les gestes de cette garnison de… d'« anges mécaniques », comme les avait appelés Noah à plusieurs reprises. Ils avaient son âge environ, ou à peine plus vieux, et ils semblaient parfaitement à l'aise en récupérant leurs vêtements dans les casiers qui longeaient les murs et en les enfilant par-dessus leur combinaison noire. Ils riaient, plaisantaient, ne lui prêtaient aucune attention, alors qu'elle se sentait téléportée dans un film de science-fiction.

Noah l'observait, un sourire satisfait aux lèvres.

— Impressionnant, n'est-ce pas ?

Alix hocha la tête, toujours incapable de prononcer un mot.

Une fois rhabillé, le groupe de soldats passa près d'elle. Le jeune homme qu'elle avait vu sortir en premier croisa son regard et lui fit un sourire, accompagné d'un clin d'œil, puis tous disparurent, remontant les allées souterraines qui les ramèneraient vers le Nid, la laissant seule avec son guide.

Une fois leurs voix éteintes dans la distance, celle de la jeune femme revint et elle murmura :

— C'est ça que je vais devenir ? Un ange mécanique ?

— Exact.

— Mais je ne comprends pas… leurs armures, elles ont disparu…

— Ce sera pour une autre leçon. On va remonter, ton grand-père voulait te voir.

— D'accord…

Machinalement, Alix suivit Noah dans le dédale de couloirs cryptiques. Elle était plongée dans ses pensées, prenant conscience qu'elle avait déjà vu un ange mécanique. C'était cela, l'apparition qui l'avait tellement troublée quand elle avait pris en photo la statue d'ange… *normal*, à Notre-Dame. Elle se souvint aussi que les cloches de la cathédrale sonnaient au moment où elle avait fait ce cliché. C'est alors que la silhouette d'une armure ailée était apparue. Elle comprenait pourquoi, à présent. Sans le savoir, elle avait aperçu une scène de ce qu'il se passait de l'autre côté. D'autres personnes patrouillaient derrière le Voile en plein Paris et personne n'en avait conscience…

Ils retrouvèrent les escaliers et remontèrent au

rez-de-chaussée. En émergeant de là, la jeune femme eut l'impression de se réveiller d'un long rêve. Sans même réfléchir, elle se retourna vers les marches qui s'enfonçaient dans le sous-sol, comme pour s'assurer qu'elles étaient bien tangibles, que tout cela n'était pas le fruit de son imagination.

Mais alors qu'ils avançaient dans le couloir carrelé de noir et blanc, ils croisèrent un autre groupe de jeunes personnes.

— La deuxième équipe va se préparer pour une autre patrouille, expliqua Noah.

C'était donc bien réel. Alix avait atterri dans un lieu secret, siège d'une organisation tout aussi secrète et dont les soldats, revêtus d'une armure sophistiquée, ailée et armée, patrouillaient à la frontière entre deux univers. Dans le premier, des monstres appelés « gargouilles » menaçaient d'envahir le second, la Terre, et le rôle des anges mécaniques était de la protéger. C'était... vertigineux. Digne d'un scénario de film hollywoodien. Impossible, improbable, incroyable.

Alix avait la tête qui tournait, une farandole de questions tourbillonnait dans son esprit. Une curiosité mêlée à de la peur l'agitait des pieds à la tête.

Elle avait l'impression d'être sortie de son corps et d'observer tout cela d'un point de vue extérieur, comme si elle ne pouvait pas faire partie d'une telle histoire, qu'elle lui était narrée et qu'elle la découvrait comme une lectrice, ou une spectatrice.

Pourtant, elle réintégra vite cette réalité quand Noah la mena jusqu'à un vaste bureau dans lequel se trouvait Éloi, en grande conversation avec Isaac. Le visage fendu d'un sourire un peu inquiet, son grand-père l'invita à entrer dans la pièce.

— Alix ! Je suis content de te voir. Comment vas-tu ? J'imagine que Noah t'a fait faire le tour du propriétaire et t'a grossièrement expliqué la situation ?

— On peut dire ça, murmura Alix.

Tout lui paraissait étrange : ce qu'elle venait de découvrir, et son grand-père, figure tellement familière, présent ici, au milieu de ce songe éveillé.

— Assieds-toi, lui proposa Éloi en désignant la chaise qui se trouvait en face de lui, de l'autre côté de la grande table couverte de documents, de cartes et de tablettes.

Alix obéit, prit le temps de retrouver ses esprits en observant son environnement. Sur les murs, quand ils n'étaient pas cachés par des étagères pleines de livres et de dossiers, se trouvaient des photos, certaines en noir et blanc, de bataillons de soldats, posant fièrement, comme sur des photos de classe.

Noah et Isaac prirent congé, prétextant que l'entraînement allait commencer. Une fois qu'ils furent seuls, Éloi remplit deux tasses d'eau chaude depuis une bouilloire électrique posée dans un coin et prépara un thé.

— Comment te sens-tu ? finit-il par lui demander.

— Je ne sais pas… déboussolée, c'est certain. Hier, j'étais encore à la maison avec papa, maman et Sandro, prête à fêter Noël, et quelques heures plus tard…

Elle inspira longuement, pour empêcher la boule, qu'elle sentait se reformer à la mention de sa famille, de gonfler un peu trop dans sa gorge.

— Mais en même temps, tout ce que je découvre ici, c'est… Maintenant que je suis au courant de tout ça…

Chapitre 9

J'ai envie d'en savoir encore plus, de comprendre. Est-ce que je vais devenir un ange mécanique ?

Son grand-père déposa les deux tasses fumantes sur le bureau et s'assit en face d'Alix. Puis il passa nerveusement une main dans ses cheveux blancs avant de lui répondre.

— Oui… Tu vas devenir un ange mécanique. On a des alertes partout dans le monde de bandes de gargouilles qui tentent de passer la zone neutre. Elles deviennent plus agressives, plus menaçantes. On pense qu'elles sentent que le Voile s'est affaibli et que cela les attire vers nous.

— Noah a mentionné cette « zone neutre ». C'est quoi, exactement ?

— Une zone tampon qu'on a réussi à créer au fil des années, qui tient les monstres à distance… Et c'est la seule zone aussi où les armures des anges mécaniques sont efficaces. Dès qu'ils tentent de s'enfoncer dans le territoire ennemi, elles disparaissent.

Alix secoua la tête. À un moment, elle avait pensé comprendre la situation, aussi dingue puisse-t-elle paraître, mais plus on lui faisait des révélations, plus elle se sentait confuse.

— Je ne saisis pas bien ce que tu veux dire…

Éloi lui adressa un sourire un peu triste.

— Ma chérie… C'est normal que tu sois embrouillée par tout cela. Je ne voulais pas que tu vives ça… Je voulais t'épargner… la guerre, l'horreur. Tu es trop jeune et puis… et puis tu es ma petite-fille. J'ai réussi à préserver ton père. Il a eu de la chance, le Voile a disparu au moment où il était appelé à devenir un ange mécanique. J'avais réussi à retarder son enrôlement, puis tout s'est arrêté et il a pu éviter de vivre ce que tu traverses. Malheureusement, la faille est revenue et il a fallu faire venir de nouvelles générations de recrues… et te voilà. J'ai résisté au maximum pour que tu ne sois pas arrachée à ta vie… Toutefois, la situation est dorénavant vraiment alarmante et on a besoin de tout le monde. Même de toi. Ma qualité de général n'a pas suffi à te dispenser de ce destin.

Général… Éloi avait été général, avait relevé la jeune fille qui ne parvenait pas du tout à s'imaginer son grand-père dans ce contexte. Elle avait toujours cru qu'il était un professeur ou un chercheur à la retraite. Mais le chef d'une armée affrontant des monstres…

— J'ai bien compris que tu t'étais battu, quand tu étais plus jeune.

Éloi se releva et se posta devant une des photos de groupe. Il posa son index sur une silhouette qu'Alix ne pouvait pas distinguer dans le détail, de sa position.

— C'est moi, là, répondit son grand-père. Et sur de nombreux autres clichés. J'ai été un ange mécanique… Pas exactement comme tu le seras. Lors de mes premières années, on portait une véritable armure qui était complexe à enfiler, lourde à porter, à manier… Cela nous faisait perdre beaucoup de temps, d'énergie. Puis, grâce à la technologie, on a trouvé des solutions… plus… efficaces. Et c'est là que je suis en effet devenu un ange mécanique.

Son ton était hésitant, comme s'il répugnait à raconter tout cela, mais il se tourna vers sa petite-fille en affichant un sourire rassurant. Il alla chercher un ouvrage sur une étagère et le lui tendit.

— C'est un livre qui compile tous les textes rédigés depuis la première apparition du Voile. Je les ai retranscrits moi-même en français moderne pour qu'ils soient compréhensibles aux lecteurs contemporains. Mettre la main sur ces sources historiques m'a pris des années. Certaines étaient déjà là, consignées depuis très longtemps. Une fois mon rôle de soldat terminé, j'ai parcouru le pays à la recherche de la moindre mention de ce phénomène. Cela a été long, mais passionnant. Tu en apprendras plus sur le sujet avec ce livre, et tu comprendras mieux.

Alix attrapa le volume à la couverture blanche, sans titre, sans auteur.

— Merci. Et je vais commencer mon « entraînement » bientôt ?

Éloi passa une main sur la tête de sa petite-fille, avec tendresse, lissant d'un mouvement doux ses longs cheveux châtains.

— Oui, mais il va falloir d'abord faire de toi un ange mécanique.

— Ce n'est pas à ça que sert l'entraînement ?

— Non, ma chérie. L'entraînement commencera après ta transformation.

— Ma transformation ?

Éloi soupira et releva la manche de sa chemise pour dévoiler son bras gauche. Dessus, une plaque métallique était littéralement incrustée dans sa peau. Alix nota alors qu'elle n'avait jamais vu son grand-père porter des chemises à manches courtes. Il avait toujours porté des manches longues, recouvrant cette partie de son corps qui aurait attiré l'attention, maintenant qu'elle en découvrait le secret.

— On va te greffer cet appareil, ma chérie. C'est de lui que naît l'armure des soldats… Cependant… une fois cet appareil installé, il va faire partie de toi, comme une extension de ton corps. La première fois, quand tu vas te transformer, cela va te faire très mal. Mais ensuite, tu vas t'y habituer. Ce sera comme une seconde nature, une capacité normale de ton organisme.

Alix allait protester qu'elle ne voulait pas être greffée, transformée ou quoi que ce soit d'autre, mais elle n'en eut pas l'occasion. Isaac apparut sur le seuil du bureau et déclara :

— J'arrive juste à temps, on dirait. Je viens te chercher, jeune fille, pour ta métamorphose. Le docteur est prêt.

Alix se leva, sans dire un mot. Elle sentait son sang quitter ses veines et devinait qu'elle devait être très pâle.

— J'imagine qu'il est trop tard pour reculer, murmura-t-elle.

Elle avait parlé si bas qu'elle ne savait même pas si on l'avait entendue. Mais Isaac hocha la tête.

— C'est trop tard. Maintenant que tu es là… Toutefois, la véritable raison, c'est que nous avons besoin de toi, Alix. Comme nous avons besoin de tous les autres qui se battent quotidiennement de l'autre côté du Voile pour assurer la sécurité de tous. Je te promets que dès que l'alerte sera passée, dès que les monstres ne représenteront plus de danger, tu pourras reprendre ta vie normale.

La jeune fille n'osa pas demander combien de temps cela prendrait. Elle se doutait que le beau discours d'Isaac était surtout destiné à la convaincre et à la rassurer. En réalité, il ne devait avoir aucune idée de la durée de sa mission, ni même si elle en sortirait entière, ou vivante. Elle eut une pensée pour sa famille qui ignorait dans quelle histoire épouvantable elle avait été embarquée, ainsi que pour Maëlle, qui ne la verrait pas sur les bancs des amphithéâtres à la rentrée. Son cœur se serra en repensant à tout ce qu'elle allait manquer : les sorties d'école de Sandro, les délires avec Maëlle, les films qu'elles s'étaient promis d'aller voir ensemble… Le quotidien normal qui s'effaçait face à une réalité nouvelle et cruelle.

Cependant, elle n'ajouta pas un mot. Elle avait décidé, la veille, de partir, de suivre les deux hommes, de plonger dans l'inconnu. Le moment était venu d'aller au bout de sa décision, aussi terrifiante soit-elle.

Elle inspira une grande goulée d'air comme pour se remplir de courage, se redressa, carra ses épaules et déclara enfin :

— Très bien, allons-y.

Éloi lui adressa un sourire encourageant, mais elle devina une étincelle de fierté dans son regard clair.

— Merci, se contenta-t-il de lui dire.

Là-dessus, Alix suivit Isaac hors du bureau. Ils remontèrent le couloir, mais dans le sens opposé à celui qui menait au réfectoire.

— Où va-t-on ?

— Au laboratoire.

— Au laboratoire… répéta Alix, alors que des images de savants fous entourés de machines bizarres et de tubes à essais dégageant de la fumée épaisse envahissaient son esprit.

Elle les chassa afin de mieux se concentrer sur sa respiration qui devenait un peu trop rapide en raison de l'angoisse qui remontait de son ventre jusque dans sa gorge. Qu'allait-on lui faire, exactement ? Son grand-père lui avait montré la plaque qu'on avait greffée dans son avant-bras, mais comment cela se déroulait-il ? Et à quoi servait cette lamelle scintillante, exactement ?

En silence, ils parvinrent devant une nouvelle porte double, qui ressemblait à celles s'ouvrant sur une salle d'opération.

De l'autre côté, il y avait bien un lit chirurgical, entouré de machines complexes qui présentaient des bras, des aiguilles, toutes tournées vers la couchette.

Une femme revêtue d'une blouse blanche se tourna vers eux et sourit en les voyant arriver.

— Ahhh, c'est la petite-fille d'Éloi que nous avons là ? Je vais en prendre grand soin. Je suis la docteur Roy. C'est moi qui vais m'occuper de ta transformation.

Alix avait à nouveau l'impression de flotter dans un songe qui n'avait ni queue ni tête. Elle avait eu la sensation de reprendre le dessus face aux événements qui s'étaient déroulés depuis moins de vingt-quatre heures, mais à nouveau, elle perdait pied. Elle n'était qu'une poupée sans volonté, une marionnette qu'on manipulait pour lui faire faire des choses qu'elle ne comprenait pas, dont elle ne voulait pas vraiment.

En réaction, elle s'était retranchée tout au fond d'elle-même. Elle voyait ce qui se trouvait autour d'elle, elle entendait ce qu'on disait, elle sentait l'air frais de la pièce, l'odeur médicinale piquante qui flottait autour d'elle, mais c'était comme si tout cela arrivait à quelqu'un d'autre. Elle n'était qu'une spectatrice, et grâce à ça, il ne pouvait rien lui arriver de mal. N'est-ce pas ?

C'est quand elle se retrouva en blouse d'hôpital et allongée sur la table d'opération qu'elle comprit que ce n'était pas le cas. Elle était bien l'actrice de sa vie, elle était présente, et elle allait avoir mal.

CHAPITRE 10

— Qu'allez-vous me faire ?

Sa voix coassait alors qu'elle s'était forcée à poser la question malgré sa gorge serrée.

— Nous allons te changer en ange mécanique, répondit une seconde voix féminine à sa droite.

« Sans blague ! » pensa Alix avec sarcasme.

Elle tourna la tête pour voir une femme en blouse chirurgicale d'un bleu pâle, comme dans les séries médicales.

— Je m'appelle Delphine, je vais assister la docteur Roy. Ne t'inquiète pas, tu es entre de bonnes mains.

— Merci, souffla Alix. J'ai bien enregistré que j'allais devenir un ange mécanique et mon grand-père, Éloi, m'a parlé d'une greffe. Mais vous allez m'endormir ? M'ouvrir, m'opérer ?

La femme passa une main sur le front de la jeune fille

pour écarter une mèche de cheveux qui lui barrait le visage et lui enfila une charlotte sur la tête.

— Pas vraiment. L'élément que nous allons te présenter est… une sorte de symbiote. Il va s'adapter à ton organisme et ne faire plus qu'un avec toi. Après cela, tu seras une version augmentée de toi-même.

Cette réponse attisa la curiosité d'Alix, ce qui l'aida à chasser la peur qui la faisait frissonner, plus que la fraîcheur de la pièce.

— Un symbiote ? Mais… Je ne comprends pas…

La médecin qui l'avait accueillie revint vers elle en tenant un haricot métallique, ces sortes de petites cuvettes que l'on utilisait dans les hôpitaux au cours des opérations. Cependant, il n'était pas vide. Dedans, baignant dans un liquide transparent et épais, se trouvait ce qui ressemblait à un grand aimant argenté. Long d'une dizaine de centimètres, large de deux, il ne devait pas faire plus de cinq millimètres d'épaisseur et palpitait, tel un animal inconnu et endormi.

La docteur Roy avait remonté un masque devant son visage mais on pouvait deviner aux plis qu'elle avait aux coins des yeux qu'elle lui souriait avec bienveillance en dessous.

— C'est une technologie compliquée, Alix. Une invention révolutionnaire qui a grandement amélioré l'efficacité de nos soldats. Tu trouveras l'origine de cette découverte dans un livre qu'a écrit Éloi sur l'histoire du Voile.

— Oh, il me l'a donné, mais je l'ai oublié dans son bureau ! fit remarquer la jeune fille.

Isaac, qui était resté dans un coin de la salle, silencieux et immobile, la rassura :

Chapitre 10

— Je vais le monter dans ta chambre. Tu l'y trouveras après ton intervention. Je vais vous laisser. Bonne chance Alix, et bienvenue parmi les anges mécaniques.

Sur ces mots, le soldat géant quitta la pièce et Alix se retrouva seule avec le docteur et son assistante.

— Tu es prête ? demanda cette dernière avec gentillesse.

— Je n'ai pas le choix, je crois, répondit Alix avec une pointe de sarcasme dans la voix.

Ainsi, elle espérait masquer l'inquiétude qui ne la quittait pas depuis tout à l'heure, depuis qu'Isaac lui avait souhaité bonne chance d'un ton qui avait sonné funestement.

Aussitôt, on s'agita autour d'elle. On lui demanda si elle était droitière – ce qui était le cas – et on découvrit donc son bras gauche. Avec un coton, on le badigeonna de Bétadine qui laissa une marque rouge sur sa peau. Enfin on lui fit une petite piqûre qu'elle sentit à peine.

— C'est un anesthésiant qui devrait atténuer la douleur, mais, hélas, on n'a pas encore trouvé comment l'empêcher totalement. On ne peut pas t'endormir complètement. Il faut que ton corps soit éveillé pour que la transformation s'opère.

Alix se contenta d'acquiescer. Elle avait mille questions en tête, l'envie de partir en courant, de pleurer, de crier, mais elle gardait tout cela en elle et se concentrait sur ce qu'on lui faisait afin de ne pas se laisser submerger par le reste.

Avec douceur, la médecin saisit la plaque argentée qui reposait dans le haricot entre deux grandes pinces et, délicatement, la posa sur le bras d'Alix, là où on l'avait désinfectée. Dans un premier temps, tout ce que sentit la jeune fille, ce fut une sensation d'humidité froide. Mais la fraîcheur se dissipa vite pour laisser place à une certaine tiédeur. Puis, au bout d'une ou deux minutes seulement, la chaleur s'accentua. Toutefois, ce n'était pas qu'une impression. Tout autour de la lamelle qu'on avait appliquée sur son bras, la peau devint rouge et commença à se couvrir de cloques. La brûlure gagnait en intensité et, malgré elle, Alix gémit de douleur. Elle avait l'impression qu'on avait déversé de la lave incandescente dans son muscle, que ses veines fondaient, que ses os se liquéfiaient. N'y tenant plus, elle se mit à hurler et, finalement, elle perdit connaissance. Pourtant, même dans les limbes de l'inconscience, elle ne parvint pas à s'éloigner totalement de la sensation de fusion qui paraissait envahir tout son corps à présent. C'était comme si chaque cellule était touchée par le feu qui se déployait depuis la plaque. Un chuchotement lointain effleura son esprit, lui donnant l'impression que quelqu'un voulait la rassurer. L'oubli total finit par la gagner, la soulageant de la douleur insupportable. Ce furent le noir, le silence et le néant qui l'accueillirent.

Quand elle ouvrit les yeux, il faisait sombre autour d'elle. Seule une lumière discrète était allumée près d'un grand lavabo. Une couverture la recouvrait, la protégeant du froid. Son regard balaya son environnement et tenta de recoller les morceaux de sa mémoire éparpillée. Elle était dans une salle d'opération. Le laboratoire, se souvint-elle. Le Nid. La greffe.

Dès qu'elle se rappela la raison pour laquelle elle se trouvait ici, elle dégagea son bras du plaid afin de le regarder. Elle n'avait rien rêvé ni imaginé. Une lamelle argentée, de deux centimètres de large, était rivée à sa peau, qui apparaissait rouge et boursouflée sur le pourtour.

Son mouvement avait dû alerter l'infirmière qui se retrouva à son chevet en quelques instants. Elle avait ôté sa tenue d'opération et affichait un regard bleu dans un visage rond, encadré de cheveux blonds coupés court. Une aura de bienveillance se dégageait de sa personne.

— Ah, tu es réveillée.

— Je… j'ai dû perdre connaissance, constata Alix d'une voix rauque.

— C'est pareil pour tout le monde. Je te surveillais pour m'assurer qu'il n'y avait aucune complication. C'est rarement arrivé, mais on se doit d'être prudents. Tu penses que tu peux te lever ?

La jeune fille se redressa, surprise de ne plus sentir la moindre douleur. La plaque était pourtant bien là, soudée à son avant-bras, mais c'était comme si elle avait rêvé la souffrance, la brûlure.

— Ça va, ma tête tourne un peu, mais rien de grave.

— Noah t'attend dans le couloir pour t'aider à monter dans ta chambre. Tu peux te reposer quelques heures.

— Merci… murmura Alix.

Une fois debout, elle réalisa qu'elle tenait à peine sur ses jambes. Elle était littéralement épuisée, comme si son organisme avait extrait toute son énergie, toutes ses ressources pour faire face à l'arrivée de cet élément nouveau qui brillait sur son bras.

Avec des gestes lents, elle enfila sa combinaison beige, remit ses chaussures et, appuyée sur Delphine, retrouva Noah qui était juste derrière la porte du laboratoire, la tête baissée sur son téléphone.

— Ah, voilà notre nouvelle soldate ! s'écria-t-il avec enthousiasme en la voyant le rejoindre.

— Pas très reluisante, la soldate, répliqua Alix avec un brin d'ironie.

— Tu iras mieux demain, je peux en témoigner. On est tous passés par là.

Delphine, quant à elle, serra la main de sa patiente en signe de réconfort.

— Si jamais tu ne te sens pas bien, ou même si tu as besoin de parler, tu sais où me trouver. Je suis toujours là pour aider les anges.

— Merci…

Alix sentit des larmes baigner ses paupières face à cette marque d'affection, aussi légère fût-elle. Elle se sentait tellement désorientée depuis la veille (qui lui semblait il y a une éternité déjà !), que sa sensibilité était à fleur de peau et cette présence féminine, réconfortante lui faisait le plus grand bien, la rassurait.

Elle fit un petit geste de gratitude à l'infirmière pour lui montrer que tout allait bien et suivit Noah, qui la ramena jusque devant la porte de sa chambre. Dans les escaliers, ils croisèrent plusieurs groupes d'adolescents et de jeunes adultes circulant à toute allure, parlant, riant, démontrant que, pour eux, tout était normal, et cela apaisa Alix : dans quelque temps, elle serait comme eux, et ce lieu, ses mystères et ses secrets deviendraient son banal quotidien.

— Ça va aller ? demanda Noah en la laissant sur le seuil de sa chambre.

— Oui, je crois que je vais me mettre directement au lit.

Chapitre 10

— Parfait. Je t'ai envoyé un texto – ton grand-père m'a donné ton numéro –, afin que tu aies mes coordonnées. S'il y a le moindre problème, tu m'appelles, tu me bipes, je suis là pour t'aider. Tu vas faire partie de mon escadron d'anges et, crois-moi, je prends soin des miens.

Sur ces paroles, il laissa Alix qui s'enferma aussitôt, se remit en pyjama, se glissa sous la couette et s'endormit en quelques secondes.

DÉBUTS DU NID

Témoignage du général Saint-Léger, chef des armées des gardiens du Voile, 1621[1]

Dans la nuit du 23 au 24 octobre 1621, un terrible incendie s'est déclaré en plein cœur de Paris. Le pont Marchand a pris feu et a été détruit. Il reliait la rive droite de la capitale à l'île de la Cité. Dans la foulée, le pont au Change s'est embrasé à son tour. La légende urbaine qui a traîné dans les rues raconte que c'est une servante qui serait à l'origine du drame et qui aurait laissé tomber une bougie sur le sol d'une maison de bois. Mais ce n'est pas ce qu'il s'est passé. La vérité, c'est que le Voile est réapparu soudainement, après quatre années d'absence – quatre années bénies durant lesquelles j'ai pu vivre, ainsi que mon armée, en paix. Les cloches de l'église Saint-Barthélémy, située juste à côté du pont, ont alors sonné pour donner l'alarme et cela a affaibli la faille. Les gargouilles, qui n'attendaient que cela, de l'autre côté, en ont profité pour la franchir et ont provoqué une panique incontrôlable.

1. Retranscrit en français moderne par EdS.

C'est dans cet affolement que l'incendie s'est déclaré. Une lanterne est tombée et tout s'est embrasé rapidement. Les quelques témoins qui ont vu les monstres ont tous péri dans la catastrophe. C'est « grâce » à ce désastre que nous avons découvert que les gargouilles ne craignent pas le feu. Les flammes ne leur font aucun mal. Elles passent à travers elles comme nous dans un courant d'air. Leur peau, qui semble faite de pierre, les protège de la chaleur.

Nous avons réussi à juguler l'invasion et à tuer les envahisseurs, mais nous avons dû pour cela organiser une véritable chasse dans les rues de Paris. Plusieurs d'entre elles avaient profité de la panique pour s'éparpiller dans la ville. Nous avons mis cinq jours pour toutes les éliminer, perdu trois vaillants chevaliers dans ce combat et de nombreux civils sont morts, attaqués par ces créatures sans morale. Toutefois, cet affrontement nous a appris autre chose d'important : elles possèdent une hiérarchie et n'attaquent pas de manière désordonnée, comme nous le pensions autrefois. Il y a une logique, une stratégie dans leurs actions. Mon lieutenant, Émile, prétend que c'est parce qu'elles ont évolué et appris que cela a changé. S'il a raison, alors nous avons à craindre le pire. Nous les pensions dénuées d'intelligence, de moyens de communication et incapables de progrès, ce qui les faisait passer pour des bêtes sauvages et stupides. Si Émile a vu juste, alors il va nous falloir changer de stratégie et évoluer nous aussi. En les étudiant plus fréquemment, nous allons peut-être pouvoir analyser leurs modes de fonctionnement et, ainsi, réussir à anticiper leurs attaques et leurs mouvements.

Je possède un immense terrain hérité de ma famille qui se trouve dans la forêt à une cinquantaine de kilomètres de Paris. Le Voile y passe en plein milieu. Je vais y faire construire un grand bâtiment pour héberger nos soldats et étudier au mieux de nos capacités la faille et les gargouilles. Je vais faire fabriquer de grosses cloches qui affaibliront la frontière afin que nous puissions la traverser volontairement le plus souvent possible, et surtout en ressortir. Le seul moyen de comprendre ces créatures, c'est de les étudier afin de les éliminer efficacement sans plus nous laisser surprendre.

Tout cela sera prêt dans quelques années. Je puise dans ma fortune personnelle pour réaliser ce projet, mais je n'ai que faire de l'argent si c'est pour voir le monde s'écrouler face aux gargouilles. Leurs rangs, de l'autre côté du Voile, augmentent depuis des siècles. Combien de personnes l'ont passé ? Combien de monstres en plus à chacune de ses apparitions ? Quel est le sens de son existence, de la métamorphose des humains qui le traversent ?

Je n'ai pas les réponses à ces questions mais, un jour, peut-être que quelqu'un les aura. C'est la raison d'être de mon projet : créer un espace où les gardiens du Voile auront tout le loisir de les trouver et, surtout, de découvrir comment en finir une bonne fois pour toutes avec cette menace.

CHAPITRE 11

Quand Alix ouvrit les yeux, il faisait encore nuit. Elle attrapa son téléphone pour regarder l'heure. Il était à peine plus de cinq heures du matin. Elle avait dormi si longtemps qu'elle n'avait pas vu la fin de la journée précédente, et n'avait rien mangé depuis son petit-déjeuner la veille. Une fois sa lampe de chevet allumée, elle observa son bras. La lamelle y était toujours incrustée, mais sa peau avait dégonflé autour de ses limites. La plaque scintillait sous la lumière comme si elle était incrustée d'éclats de diamant ou de cristal. Ces fragments renvoyaient de minuscules arcs-en-ciel. C'était presque joli, comme un objet de luxe porté pour le plaisir et pas par obligation.

Alix ne comprenait pas encore à quoi servait cet élément mais se doutait bien qu'on lui révélerait très vite. Incapable de rester allongée plus longtemps, elle se leva et fit comme la veille : elle emporta ses affaires de toilette pour se rendre dans la salle de bains. À cette heure-ci, le Nid était encore plongé dans l'obscurité et le silence. Elle prit sa douche seule, retourna dans sa chambre, et s'accorda le temps de donner des nouvelles à ses parents avec ce qui lui restait de batterie. Elle se garda bien de leur raconter qu'on lui avait enchâssé une plaque faite d'une matière étrange dans le bras, qu'elle avait eu mal et qu'elle se sentait terriblement seule. À la place, elle se contenta de leur dire qu'elle découvrait petit à petit sa nouvelle école et ses nouvelles matières. Qu'elle avait rencontré un de ses professeurs et qu'elle n'avait pas encore eu le temps de se faire des amis. Puis, affamée, Alix se décida à descendre au réfectoire, se demandant s'il serait déjà ouvert.

En bas, le couloir était allumé. Derrière les fenêtres, la forêt qui entourait le Nid était noyée de ténèbres. Une brume flottait au ras du sol, lui donnant encore plus l'impression d'être coupée du reste du monde, que tout avait disparu au moment où elle avait décidé de suivre Éloi et Isaac. En silence, elle se rendit dans le réfectoire. Il était bien ouvert et quelques personnes étaient déjà installées à table. D'autres jeunes, d'autres soldats. Plusieurs portaient la même combinaison beige qu'elle alors que certains avaient gardé leurs vêtements « civils » et parlaient à voix basse. Ils se turent en la voyant entrer.

Indécise, Alix resta sur le seuil, avec l'impression de les déranger. Pourtant, une des filles lui fit signe de les rejoindre.

— Salut, tu es une nouvelle recrue ? demanda-t-elle alors qu'Alix arrivait à leur niveau.

Chapitre 11

— Oui, je suis arrivée avant-hier, dit-elle d'une voix intimidée. Je m'appelle Alix.

— Bienvenue, moi c'est Charlie. Enfin, Charlotte, mais tout le monde m'appelle Charlie. Va te servir et viens manger avec nous, si tu veux ? Ne t'inquiète pas, on est tous passés par là et ça s'arrange au bout d'un moment.

Charlie avait une voix naturellement rauque, qui s'accordait bien avec un visage aux pommettes ciselées et aux joues creuses. Des cheveux noirs coupés très court et un maquillage charbonneux autour des yeux complétaient son look, ainsi que des tatouages semblant recouvrir toutes les parcelles visibles de sa peau.

Alix fit ce qu'on lui dit. Elle alla choisir au self de quoi apaiser sa faim, puis s'assit avec le groupe qui se décala sur un banc pour lui faire de la place. En face d'elle, elle reconnut le garçon aperçu la veille, le premier à être sorti du Voile. À côté de Charlie, qui était plutôt menue, il avait l'air d'un géant, avec ses épaules larges et son visage carré.

Malgré son apparence impressionnante, il lui sourit gentiment.

— Je m'appelle Anton. Je crois t'avoir vue hier, avec Noah ?

— Oui, il me faisait visiter les lieux, acquiesça Alix. Il m'a dit que j'allais faire partie de son escadron d'anges.

— Alors on va être ensemble. Il nous a prévenus qu'il intégrerait des nouvelles recrues à notre équipe.

Alix fit une petite grimace.

— Je ne suis pas du tout à votre niveau… Je ne peux pas…

— Oh t'inquiète ! la rassura Charlie, tu vas apprendre vite. Une fois que ton armure va se déployer… tu seras directement dans le bain.

Alix ne comprenait pas vraiment ce que sa camarade disait, mais elle n'osa pas poser de questions. Pour l'instant, elle était juste contente de rencontrer des gens de son âge, de pouvoir échanger avec eux, et de manger. La suite, elle la verrait plus tard. Chaque chose en son temps.

— Tu faisais quoi, avant ? l'interrogea un autre garçon, grand échalas rouquin, aux boucles orangées si denses qu'il semblait avoir un halo de feu posé sur la tête. Moi j'étais en licence de maths. Je m'appelle William, au fait.

— Je suis… j'étais étudiante en histoire de l'art, et vous ?

— Je faisais pas grand-chose, j'étais un peu paumée, révéla Charlie du tac au tac.

Anton prit le temps de mastiquer sa bouchée de tartine avant de répondre :

— Je suis champion d'escrime et peut-être qu'un jour je participerai aux jeux Olympiques !

Charlie s'esclaffa.

— Ouais, il n'est pas que ça, il fait aussi un master en je-sais-pas-quoi. Un truc compliqué…

Alix prit le temps d'absorber ces informations. Ces soldats avaient tous un profil différent.

— Mais pourquoi on vous a recrutés pour devenir des anges ? finit-elle par demander, cherchant une logique dans tout cela.

Anton eut un rire amer.

— Je descends d'une longue lignée de soldats luttant contre les gargouilles. Vu que c'est une société secrète, on va dire que ça devient héréditaire. Chez moi, ça remonte jusqu'à mes ancêtres ukrainiens qui surveillaient le Voile dans leur contrée lointaine.

— Alors moi, c'est un peu plus compliqué, enchaîna Charlie. J'ai croisé une soldate à une époque pas géniale de ma vie et elle m'en a sortie en m'intégrant ici. Ça m'a sauvée, on va dire. Et toi ? C'est quoi ton lien avec le Nid ?

Alix hésita avant de répondre.

— Mon grand-père, c'est… Éloi de Saintomer.

William ouvrit de grands yeux ronds et siffla entre ses dents.

— Mazette, le grand général en personne ! C'est sûr que tu n'allais pas y échapper.

— Sauf que je n'ai découvert qu'hier qu'il était un grand général… murmura Alix, tentant de réconcilier l'image qu'elle avait de son grand-père, cet homme serein, intellectuel et érudit, avec celle d'un soldat s'étant battu contre des créatures qu'elle ne parvenait pas à se figurer.

Charlie laissa échapper un ricanement moqueur.

— T'inquiète, ma belle, c'est le lot de la plupart des gens ici. Société secrète, je te rappelle. Ils ne disent rien à personne, et hop, tu te réveilles un matin avec une mission plus que bizarre. Même moi, j'ai pas tout capté au début, alors que je suis venue volontairement pour échapper à ma vie misérable. Mais on s'y fait, et au final, c'est gratifiant.

Elle retroussa la manche de sa combinaison pour dévoiler sa lamelle métallique qu'elle avait aussi implantée dans le bras. Ce dernier était décoré de tatouages aux formes complexes, interrompues par ce rectangle brillant.

— Et d'un seul coup, on se retrouve avec ce machin… Quoique maintenant, je trouve ça cool, même si ça gâche mon tattoo…

Ils avaient terminé leur petit-déjeuner et un silence plana après la déclaration de Charlie. Dehors, il faisait encore nuit et une neige légère avait commencé à tomber. Des flocons tourbillonnaient et se déposaient sur la pelouse derrière la baie vitrée.

— Pourquoi vous êtes-vous levés aussi tôt ? s'enquit Alix.

— On a une ronde à faire dans pas longtemps, expliqua Anton en se levant pour aller déposer son plateau sur le tapis roulant. C'est la semaine où on est de corvée matinale. Mais ça tourne, comme ça on pourra dormir plus longtemps quand on passera au quart de l'après-midi.

Au moment où ses amis quittaient la table à leur tour, un bruit strident s'éleva dans le bâtiment, faisant sursauter tout le monde.

— Mince, c'est l'alarme ! s'écria William. C'est mauvais ça.

Charlie hurla pour couvrir la sirène qui montait en intensité.

— On y va, les gars !

— Et moi ? s'inquiéta Alix.

— Tu viens avec nous, lui assura Anton.

Il dut lire sur son visage la confusion mêlée de terreur que ressentait Alix, car il lui attrapa la main et la serra dans la sienne, immense en comparaison, puis il l'entraîna avec lui dans le couloir.

Alix suivit Anton. Une fois de plus, elle eut l'impression de flotter dans un rêve désagréable qu'elle ne maîtrisait pas. Seuls les doigts solides et chauds du jeune homme la reliaient à la réalité.

Chapitre 11

Ils dévalèrent les escaliers, suivis de dizaines de jeunes soldats aux mines encore endormies, qui avaient dû se réveiller en urgence et se précipitaient maintenant comme eux vers le sous-sol du Nid. Personne ne disait un mot, mais une tension était palpable alors que l'alarme ne cessait pas, hululement stressant qui vrillait les tympans.

Heureusement qu'Anton tenait fermement la main d'Alix, car elle se serait perdue dans le dédale des couloirs souterrains. Ils finirent tout de même par déboucher dans la caverne que Noah lui avait montrée la veille. Et justement, ce dernier se tenait là, devant le Voile agité de soubresauts, comme si quelqu'un ou quelque chose tapait dessus de l'autre côté, créant des ondes visibles ici.

— Les gargouilles ont franchi la barrière et ont pénétré dans la zone neutre ! hurla-t-il en voyant les troupes débarquer. Il faut vite les empêcher de passer de ce côté !

Il leur faisait de grands signes du bras pour les presser. Anton lâcha la main d'Alix et lui murmura à l'oreille :

— Je dois y aller…

Alix le regarda retirer à toute allure sa tenue beige pour se retrouver dans le justaucorps noir que tous les autres soldats portaient sous leurs vêtements. Puis, sans hésiter, il s'avança vers le Voile. Aussitôt, son armure se matérialisa autour de lui, morceau par morceau, l'enveloppant d'une cuirasse scintillante faite d'engrenages qui reliaient entre elles les différentes parties et de rouages présents aux articulations. Des ailes métalliques se déployèrent dans son dos, lui donnant l'apparence d'un ange mécanique, étincelant, impressionnant. Charlie et William avaient effectué les mêmes gestes que lui et s'étaient eux aussi métamorphosés en soldats miroitants, ainsi que des dizaines d'autres jeunes personnes. Sans un regard en arrière, ils passèrent la faille et disparurent dans un autre monde qu'Alix ne parvenait pas à imaginer.

Elle se retrouva seule avec Noah. Il la contempla quelques instants.

— Enfile une tenue noire que tu trouveras dans un des casiers. Et tu viens avec moi.

— Pardon ? Mais… je ne suis même pas entraînée.

— Ce sera une bonne entrée en matière, ironisa Noah.

Alix ne sut quoi répondre. En silence, elle obéit. Il y avait des tuniques sombres pliées dans le premier casier qu'elle ouvrit. Elle retira sa combinaison et se retrouva en sous-vêtements, légèrement gênée que Noah puisse la voir ainsi, mais il avait eu la délicatesse de lui tourner le dos afin de lui offrir un semblant d'intimité.

Une fois changée, elle eut l'impression d'être nue, le tissu lui collant comme une seconde peau au corps. Les manches étaient suffisamment courtes pour laisser apparente la lamelle qu'on lui avait greffée la veille.

— Et maintenant ? demanda-t-elle d'une voix tremblante.

Noah la regarda droit dans les yeux.

— Alix, je pense que ton grand-père ne serait pas content que je te fasse découvrir l'autre côté dans une situation d'urgence, mais on a besoin de tout le monde. Avance-toi jusqu'au Voile et quand ton armure t'aura recouverte, tu pourras passer à travers. Dans un premier temps, tu te contentes de rester près de la faille, comme observatrice. Si une gargouille s'approche trop près, tu l'élimines.

— Mais je…

Chapitre 11

Elle n'eut pas le temps de terminer sa phrase. Noah l'attrapa par le coude et la tira en avant, vers le Voile. Ils n'étaient plus qu'à une trentaine de centimètres quand la jeune fille sentit une brûlure fulgurante traverser son bras gauche. La douleur déferla dans tout son corps, comme si ses cellules prenaient feu les unes après les autres. La lamelle qu'on lui avait collée à la peau s'illumina vivement d'un éclat argenté intense et, d'un seul coup, s'étendit, courut sur son bras et son épaule. En quelques instants, son corps fut recouvert de cette matière scintillante. Un casque enveloppa sa tête. Elle sentit également un poids appuyer dans son dos et devina que des ailes étaient apparues contre ses omoplates.

— Magnifique ! s'écria Noah qui lui aussi avait subi sa transformation.

Son armure était massive, lui donnant l'apparence d'un géant brillant et menaçant. La forme allongée des yeux de son casque y ajoutait un air sévère. Deux petites pointes partant des tempes s'étiraient vers l'arrière, alors que ses ailes, gigantesques, se déployaient en faisant jouer un ensemble de rouages mécaniques complexes et saisissants.

Brièvement, Alix se dit qu'elle aurait bien aimé se contempler dans un miroir pour voir son apparence à elle d'ange mécanique, mais elle n'eut pas le temps de développer sa réflexion. À nouveau, son officier l'attrapa par le coude et l'entraîna avec lui dans la matière moirée du Voile.

Alix le passa pour la première fois, pour enfin découvrir ce qu'il y avait de l'autre côté…

CHAPITRE 12

Ce qu'elle vit en premier, ce furent des points de lumière colorés ondoyant autour d'elle, comme les reflets d'une mer arc-en-ciel se déployant dans tout l'espace. Il y avait des éclairs aussi, des grondements, des grincements.

Puis elle aperçut ses compagnons, un peu plus loin, aux prises avec des créatures qu'elle n'aurait jamais imaginées. Les gargouilles, devina-t-elle immédiatement. C'étaient des monstres qui avaient des apparences très diverses. Certains étaient immenses, comme étirés. Leurs membres trop longs ressemblaient à des cordes desséchées. D'autres, petits, étaient tassés sur eux-mêmes. Tous avaient la peau grise, paraissant recouverte d'une couche de pierre incrustée de petits éclats cristallins. Ils étaient hideux. Leurs visages étaient difformes, parfois tendant vers l'animal : le singe, le reptile, la grenouille, le chien… Ils étaient nombreux à avoir des cornes sur la tête, une ou plusieurs selon les cas. Certains avaient des ailes de chauve-souris ou de diable, tel qu'il était représenté dans l'imaginaire collectif. D'autres laissaient une langue bifide pendre de leur gueule hideuse. On devinait quelques traits encore humains derrière ces figures de cauchemar, et c'est ce qui les rendait encore plus terrifiants. Alix comprit pourquoi on les appelait les gargouilles : ils émettaient des gargouillis informes.

Évidemment, Alix découvrit tout ça en quelques secondes. Elle allait se sentir mal, elle en était certaine. Son casque intégral l'étouffait, elle ne savait pas comment utiliser son armure. Noah s'était élancé en avant pour seconder ses soldats qui se battaient avec acharnement. Pour oublier sa situation complètement insensée, Alix se concentra sur leurs gestes. Elle ne les reconnaissait pas sous leur carapace argentée, mais elle les voyait tourbillonner avec une grâce et à une allure qu'elle n'aurait pas crues possibles avec une telle masse sur le dos. L'un des anges, attaqué de toutes parts, bondit et s'envola, ses ailes métalliques battant dans son dos. Il fit un salto dans les airs, atterrit un peu plus loin et dégaina une lourde épée semblant surgie de nulle part qu'il abattit brutalement sur ses assaillants – qui avaient à peine eu le temps de se retourner après sa cascade aérienne.

Sous les coups, les gargouilles étaient pulvérisées, comme si elles étaient réellement faites de roches. Pétrifiée par ce spectacle d'une violence inouïe, par la peur qui la saisissait, mais aussi par l'admiration qui naissait pour ses compagnons face à leurs techniques de combat, Alix ne vit pas deux gargouilles s'approcher d'elle sur le côté.

Chapitre 12

Son regard était rivé sur le combat et c'est un cri qui la ramena à la réalité.

— Alix ! À ta gauche !

Elle sursauta, pivota pour voir les deux monstres se jeter sur elle. Ils lui sautèrent dessus en émettant des sons stridents, comme des grincements de dents trop forts. Elle hurla de terreur, bascula en arrière, mais, alors qu'elle était sur le point de tomber, instinctivement et sans qu'elle n'ait besoin de rien faire, ses ailes se mirent à battre dans son dos, rétablissant son équilibre.

« Il me faudrait une massue », pensa-t-elle dans la confusion du moment. Aussitôt, le chuchotement qu'elle avait déjà perçu se réveilla dans sa tête, accompagné d'une vibration qui agita son bras droit. Depuis son armure, une massue exactement telle qu'elle l'avait imaginée dans le bref instant de conscience qu'elle venait d'avoir jaillit directement dans sa main, faite de la même matière étincelante que sa carapace. Sans réfléchir, Alix assena un coup sur l'épaule de la première gargouille. Celle-ci poussa un glapissement de douleur alors qu'une partie de son dos volait en éclats. Pourtant, cela ne l'arrêta pas et elle agrippa ses longs doigts autour du cou de la jeune fille. Heureusement, son armure la protégeait efficacement et, de sa main libre, elle repoussa la créature qui fut projetée suffisamment en arrière pour qu'Alix la frappe à nouveau et, cette fois, la réduise à l'état de poussière. Le second monstre qui l'attaquait avait entouré ses bras épais, à la musculature surdéveloppée, autour de ses jambes, l'empêchant de bouger. Toutefois, à nouveau, les ailes de l'adolescente s'agitèrent, la faisant s'envoler de quelques mètres, entraînant avec elle la gargouille qui ne voulait pas lâcher prise. Alix la cogna comme elle put avec sa massue, mais sa position n'était pas idéale pour l'atteindre efficacement. Elle tenta d'agiter ses pieds, sans succès.

« Il me faudrait une arme accrochée à mes semelles » se dit-elle, entre deux pensées paniquées. Une fois de plus, son armure murmura, s'agita, et la combattante sentit quelque chose peser plus lourd au niveau des bottes épaisses, argentées, qui gainaient ses jambes et ses pieds. Une pointe en jaillit, transperçant aussitôt la bête qui hurla en retombant, pour enfin s'écraser au sol où elle se brisa en mille morceaux. La jeune fille, concentrée sur son affrontement, n'avait pas remarqué qu'elle avait continué à prendre de l'altitude et qu'elle se trouvait en vol stationnaire à une vingtaine de mètres de haut.

Elle en ressentit un bref vertige, mais son armure sembla une nouvelle fois répondre à sa pensée instantanément, et la jeune fille redescendit en douceur se poser sur la terre ferme.

Des gargouilles qui l'avaient attaquée, il ne restait que des éclats de cailloux et de la poussière. À quelques mètres de là, le bataillon qui affrontait le reste des monstres avait presque terminé sa mission. Quelques instants plus tard, c'était terminé. Il ne restait plus qu'eux, les anges mécaniques, dans cette zone étrange, secouée de tremblements, de grondements, traversée d'éclats de lumière et de bruits aigus qui ne faisaient aucun sens.

Un des soldats courut vers elle et son casque disparut, comme avalé dans son cou, pour faire apparaître le visage luisant de sueur d'Anton. C'était lui qui avait effectué le salto aérien un peu plus tôt. Elle reconnaissait à présent le motif complexe d'engrenages qui dessinaient des volutes sur ses ailes.

— Ça va, Alix ?

Sans qu'elle n'ait rien à manipuler, son heaume disparut également et, d'une voix haletante, elle répondit :

— Je crois, oui… Je ne sais pas… Je ne suis pas sûre…

Elle fut interrompue par Noah qui se précipitait vers elle.

— Alix ! Je voulais t'aider, mais j'ai été pris en embuscade par trois de ces saletés…

— Ça va, je m'en suis sortie.

— Je vois ça.

Une lueur d'admiration brillait dans le regard de son officier.

— Pour une première fois, on peut dire que tu as assuré. Tu as ça dans le sang.

Alix eut un petit rire gêné.

— Je ne crois pas… J'ai juste…

Elle n'arrivait pas à mettre des mots sur ce qu'elle venait de vivre. Mais Noah secoua la tête et déclara avec sérieux :

— Tu as ça dans le sang, Alix. J'ai vu ce que tu as fait avec ton armure. Crois-moi, il y a peu d'anges mécaniques capables de faire pareil.

— Faire quoi ?

— On en discutera plus tard. Sortons d'ici, il ne fait pas bon s'y attarder.

Durant leur échange, le reste du groupe les avait rejoints. Tout le monde avait l'air fourbu, mais un éclat d'excitation, de fierté et de soulagement brillait dans tous les regards.

— Yo ! Bravo Alix, t'as assuré pour une première fois !

s'écria William en levant la main pour que la jeune fille tape dedans.

Leurs doigts gainés de la matière brillante de leur armure émirent un léger « cling » en se cognant.

Ils quittèrent la zone neutre et se retrouvèrent dans la caverne, de l'autre côté du Voile. Dès qu'ils firent quelques pas vers les bancs, leurs carapaces disparurent comme elles étaient apparues, semblant se rétracter à l'intérieur des plaques métalliques greffées sur leurs bras. Alix en ressentit à nouveau une brûlure et tenta de masquer une grimace, mais Anton la remarqua.

— Ne t'inquiète pas, ça ne dure pas. Au bout d'un moment, ton organisme s'habitue au changement et ça ne fait plus mal.

— Tant mieux, souffla la jeune fille.

— Tu m'étonnes, on a assez de trucs à gérer comme ça, renchérit Charlie.

Sans sa tenue de soldate, moulée dans sa combinaison noire, elle apparut toute menue et, avec sa petite taille, ressemblait à une enfant tatouée.

En silence, ils se rhabillèrent et reprirent le chemin qui menait au Nid.

— Je vous laisse quartier libre pour le reste de la journée, leur annonça Noah quand ils furent remontés au rez-de-chaussée. J'ai des choses à voir avec mes supérieurs. Il y a de plus en plus d'incursions dans la zone neutre et il nous faut un plan de défense plus efficace. J'envoie un autre groupe patrouiller là-bas. Reposez-vous. Je devine qu'on aura besoin de vous en forme bien plus vite que prévu.

Il les salua d'un geste de la main et remonta le couloir en direction du bureau d'Éloi.

Chapitre 12

— Parfait, je vais prendre une longue douche, annonça Charlie. Alix, tu viens avec moi ?

— Ouaiiis, vous allez vous doucher ensemble ? demanda William d'un air entendu.

— Dans tes rêves, crétin ! répliqua la combattante miniature.

Alix éclata de rire, ce qui lui fit le plus grand bien. Elle avait l'impression de vivre dans un état de tension permanente depuis le réveillon de Noël avorté qui lui semblait bien lointain, à présent.

— Je te rejoins, Charlie, moi aussi j'ai bien besoin de me décrasser après ce qu'on vient de vivre.

Ils remontèrent en silence les escaliers, rejouant dans leur esprit ce qu'ils avaient vécu de l'autre côté du Voile. Surtout Alix, pour qui c'était la première expérience dans ce monde insensé. Elle avait du mal à se rappeler en détail tout ce qu'il s'était passé. Tout était allé trop vite, un tourbillon de sensations, de gestes qu'elle avait à peine contrôlés, de silhouettes monstrueuses sorties tout droit d'un cauchemar.

Elle retourna dans sa chambre récupérer ses affaires de toilette et y découvrit deux grosses valises posées près de son lit, sur lesquelles avait été déposé un petit mot rédigé de la main de son grand-père dont elle connaissait l'écriture par cœur.

Ma chérie, je suis allé récupérer tes affaires chez toi. J'en ai profité pour rassurer tes parents. Ils m'ont dit que tu avais fait de même de ton côté. Si tu as besoin d'autre chose, n'hésite pas à me le dire, je retourne à Paris la semaine prochaine.

Alix sentit une vague d'émotions remonter en elle

quand elle ouvrit les deux bagages. Des vêtements, des affaires de toilette, sa peluche de Totoro, une lettre de ses parents qui lui rappelaient combien ils l'aimaient et qu'elle leur manquait déjà, des photos de sa famille, de ses amis, qu'elle pourrait accrocher sur son mur, une dizaine de romans – des poches pour prendre moins de place –, son chargeur de téléphone, ses écouteurs, son ordinateur portable, un dessin de Sandro qui la représentait. Tout sentait sa maison, son chez-elle. Elle enfouit son nez dans un foulard qui appartenait à sa mère et qu'elle aimait particulièrement, devinant que cette dernière lui en faisait cadeau. Elle y retrouva son parfum fleuri, un peu capiteux. Des larmes lui montèrent aux yeux en retrouvant ces odeurs familières, rassurantes. Et d'un seul coup, elle comprit qu'elle ne rentrerait pas chez elle, malgré la douleur de la séparation, la peur provoquée par ces monstres, l'angoisse à l'idée de retourner de l'autre côté. Non, elle resterait ici et se battrait jusqu'au bout. Maintenant qu'elle savait quelle menace existait, quelles créatures pouvaient s'en prendre à sa famille, à son petit frère, elle avait la certitude qu'elle devait protéger les personnes qu'elle aimait. Ses parents, Maëlle et tous les amis qu'elle avait laissés derrière. Sandro, surtout, méritait d'avoir une enfance douce et sans la peur de voir des monstres surgir dans sa chambre pleine de jouets et d'histoires enfantines. Cette simple pensée, cette évidence, ressemblait à un appel impérieux, et cela raffermit sa volonté en quelques instants. Elle chassa sa peur et oublia ses doutes. Oui, elle était un ange mécanique et, visiblement, c'était son destin. Elle irait au bout de ce chemin, quelle qu'en soit la destination…

DÉBUTS DU NID

Témoignage du général Saint-Léger, fils, chef des armées des gardiens du Voile, 1632[1]

Mon père n'aura pas vécu assez longtemps pour voir l'aboutissement de son projet. Il a tenu bon face à la maladie, le plus longtemps possible, mais elle a fini par l'emporter avant que le bâtiment ne soit achevé. Pourtant, jusqu'au bout, il est allé voir les progrès du chantier, afin de s'assurer que tout serait à l'image de son rêve. Il a fini par succomber et j'ai pris la relève. Je m'y destine depuis tout jeune, depuis qu'il m'a révélé son rôle, l'existence des gardiens du Voile, des gargouilles, de la lutte contre les monstres. Aujourd'hui, notre quartier général vibre de vie. Nos soldats s'y sont installés. Ils restent là quelques semaines avant de prendre congé et de retrouver leurs familles, pour ceux qui ont femme et enfants.

Notre situation isolée nous permet de nous entraîner en plein air au combat. Nous peaufinons nos protections,

1. Retranscrit en français moderne par EdS.

les forgerons qui travaillent pour nous ont amélioré les armures des chevaliers. Elles sont de plus en plus légères et solides à la fois. Les armes qu'ils perfectionnent aussi nous aident grandement dans nos combats : massues, haches à doubles lames, épées… Tout est bon pour réduire en poussière les gargouilles. Nous avons connu une période de répit : le Voile s'est dissipé durant trois années. Maintenant, il est de nouveau là, il flotte au milieu de la forêt, derrière notre quartier général. Nous avons entrepris de creuser un sous-sol afin d'y accéder depuis l'intérieur du bâtiment. Nos cloches encadrent une portion de la faille, et nous les faisons sonner quand nous avons besoin de l'affaiblir pour nous rendre de l'autre côté en mission de reconnaissance ou pour nous battre.

Je suis fier de ce que mon père a accompli. Il a mis toute son énergie et une partie de notre fortune pour faire exister ce lieu secret. J'espère que, de là où il est, il nous voit et qu'il est satisfait de la tournure que prennent les choses.

Cependant, je suis heureux qu'il ne soit plus de ce monde et n'assiste pas à la recrudescence des invasions des monstres. Ils sont de plus en plus nombreux à passer le Voile et à attaquer en plusieurs points simultanément. Nous envoyons nos bataillons défendre les populations, mais le temps de nous rendre sur les lieux de l'assaut, même en recourant aux chevaux les plus rapides, les dégâts humains et matériels sont considérables quand nous arrivons.

Nous tentons de comprendre ce qui les pousse à passer de ce côté de façon plus récurrente. Nous avons beau arpenter le versant de leur monde, nous ne comprenons pas ce qui a changé là-bas pour expliquer ces agressions répétées et si nombreuses.

Émile, qui était le bras droit de mon père, continue à me conseiller malgré son âge avancé, et pense que les gargouilles obéissent à des ordres. Mais venant de qui, et dans quel but ? Nous n'avons aucun moyen de trouver la réponse. Pour y arriver, nous devrions explorer leur monde plus en avant, et cela nous est impossible. Cela impliquerait un long voyage, et nous risquerions de nous transformer à notre tour en créatures dégoûtantes, et de ne jamais revenir avec les informations dont nous avons tellement besoin.

Cela est arrivé à l'un de nos vaillants combattants. Il n'a pas eu le temps de rentrer après que nous ayons cessé de faire sonner nos cloches pour éviter qu'une bande de gargouilles ne nous suive ici. Il les a retardées au maximum, faisant signe à ses coéquipiers de le laisser en arrière. Nous avons refermé le passage et il n'est pas parvenu à le traverser avant que cette palissade éthérée ne redevienne solide. Quand nous avons pu aller le chercher, la métamorphose avait débuté. Il lui restait assez de conscience pour nous demander de le laisser, de l'abandonner, et lui obéir a été un crève-cœur, alors même que nous n'avons pas eu le courage de l'achever.

Sa triste expérience nous a prouvé que le métal, s'il nous protège efficacement des attaques des monstres, ne nous préserve pas des effets de l'air qui circule là-bas et de ses conséquences sur la transformation des humains en bêtes. C'est après cette mésaventure que nous avons équipé nos soldats de pastilles de cyanure afin qu'ils puissent choisir d'en terminer avant leur transformation. Cependant, il faut que cela reste un choix pour nos hommes et, par la suite, certains ont fait celui de mourir, alors que d'autres n'en ont pas eu le courage.

Nous devons donc être prudents à chaque fois que nous nous y rendons. Malgré nos combats, nos surveillances, nos recherches sur la question, il me semble que cette malédiction ne prendra jamais fin. Nous parvenons à nous défendre, à éviter le pire, mais nous ne savons toujours pas comment éviter que le Voile ne revienne, comment éliminer définitivement les gargouilles.

Cependant, je ne cesserai pas le combat. Mon père et ses ancêtres avant lui l'ont tous mené pour cette noble tâche de protéger l'humanité. Cette responsabilité m'incombe à présent. Un jour peut-être, dans le futur, nos descendants trouveront le moyen de mettre un terme à tout cela de manière définitive. C'est mon plus grand souhait.

D'ici là, la lutte continue. Le quartier général est une étape importante. Je vais voyager un peu à travers la France à la recherche d'autres endroits stratégiques où mettre en place le même genre d'endroits. Ainsi, il sera plus simple pour nos soldats d'intervenir à Lyon, à Marseille, à Bordeaux, et dans d'autres villes s'ils sont déjà sur place. Si nous créons un réseau qui quadrille le pays, nous serons plus à même de défendre les nôtres efficacement et dans un délai plus raisonnable.

Émile m'appelle. Il semble qu'on doive faire face à une nouvelle attaque. Que Dieu nous garde.

CHAPITRE 13

Alix passa une nuit agitée après son combat contre les gargouilles. Les images de cet affrontement tournèrent longuement dans son esprit. Une fois endormie, elle entendit une voix semblant chuchoter par-dessus ses rêves, à la fois rassurante et pressante, mais dont elle ne comprenait pas un mot. Elle s'évapora à son réveil, lui laissant la sensation d'avoir reçu malgré tout un message important, que son cerveau avait saisi de façon inconsciente. Cependant, cette impression se dissipa vite, alors qu'elle reprenait pied dans la réalité. Malgré son manque de sommeil, elle se leva très tôt, incapable de se rendormir. Son corps vibrait d'une agitation qui lui rappelait celle qu'elle ressentait avant les examens, une excitation mêlée d'impatience et d'angoisse. Une fois lavée et habillée, elle retrouva le même petit groupe que la veille dans le réfectoire. Cette fois, c'était comme s'ils l'attendaient et Charlie lui avait réservé une place près d'elle. Tout de suite, Alix comprit qu'elle faisait à présent partie de l'équipe. Anton, William, Charlie et elle. Une petite équipe, certes, mais cela lui convenait. Ces trois personnalités bien différentes comblaient déjà sa solitude, et elle sentait qu'elle trouverait du soutien et de l'écoute auprès d'eux rapidement. Pendant le petit-déjeuner, elle put échanger avec eux sur ce qu'il s'était passé la veille.

— J'ai l'impression d'avoir vécu un cauchemar.

— Ça fait ça à tout le monde au début. C'est tellement surréaliste qu'on a du mal à intégrer que c'est vrai, la rassura Anton.

William, qui était en train d'avaler une quantité de nourriture impressionnante pour quelqu'un d'aussi mince et osseux que lui, réussit à glisser, entre deux énormes bouchées d'œufs brouillés :

— N'empêche, j'aimerais savoir comment tu as fait ça avec ton armure.

— J'ai fait quoi, exactement ?

Ce fut Charlie qui répondit :

— Tu as fait apparaître au bout de ton pied cette pique immense qui a transpercé la gargouille.

Alix haussa un sourcil surpris.

— Je ne sais pas. Mais vous y arrivez bien, vous, je vous ai vus faire surgir une épée énorme pour Anton, une hache chez toi, William.

Anton secoua la tête pour montrer qu'il n'était pas d'accord.

— On a tous une arme liée à notre armure, qu'on fait apparaître ou disparaître en fonction de nos besoins.

Chapitre 13

Mais on n'en a qu'une, tu comprends ? On ne peut pas manifester une pique comme ça, n'importe où. Et c'est bien dommage, parce que ça rendrait les choses plus simples, parfois.

Un moment de silence régna autour de la table. Alix se sentait gênée. Elle arrivait tout juste et voilà qu'elle se différenciait déjà des autres. Est-ce que cela allait créer de la distance avec ses nouveaux amis ?

Mais Charlie posa une main sur la sienne en signe de réconfort. La jeune femme semblait faire preuve d'une empathie particulière, car elle avait deviné tout de suite le malaise d'Alix. Elle lui expliqua avec douceur :

— Jusqu'ici, la seule autre personne connue qui était capable de faire la même chose, c'était Éloi, ton grand-père. C'est comme ça qu'il est devenu un général aussi célèbre. Il était capable de faire jaillir de son armure une quantité d'armes différentes et incroyables, ce qui lui a permis de se sortir de situations compliquées. Il est une légende parmi les anges mécaniques. Tu ne savais pas ?

Alix ne répondit pas tout de suite, intégrant ces révélations. Elle allait finalement répondre quand la voix de Noah résonna dans le réfectoire :

— Parfait, vous êtes tous là. Je vous veux dehors dans dix minutes en tenues de sport, habillés chaudement ! On va s'échauffer un peu !

— Hannn, je n'aurais pas dû manger autant… gémit William qui avala quand même la dernière bouchée de son beignet aux pommes.

Quelques minutes plus tard, ils étaient tous les quatre, plus une dizaine d'autres jeunes, réunis dehors, dans la cour située à l'avant du Nid. Il faisait un froid de canard et le ciel était bas et gris. Une bise cinglante sifflait et agitait les branches nues des arbres.

— Allez, c'est parti pour cinq kilomètres de course ! cria Noah au groupe qui grelottait devant lui.

Des protestations s'élevèrent aussitôt parmi les soldats :

— Il caille trop !

— Je ne vais pas courir dans la neige, je vais avoir les pieds trempés !

— Si j'attrape la crève, je ne serai pas capable de me battre lors de la prochaine alarme, tant pis pour vous !

En effet, la neige qui était tombée avait formé une fine couche craquante sous leurs pieds et de la buée épaisse sortait des bouches mécontentes.

Alix ne dit rien, mais elle n'en pensait pas moins. Elle avait en horreur de courir. Elle s'ennuyait profondément en faisant des tours de piste durant ses cours d'EPS.

Le souvenir de ses séances de jogging en cours de sport lui revint. Avec Maëlle, elles tentaient de trouver toutes les excuses possibles pour échapper à cette corvée, mais cela ne marchait pas à chaque fois, et elles faisaient mine d'agoniser en se traînant autour du stade sous le regard agacé de leur prof.

Charlie lui envoya un discret coup de coude dans les côtes.

— On y va ensemble ? demanda-t-elle.

— Oui, avec plaisir ! répondit Alix, reconnaissante.

La sensation d'appartenir à un groupe la saisit à

nouveau. Elle avait l'intime conviction qu'elle pouvait faire confiance à Charlie, que c'était quelqu'un de bien, de fiable et d'honnête.

Au coup de sifflet, elles se mirent à trottiner en silence, pour commencer. La forêt était calme, endormie. Quelques gros corbeaux sautillaient dans le sous-bois, semblant chercher quelque chose sous la neige. Leurs croassements résonnaient lugubrement entre les troncs. Le monde semblait s'être délavé de toute teinte pour se transformer en un film en noir et blanc. Heureusement qu'Alix portait sa doudoune sans manches violette pour lui rappeler que les couleurs existaient.

Au bout d'un bon kilomètre, elles se retrouvèrent isolées du groupe. Certains étaient plus rapides et les avaient distancées, d'autres, plus lents, se retrouvaient loin derrière. C'était comme si elles étaient seules au monde dans cette forêt vide. Charlie, qui semblait avoir une endurance à toute épreuve, annonça d'un coup :

— On va faire une fête pour le nouvel an.

— Ah oui ? Quel genre de fête ?

— Le genre boum d'ados : on danse dans le réfectoire, il y a de la bonne bouffe, surtout des gâteaux et du champagne. C'est un peu notre moment de relâche, même si on reste au taquet en cas d'alerte.

— On dirait que tu l'as déjà vécu. Ça fait longtemps que tu es là ?

Charlie eut un rire un peu ironique.

— Ouais, plus d'un an et demi. Le Nid est devenu ma maison. Je n'en suis quasiment pas sortie depuis que j'y ai posé le pied la première fois.

Alix enregistra l'information avec une certaine

incrédulité. Est-ce qu'elle aussi allait passer autant de temps sans voir sa famille ? Elle avait bien compris qu'elle ne rentrerait pas chez elle de sitôt, mais plus d'un an ? C'était inconcevable ! Elle n'allait plus reconnaître Sandro, et lui, il aurait le temps de l'oublier ! C'est d'une voix affolée qu'elle demanda :

— Tu n'es pas retournée chez toi ?

La jeune femme brune secoua la tête.

— Nope. Tu sais, chez moi… Disons que mon beau-père…

Elle s'interrompit, sembla peser le pour et le contre : allait-elle se lancer dans des confidences ? Alix ne voulait pas la forcer à parler. Elles se connaissaient à peine, même si elle avait la sensation que quelque chose naissait entre elles. Charlie devait éprouver la même chose, car finalement, elle se lança :

— Il… C'était un sale pédophile. Voilà. Et il frappait ma mère et mon petit frère quand ils tentaient de me défendre. Je me suis cassée de la maison, j'ai vécu dehors un moment, j'étais SDF, et puis je me suis décidée à aller chercher de l'aide. C'est là que j'ai rencontré une assistante sociale, ancienne soldate ici. Quand elle m'a proposé d'intégrer le Nid et de devenir un ange mécanique, ça a été la libération pour moi.

Alix resta coite face à ces révélations. Un sentiment d'horreur l'envahit et elle ralentit la cadence, sous le choc.

Charlie se retourna, tout en continuant à courir à reculons et lui sourit :

— Hey, ça va hein… Enfin, ça va mieux. Le gros dégueulasse croupit en prison. D'être ici, d'apprendre à me battre, de voir de quoi je suis capable, d'affronter un autre genre de monstres, ça m'a donné le courage de porter plainte. Ce sont les seuls moments où je suis retournée dans la « vraie vie » : pour la plainte et le procès. Lui il termine sa misérable existence là-bas, et moi j'ai trouvé ma place ici.

— Tant mieux. Il ne méritait pas d'être libre après ce qu'il t'a fait…

Charlie approuva d'un signe de tête.

— Tu sais, tu es la première personne à qui je raconte ça ici. Je ne sais même pas pourquoi je t'ai balancé tout ça comme ça. Je crois que c'est parce que tu as une bonne bouille. Tu inspires confiance.

— Heu… Merci. Ça me touche vraiment. Je t'avoue que je me sens seule depuis que je suis arrivée là. Même si ça ne fait que quelques jours, je ne saisis pas encore où est ma place dans toute cette histoire. Alors si, déjà, je peux être ton amie, c'est un bon début.

— Je suis d'accord. Je me suis fait surtout des potes ici. C'est la première fois que j'ai envie de passer du temps avec une nana. C'est cool, ça me change.

— William et Anton ont l'air sympas, fit remarquer Alix.

— Ils le sont, c'est bien pour ça que je traîne avec eux. Oh, tout le monde est plutôt correct dans l'ensemble, mais tu vas voir, on vit quand même des moments difficiles parfois, et ça fait du bien d'avoir de vraies amitiés solides. Des gens qui peuvent comprendre ce qu'on affronte, avec qui on peut pleurer sans avoir besoin de parler, de s'expliquer.

Elles firent quelques centaines de mètres sans prononcer une parole de plus. L'air glacial brûlait leur gorge et leurs poumons, mais au moins, courir les réchauffait. Alix avait les pieds ainsi que le bas de son jogging trempés. Son bonnet glissait sur ses cheveux et n'arrêtait pas de remonter sur sa tête, alors elle finit par l'enlever et le fourra dans la poche de sa doudoune.

Une grappe de garçons beaucoup plus grands qu'elles, et à la foulée plus longue, les doubla, en leur criant des encouragements. Parmi eux, elle reconnut Anton, qui dépassait les autres d'une bonne demi-tête. Il lui adressa un sourire éclatant en la distançant. Il était vraiment beau, même avec le visage rougi par le froid.

Alix sentit ses joues s'empourprer et lui fit un petit signe de la main.

Quand ils furent assez loin, elle demanda à Charlie :

— Quel âge a Anton ? Il a l'air plus âgé que moi.

— Il l'est, il a bientôt vingt-deux ans. Il vient au Nid régulièrement depuis trois ans. Il retourne à la fac quelques mois pour son master quand la situation se calme un peu – ce qui n'est pas le cas actuellement, comme tu as dû le comprendre –, et il nous rejoint le reste du temps. Je suis sûre que tu le trouves mignon !

Les joues d'Alix la brûlèrent encore plus et elle laissa échapper un petit rire gêné.

— Je ne peux pas dire le contraire !

— T'inquiète, toutes les filles ou presque pensent pareil que toi. Il est sorti avec une ou deux soldates de passage mais ça fait un moment qu'il est célibataire, ou alors il a une copine en dehors du Nid, mais ça m'étonnerait. Il passerait plus de temps sur son téléphone si c'était le cas !

— Toi aussi tu fais partie de ses admiratrices ? la taquina Alix qui voulait détourner un peu l'attention d'elle.

Chapitre 13

Charlie éclata de rire.

— Euh non. Moi, tu vois, je suis plutôt attirée par les filles comme toi. Enfin, pas comme toi, mais par les filles, quoi !

Alix, surprise, resta silencieuse quelques secondes, puis se mit à rire à son tour.

— OK, je note…

Enfin, elles aperçurent le Nid derrière les arbres. Leur calvaire touchait à sa fin. Mais Alix devait reconnaître qu'elle n'avait pas peiné autant qu'elle l'aurait pensé, grâce à la présence de Charlie. Cette dernière était vraiment étonnante. D'ailleurs, elle poursuivit :

— Pour revenir à Anton, son père et sa mère étaient des anges mécaniques eux aussi. Tu penses bien que dans la famille, c'est normal pour eux de se battre contre les gargouilles. Il a été élevé dans ce but depuis qu'il est môme. Il a fait des arts martiaux, de l'escrime, du tir à l'arc. Du coup, il assure au combat, et Noah l'adore. Il le garde dans son escadron et refuse de s'en séparer, même s'il commence à avoir pas mal d'expérience. Grâce à ça, Anton l'aide souvent durant les entraînements. Avec le grand-père que tu as, toi aussi tu aurais dû être préparée pour tout, mais hier, tu expliquais que ça n'avait pas été le cas.

Alix s'esclaffa et secoua la tête.

— C'est rien de le dire ! J'ai découvert tout ça au moment où j'ai débarqué ici. Mon grand-père n'a jamais rien révélé à personne. Il a réussi à éviter à mon père de devenir un ange mécanique et il espérait faire pareil pour moi. Du coup, mes parents n'ont jamais vraiment su ce qu'il faisait et ils pensent que je suis dans une école spéciale. Genre truc secret pour l'élite du pays.

— Noooooon… C'est dingue ! Mais en même temps, ça s'explique… Éloi a perdu beaucoup d'amis au combat. Sa femme… ta grand-mère, elle est décédée à cause de tout ça.

Heureusement qu'elles arrivaient devant la cour où étaient garées les voitures, dont le van qui l'avait conduite ici, et qu'elles purent s'arrêter enfin, parce qu'après cette révélation, Alix aurait été incapable de faire un pas de plus… Elle répliqua vivement :

— Mais n'importe quoi ! Ma grand-mère était malade… Je l'ai très peu connue mais je me souviens d'elle alitée en permanence.

Charlie fit une grimace reflétant son embarras.

— Mince, je pensais que tu savais, mais puisque tu as tout découvert il y a quelques jours, c'est logique que tu… Je n'aurais pas dû t'en parler.

— Maintenant, tu es obligée de tout me dire, Charlie. Tu ne peux pas me laisser comme ça.

Elles n'eurent pas le temps d'achever cette conversation. Noah tapa dans ses mains pour obtenir le silence et attirer l'attention de ses soldats qui parlaient tous entre eux et se plaignaient du froid.

La neige avait recommencé à tomber, plus épaisse et dense que la fois précédente, et des flocons, semblables à du duvet d'oisillons, commençaient à recouvrir les cheveux de chacun.

— Avec cette météo, je vais devoir écourter l'entraînement, annonça Noah, ce qui provoqua quelques exclamations de joie et de soulagement dans les rangs. Je vous laisse le temps de prendre une douche et de vous changer et on se retrouve devant le Voile. On va remplacer la séance de combat que j'avais prévue par une patrouille dans la zone neutre. Il y a eu encore des incursions. Rien d'aussi grave que l'attaque de la dernière fois, mais je préfère assurer nos arrières. Je vous attends là-bas !

Le groupe se rendit dans le bâtiment et s'éparpilla dans les étages.

La chambre d'Alix se situait avant celle de Charlie, qui jeta un œil dans la pièce quand son amie en ouvrit la porte.

— Oh, tu as une piaule pour toi toute seule, la chance !

— Noah m'a dit que ça n'allait pas durer. J'imagine qu'il attend de nouvelles recrues.

— Ouais… Il y en a toujours des nouvelles. Des garçons, des filles qui arrivent et qui repartent. Certains ne supportent pas la greffe. Leur corps la rejette. D'autres pètent un câble au bout de quelques semaines. Il faut être costaud dans sa tête pour faire ce qu'on fait. Plus encore que physiquement, parce que, de toute façon, notre armure compense pas mal. J'ai déjà eu deux colocs différentes. Sympas toutes les deux, mais j'ai pas vraiment eu le temps de nouer de vraies relations.

Là-dessus, elles se séparèrent afin de se préparer pour la suite.

Alix se retrouva toute seule, assise sur son lit, et prit le temps de réfléchir à tout ce qu'elle venait d'apprendre sur Charlie, sur Anton, sur les soldats qui arrivaient ici, ceux qui repartaient. Combien de temps tiendrait-elle ? Elle ne se voyait pas comme quelqu'un de particulièrement fort. Elle avait vécu une vie heureuse, protégée par ses parents et son grand-père. Une vie de confort, de sécurité, ouatée et moelleuse. Elle n'avait pas été préparée à tout cela comme Anton. Elle se demanda à quoi aurait ressemblé son quotidien si les choses avaient été différentes, si son père s'était battu lui aussi contre les gargouilles, si on lui avait raconté tout cela depuis sa plus tendre enfance, si on l'avait façonnée pour qu'elle devienne un ange mécanique. Elle ne le saurait jamais, mais elle décida qu'elle n'avait aucun regret à avoir. Elle avait aimé les dix-sept premières années de sa vie. Elle serait majeure dans quelques semaines, et on disait que c'était l'âge des responsabilités. Le timing était parfait.

CHAPITRE 14

Alix était de retour de l'autre côté du Voile. Mais cette fois, elle était entourée de sa petite équipe d'amis : Charlie, Anton et William. Tous les quatre avançaient le long de cette écharpe moirée, qui se trouvait à leur gauche. Même si on les avait envoyés là pour une simple patrouille, ils étaient tendus. Les gargouilles pouvaient surgir à tout moment, d'autant qu'elles s'enhardissaient et attaquaient à un rythme plus soutenu, ces derniers temps. Cependant, pour l'instant, tout était calme, et cela permit à Alix d'appréhender avec un peu plus de clarté son environnement. Le monde, de ce côté, ressemblait à une plaine morte. Il n'y avait pas un brin de verdure. Quelques montagnes se voyaient au loin, mais la steppe au milieu de laquelle ils se trouvaient était si vaste et plate que l'on pouvait voir à des distances considérables. Des flashs de lumière éclataient de temps à autre, de couleurs différentes, et des éclairs zébraient l'horizon, illuminant depuis l'intérieur des masses nuageuses noires et boursouflées. De toute façon, ici, tout semblait fait d'obscurité. Leurs pieds gainés des bottes de métal scintillant se souillaient d'une fine poussière sombre ressemblant à de la suie, soulevée à chacun de leurs pas. Le ciel, si c'en était un, n'était qu'un barbouillis de tristesse ténébreuse. Il n'y avait aucune trace d'habitation, ni même d'un simple abri, et Alix se demanda où se cachaient les gargouilles quand elles disparaissaient.

La jeune fille prit également le temps de s'observer un peu, dans sa carapace argentée. Quand elle s'était changée en ange mécanique, un peu plus tôt, la douleur naissant depuis son bras, depuis la lamelle incrustée dans sa peau, avait été légèrement moins violente que la première fois et c'est un peu moins étourdie qu'elle avait suivi ses camarades dans l'autre monde. De ce qu'elle pouvait voir de son armure, elle était plus fine que celle de ses camarades, lui donnant une allure plus élancée. Les rouages et les engrenages qui reliaient les différentes parties entre elles dessinaient des arabesques et des courbes artistiques, un peu comme des fractales désordonnées. Elle ne pouvait apercevoir que le bout de ses ailes quand elles se déployaient, du coin de l'œil. Ces dernières étaient majestueuses, telles des ailes d'aigle scintillantes. Là aussi, les motifs dessinés par les mécanismes qui les animaient les transformaient en œuvres d'art étranges, comme imaginées par un artiste un peu fou. À nouveau, elle perçut ce murmure caressant l'intérieur de son crâne. Était-ce l'écho des modifications de son organisme face à tous ces changements ? Pendant quelques instants, elle se dit que c'était son armure qui lui parlait, mais elle chassa vite cette idée farfelue. Personne n'avait ici évoqué la possibilité d'une communication. Elle avait un peu trop d'imagination pour s'inventer des histoires pareilles !

Comme il n'y avait pas de menace apparente, le petit groupe avait escamoté leurs casques afin de laisser leurs visages à découvert. Alix avait eu la preuve que leurs armures obéissaient à leurs pensées. Elle s'en était doutée après le combat où elle avait semblé entendre les moindres de ses réflexions, même les plus fugaces. Mais à présent qu'elle pouvait faire les choses au calme, il était évident qu'il lui suffisait de songer à quelque chose pour que sa carapace réagisse.

— C'est parce qu'elle fait partie de nous, maintenant, lui avait expliqué William, qui était le scientifique de la bande, après qu'elle eut posé la question. C'est comme quand tu prends un verre dans ta main : tu ne penses pas à l'avancer, à refermer tes doigts autour, à le monter vers tes lèvres. Tu fais ça instinctivement, tout en parlant, en écoutant, en regardant autre chose. De la même manière, l'armure devient une extension de toi, et elle obéit comme ta main obéit à tes pensées inconscientes.

À présent, Alix s'imaginait que des nerfs nouveaux avaient poussé dans son corps, reliant son cerveau à sa greffe, mais elle avait du mal à y croire. Elle avait commencé à lire l'ouvrage historique rédigé par son grand-père, toutefois, elle n'était pas encore arrivée jusqu'à cette partie du récit. Comment avaient-ils découvert la technologie de ce qui allait donner les anges mécaniques, cette matière étrange qu'elle n'avait jamais vue ailleurs qu'ici ? Elle ne le savait pas encore.

Un mouvement, qu'elle perçut du coin de l'œil, la tira de ses réflexions. Elle tourna vivement la tête, s'imaginant voir une horde de gargouilles surgir sur sa droite, mais il n'y avait personne. Par contre, une énorme tornade était en train de se former sous ses yeux, tourbillon de particules noires qui reliait la terre au ciel, s'éclairant depuis l'intérieur de lumières violettes mystérieuses.

— Heu, les gars, c'est pas dangereux, ça ? demanda-t-elle à ses compagnons en leur désignant le phénomène. Je n'ai pas envie de me retrouver dans le pays d'Oz des gargouilles.

Charlie pouffa de rire et Anton secoua la tête. Il avait à nouveau entouré ses yeux d'une bande de maquillage noir, un peu à la manière d'un masque de guerrier. Cela faisait ressortir le gris de ses yeux et le rendait plus farouche.

— Non, c'est de l'autre côté de la zone neutre, et c'est plus loin de nous qu'on le croit. La perspective est déformée, ici. On ne risque rien.

— C'est quoi cette zone neutre exactement ? s'enquit Alix qui l'avait entendue mentionnée à plusieurs reprises sans jamais avoir eu l'occasion de se renseigner à son propos.

Son grand-père lui avait brièvement expliqué les choses mais tout était allé trop vite et elle n'avait rien retenu de ses précisions.

Ce fut à nouveau Anton qui lui répondit. Il avait une belle voix, posée, et il semblait toujours très calme, même dans cet environnement fou.

— C'est une zone tampon entre le Voile et le monde des gargouilles. Noah a dû t'expliquer que des générateurs ultrapuissants créent un champ de force qui fait disparaître le Voile et le rendent inoffensif, permettant ainsi aux humains de notre époque de vivre sans se douter que cette bande éthérée existe encore et représente un danger. Les mêmes générateurs créent un second champ de force situé à plus d'une centaine de mètres de distance du premier, dans le monde des gargouilles. Ainsi, là, nous sommes pris en sandwich entre les deux. C'est cette double protection qu'on appelle la « barrière ». Elle crée une barricade invisible mais efficace entre cet univers et le nôtre.

— Tu oublies un détail, le reprit Charlie. Notre armure ne se déploie que dans la zone neutre. C'est l'effet électromagnétique généré par les deux champs de force qui l'active. C'est pour cela qu'elle se replie dès qu'on revient dans la grotte.

Alix enregistrait attentivement toutes ces informations.

— Cela veut dire que… je ne sais pas, moi, si, par accident, on se retrouve là-bas – elle montra du doigt l'endroit où la tornade dessinait un entonnoir de plus en plus impressionnant au loin –, notre armure disparaît comme quand on retourne sur terre ?

— Exact ! Et c'est pour ça que tu n'as pas intérêt à te perdre ! s'exclama William.

Alix s'imagina avec horreur être seule, au milieu de la plaine, sans la protection presque magique de sa carapace.

— C'est déjà arrivé ? demanda-t-elle avec effroi.

— Bien sûr, répondit Anton. Plusieurs fois. Quand il n'y a pas trop de danger, on peut aller les récupérer, mais il est arrivé que ça soit impossible et qu'on n'ait pas d'autre choix que de les laisser de l'autre côté. On a perdu pas mal de soldats, comme ça… Justement…

Il s'interrompit.

— Justement quoi ? insista Alix.

— Non rien…

Anton se tut et son casque se reforma autour de son visage soudainement fermé, montrant ainsi que la conversation était terminée.

Alix n'insista pas. Ce n'était pas le lieu pour cela. Peut-être plus tard, quand ils seraient détendus, à table, loin de cet endroit de cauchemar. Avec le sentiment encore plus grand de n'être que peu de chose ici, elle redoubla d'attention. Le silence tomba sur le groupe. Seule Charlie adressa un petit sourire de réconfort à son amie.

La patrouille consista à longer le Voile pendant un bon moment. Ils s'étaient éloignés de la zone où il était suffisamment affaibli pour être traversé, et, de leur position, ils ne pouvaient pas rentrer au Nid. C'est pourquoi ils rebroussèrent chemin au bout d'un moment, suivant leurs propres traces laissées dans la poussière qui recouvrait le sol.

Ils retournèrent au Nid sans avoir rencontré le moindre incident. Alix remonta dans sa chambre, la tête pleine de questions. Enfin, elle se décida à redescendre, à la recherche de son grand-père. S'il y avait une personne qui pouvait répondre à toutes ses interrogations, c'était lui. Mais quand elle se présenta au seuil de son bureau, elle trouva la pièce vide.

Dépitée, elle se demanda ce qu'elle allait pouvoir faire, quand elle croisa Isaac dans le couloir.

Chapitre 14

— Alix, comment vas-tu ? demanda-t-il d'un air jovial.

On était loin de la mine sérieuse et grave qu'il avait affichée quelques jours plus tôt, quand il était venu chercher Éloi et Alix pendant le réveillon de Noël. À tel point que, brièvement, la pensée qu'il avait exagéré la situation effleura l'esprit de la jeune fille. Mais elle la chassa rapidement. Elle s'était battue contre les gargouilles et elle avait eu beaucoup de chance de s'en tirer.

— Ça va... mieux, répondit-elle. Je cherche mon grand-père. Vous savez où il se trouve ?

— Il est parti rencontrer d'autres responsables de bases comme la nôtre. Tu imagines bien que nous ne sommes pas les seuls sur terre. Nous quadrillons la planète afin d'en assurer la sécurité globale.

Alix n'y avait pas réfléchi, mais à présent, cela lui paraissait évident.

— Tu avais besoin de quelque chose ? continua Isaac avec gentillesse.

— Je voulais... On m'a dit que j'avais fait quelque chose de particulier avec mon armure et que seul Éloi était capable de faire pareil, alors je voulais savoir...

L'homme hocha la tête et lui fit signe de le suivre. Ils retournèrent dans le bureau où Isaac s'approcha d'un mur couvert de photos de groupes.

D'un doigt, il désigna un homme jeune, au visage régulier, volontaire, grand et mince, qui dépassait la plupart de ses camarades.

Alix reconnut immédiatement son grand-père. Il n'avait pas tant changé que cela, malgré les années.

— Il a rejoint nos rangs très tôt, raconta Isaac. Son propre père, ton arrière-grand-père, est mort, tué par une gargouille. Alors tu penses bien qu'Éloi n'a eu qu'une idée en tête dès qu'il a été en âge de nous rejoindre : en éliminer le plus possible pour que tout cela ne soit pas vain. Quand il est arrivé ici, les soldats n'étaient pas encore des anges, mais des chevaliers. À l'époque, ils se battaient couverts d'une armure classique, en métal, dont on enfilait les parties une par une. Quand une alerte sonnait, c'était long et compliqué d'être efficace rapidement. Évidemment, cela ôtait la contrainte de la limite de la zone tampon, mais en dehors de quelques explorateurs intrépides, personne ne s'aventurait trop loin. Il suffisait de rester un peu trop longtemps et la métamorphose en monstre pouvait arriver. Alors, quand on a découvert la technologie pour créer les anges mécaniques… ton grand-père a été l'un des premiers volontaires à se faire greffer, et il a fait partie du premier escadron. Il n'était déjà plus tout jeune, mais c'était important pour lui…

Sur ces mots, Isaac hésita. Alix devina qu'il voulait ajouter quelque chose, mais il ne le fit pas. Il passa à une autre photo, en couleurs celle-ci, au centre de laquelle trônait Éloi, nettement plus âgé que sur le premier cliché, et continua :

— La particularité de ces armures, c'est qu'elles font partie de nous. Elles deviennent une extension de notre corps, elles sont connectées à notre cerveau, qui lui envoie des ordres exactement comme il le fait pour tous nos autres membres, comme il dirige nos fonctions inconscientes telles que la respiration ou la digestion, ou les battements de notre cœur. Donc, quand on a besoin d'une arme, il la produit aussitôt, mais chaque soldat est limité à une seule, comme s'il n'y avait pas assez de… matière ? Je ne sais pas comment expliquer les choses différemment, pour créer un autre élément. Sauf pour Éloi. Pour une raison que nous ignorons, lui pouvait créer autant d'armes qu'il le voulait. Et visiblement, tu as hérité de ce don. Je t'avoue que c'est ce que j'espérais quand j'ai insisté pour que tu nous rejoignes. Ton grand-père a remporté de nombreuses batailles, a sauvé d'innombrables vies grâce à ce talent, et si nous pouvions avoir plus d'anges mécaniques aussi performants, cela simplifierait notre tâche. Aujourd'hui, Éloi est trop âgé pour se battre, mais tu prends sa relève, et je suis certain que tu vas te montrer à la hauteur de son héritage. Tu vas apprendre à maîtriser de mieux en mieux ton armure et quand tu seras au top, tu deviendras imbattable, Alix. Tu es notre atout, notre arme secrète en quelque sorte. C'est pour cela que je tenais tellement à ta présence ici. Ce n'était pas pour te voler ton quotidien ou t'éloigner de ta famille. C'est parce que j'ai l'intime conviction que tu peux changer la donne.

Isaac sourit encore à Alix. Un sourire plein d'espoir, qui mit la jeune fille mal à l'aise. Est-ce qu'elle serait à la hauteur de ces attentes, de la réputation de son grand-père ? Elle aurait préféré ne pas avoir ce talent supplémentaire. Maintenant, on allait attendre d'elle qu'elle sauve le monde et elle ne se sentait pas l'étoffe d'une héroïne. Cependant, elle savait qu'elle n'avait pas le choix. Elle allait devoir se montrer digne de son grand-père. À ce moment, elle pensa à Sandro, qui serait certainement recruté dans quelques années, pour les mêmes raisons qui avaient convaincu Isaac qu'elle devait absolument rejoindre les rangs. La vision de son petit frère se battant contre les gargouilles chassa tous ses doutes. Elle ne pouvait pas se l'imaginer plus âgé, alors c'était sa bouille actuelle qu'elle visualisait, toute petite dans le casque de l'armure. Cette pensée la remplit d'horreur. Il était hors de question que cela se produise. Si elle avait un don particulier, alors il fallait qu'elle l'utilise jusqu'au bout et débarrasse l'univers de la menace des créatures grises. Ainsi, Sandro pourrait mener une existence normale, légère, et ne jamais savoir que sa sœur s'était battue contre des monstres.

NAISSANCE DU RÉSEAU

Témoignage d'Arthur Saint-Léger, général des armées des gardiens du Voile, 1889[1]

Il y a maintenant une dizaine de points de résistance en France, et plus du double installés dans le monde entier. L'apparition du Voile a affecté l'ensemble de notre planète, même si nous n'en avions pas conscience au début de son existence en raison du manque de moyens de communication. Aujourd'hui, grâce à la révolution ferroviaire, à l'existence du télégraphe et à l'apparition du téléphone, nous pouvons établir un réseau de défense organisé en plusieurs endroits du monde. Ainsi, nous échangeons nos connaissances sur ce que nous savons des gargouilles, de leur univers, du Voile, de ses points faibles et de ses points forts. Depuis que tout cela est possible, nous avons réalisé des progrès considérables dans notre façon d'affronter les créatures de l'enfer. Émile, le lieutenant de mon ancêtre qui a créé, en région parisienne, le premier quartier général dédié à cette mission, avait évoqué la

1. Retranscrit par EdS.

possibilité que les monstres évoluent. Hélas, je crois qu'il avait vu juste. Nos observations vont dans ce sens. Plus nous les côtoyons lors de nos missions de l'autre côté du Voile, plus nous nous rendons compte qu'elles s'organisent mieux, adoptent des stratégies, communiquent dans un langage inconnu de nous, mais plus structuré que les borborygmes qu'elles émettaient selon les premiers témoignages de maître Roland.

Ma théorie est la suivante : à toutes les époques, depuis le XIIIe *siècle, des humains ont traversé le Voile et se sont transformés en gargouilles, semblant perdre une part de leur âme, de leur discernement. Toutefois, au fil des siècles, les hommes et les femmes qui se sont métamorphosés, en plus de gonfler les rangs d'une armée immortelle, ont apporté leurs connaissances de plus en plus poussées en sciences, en littérature, en biologie, en chimie et ont ainsi augmenté le niveau d'intelligence et de savoir des monstres. Cependant, il reste de grandes questions : existe-t-il un grand plan derrière tout cela ? Pourquoi, de façon régulière, les gargouilles attaquent-elles ? Quel est leur but ? Qui les envoie, s'il y a bien quelqu'un qui dirige ces hordes de créatures immondes ? J'ai du mal à croire que tout cela ne soit dû qu'au hasard. Mais pour lors, je n'en ai aucune preuve en dehors de mon intuition. Quoi qu'il en soit, s'il y a bien un plan, celui qui l'orchestre en cachette est très patient. Cela fait six siècles que le Voile est apparu et qu'il a bouleversé la vie de l'humanité tout entière, sans que nous n'en comprenions encore la raison. Autrefois, on lui accordait un sens divin, lié aux mythes du paradis et de l'enfer. Aujourd'hui, nos esprits plus éclairés cherchent un sens scientifique, plus que spirituel. Si Jules*

Verne a pu imaginer que les hommes volent jusqu'à la Lune, pourquoi ne pas concevoir que ce qui se trouve de l'autre côté du Voile soit une parcelle d'un monde lointain auquel nous avons accès en raison d'une déformation de l'univers lui-même ?

À ce propos, la science nous rend de grands services dans notre lutte. Plusieurs ingénieurs qui se battent à nos côtés ont mis au point des moteurs produisant un champ électrique capable de neutraliser le Voile. Ils se sont inspirés des travaux de Nikola Tesla pour élaborer ces machines. J'avoue que cela dépasse largement mes compétences, moi qui suis plutôt un homme de lettres, mais je leur voue une reconnaissance éternelle pour leur invention. À présent, dans le monde entier, d'autres scientifiques développent cette technologie pour la renforcer et la diffuser partout, afin que le Voile cesse d'être une menace constante pour la population. Nous avons placé plusieurs de ces moteurs dans Paris, dans des lieux stratégiques comme la cathédrale Notre-Dame. La tour Eiffel, dont les travaux se sont achevés il y a peu, en abrite un autre. De plus, sa structure métallique en multiplie les effets et offre un bouclier efficace sur une surface bien plus grande. Si mon aïeul, celui qui a mis sa fortune à la disposition de la création de notre quartier général, et de la formation de nos soldats, pouvait voir cela, je pense qu'il serait heureux, ainsi que tous ceux qui se sont battus depuis l'apparition du Voile en 1219.

Malgré tous ces points positifs, la lutte n'est pas terminée. Le Voile continue à absorber ses victimes lors de ses réapparitions régulières dans notre monde. Plus que les guerres, il enlève nos enfants, nos femmes, nos hommes, il leur ôte toute humanité, il en fait des monstres qui se retournent contre leurs propres familles. C'est pour cette raison que nous ne cesserons jamais le combat, tant que nous n'aurons pas définitivement éliminé ce fléau, cette malédiction.

CHAPITRE 15

Alix observa d'un air dubitatif les équipements du gymnase au milieu duquel elle se trouvait : des cordes descendant du plafond, des espaliers en bois accrochés au mur, des matelas d'exercice… Tout ce qu'elle détestait.

Noah frappa dans ses mains, la tirant de ses observations ennuyées.

— On va vraiment faire ça ? demanda-t-elle à voix basse à Charlie qui se trouvait tout près d'elle.

— Ouais. C'est comme ça… S'il ne neigeait pas autant dehors, on s'entraînerait en extérieur, alors estime-toi heureuse, au moins on est au chaud.

Alix ne répondit rien. Elle ne s'estimait pas du tout heureuse, mais très démotivée par l'idée de faire tous ces efforts physiques. Dans sa chambre l'attendait la suite de l'histoire du Voile et de sa présence au fil de l'histoire de l'humanité. Elle aurait préféré rester allongée sur son lit à en continuer la lecture, qu'elle jugeait plus utile que toute cette agitation.

Plus par mimétisme que poussée par une réelle motivation, elle se mit toutefois au travail. D'abord, elle dut s'échauffer en courant autour de la pièce. Puis Noah leur demanda de faire des pompes. Alix grimaça. Elle avait toujours été totalement nulle à ce genre d'effort, pourtant, quand elle s'y mit, elle n'eut aucun mal à faire les séries demandées par son supérieur. Il en fut de même avec les exercices de renforcement abdominal. C'était comme si elle avait fait ça toute sa vie.

William, qui se démenait près d'elle, semblait avoir la même facilité.

— Pssst, Will, pourquoi j'y arrive super bien, alors que je n'ai pas fait de sport depuis des années ?

— C'est la greffe qui fait ça, répondit-il entre deux mouvements.

Son visage était quand même un peu rouge, mais il n'était pas essoufflé et enchaînait les crunchs avec souplesse.

— Elle nous rend plus forts. Sinon, on aurait du mal à supporter l'armure. Elle doit quand même peser son poids, et je suis certain que tu ne la sens pas.

Alix y réfléchit un instant. En effet, elle s'était même fait la réflexion qu'il était heureux que tout cet équipement fasse partie de son organisme, sinon elle n'aurait pas pu lever ne serait-ce qu'un bras.

— Alors pourquoi on fait tout ça ? demanda-t-elle encore à son ami.

— Pour l'endurance. Ça, ça ne vient pas avec nos nouveaux super pouvoirs, plaisanta le garçon.

Chapitre 15

Alix hocha la tête et s'appliqua à nouveau à faire ses exercices, un peu plus motivée que tout à l'heure.

Après cet échauffement, Noah les répartit en groupes de deux afin de commencer l'entraînement de lutte en corps-à-corps. Chaque duo était constitué d'un soldat déjà rompu à cette spécialité et d'un plus novice.

Alix se retrouva en tandem avec Anton. Ce dernier la dominait de plus d'une tête et elle voyait mal comment un jour elle pourrait avoir le dessus contre lui, mais elle ne fit aucune réflexion.

Avec patience, son professeur temporaire lui montra les mouvements à suivre. Les bras, les jambes, tout était mis à contribution et la jeune fille imitait chacun de ses gestes. Comment bloquer une attaque avec ses avant-bras, comment faire pivoter son corps pour lever sa jambe afin d'infliger des coups de pied en hauteur. Anton lui expliqua qu'ils reprenaient les bases du krav maga afin d'être capables à la fois de se défendre et d'attaquer. Alix suivit les enchaînements avec attention. Cela lui plaisait bien plus que de faire des abdos ou de grimper à la corde. Elle avait l'impression d'apprendre quelque chose d'utile, et qui lui servirait même en dehors du Nid. Anton était un bon professeur, consciencieux, et qui n'avait pas peur de répéter les choses, aussi bien les conseils que les mouvements. Il lui montra comment esquiver une attaque surprise, comment retourner une situation pour prendre le dessus sur l'ennemi. Son élève se doutait bien que, dans le feu de l'action, contre des gargouilles, elle oublierait tout, mais qu'à force d'entraînement, elle retiendrait peut-être suffisamment de matière pour devenir une guerrière efficace. Au fur et à mesure, Anton augmentait la force et la vitesse de ses gestes, obligeant Alix à le suivre. La jeune fille parait, attaquait, frappait, sautait, mettant tout son corps à contribution.

— Tu te débrouilles pas mal, l'encouragea Anton. Mais il te faut plus de précision dans les gestes.

Il se plaça derrière elle et attrapa ses bras pour lui faire exécuter une série de gestes en les répétant plusieurs fois. Alix sentait la chaleur qu'il irradiait derrière elle. Ses grandes mains sur ses avant-bras, sa voix dans son oreille… Elle eut du mal à se concentrer, avant de se ressaisir. Elle devait bien admettre qu'Anton lui faisait de l'effet, mais elle ne voulait pas s'attarder sur les sensations qu'il faisait naître dans le creux de son ventre, sur l'accélération de son rythme cardiaque quand elle le voyait. Elle n'était pas venue ici pour se trouver un petit copain et ils se connaissaient à peine. C'était juste qu'il était beau et la troublait. Et comme elle n'avait pas eu de vie sentimentale depuis un moment…

Heureusement, Noah annonça la fin de cet exercice et Anton la lâcha, puis s'écarta d'elle.

Alix lui sourit pour le remercier, mais elle sentait qu'elle avait le visage très rouge et espérait que cela passerait pour la conséquence des efforts physiques qu'elle venait de faire. Anton lui fit un clin d'œil complice et un sourire éclatant.

La jeune fille détourna le regard et se concentra sur ses pieds en se traitant intérieurement d'idiote. Noah leur annonça la suite du programme, ce qui la tira de ses pensées qu'elle jugeait déplacées vu le contexte. Elle n'était pas là pour flirter, ni pour craquer sur un bellâtre qui faisait tomber toutes les filles du coin. Et puis Anton ne semblait pas s'intéresser à elle, à part amicalement… et pour lui apprendre les bases du combat rapproché.

La voix de Noah la tira de ses réflexions.

— Nous allons nous rendre maintenant devant le Voile afin que vous puissiez vous familiariser un peu plus avec votre armure.

Tout le groupe quitta le gymnase pour descendre dans le sous-sol et rejoindre la caverne. L'air glacial qui s'y engouffrait ainsi que quelques flocons de neige tourbillonnant devant l'écharpe moirée lui donnait un air féerique, digne de Narnia.

Tous les soldats, débutants ou confirmés, ôtèrent leurs vêtements en grelottant afin de se retrouver en justaucorps noirs et n'eurent que quelques pas à faire vers le Voile pour que leurs amures apparaissent en quelques instants. Alix observa la métamorphose de ses amis alors qu'elle-même sentait la brûlure partant de son avant-bras pour se diffuser dans tout son corps en même temps que sa carapace la recouvrait entièrement. Dans ce cocon constitué de cette matière si particulière, elle n'eut plus froid du tout. C'était comme si elle était dans sa bulle de chaleur, dans un univers qui lui était propre et dont elle était le centre, la créatrice et l'unique habitante.

— À quel genre de technologie étrange peux-tu bien recourir ? demanda-t-elle à voix basse à son armure.

Elle crut percevoir à nouveau le murmure qu'elle avait déjà entendu se diffuser dans son esprit, comme un bruissement de feuilles discret.

— Allô ? appela-t-elle instinctivement.

Mais personne ne lui répondit, à part ce chuchotis qui s'apparentait un écho de ses propres pensées.

— Très bien, maintenant que vous êtes sous votre forme d'anges mécaniques, je veux que vous reconstituiez les duos et que vous repreniez votre entraînement en vous adaptant à la présence de votre cuirasse, ordonna Noah de sa voix qui portait loin.

Lui aussi s'était transformé, et Alix admira plus longuement les arabesques dessinées par les rouages de son armure, les motifs en creux et en reliefs qui en agrémentaient la surface brillante, constituant ainsi une œuvre d'art. Chaque armure en était une. Elles étaient toutes uniques, leurs ornements formant des ramifications différentes, en fonction de la taille et de l'implantation des engrenages qui reliaient entre elles les différentes parties, leur permettaient de s'articuler. Les ailes n'étaient pas toutes de la même taille, certaines avaient des bords plus ciselés que d'autres - un des soldats en avait même deux paires, une plus petite que l'autre. Cette diversité permettait de les reconnaître, une fois qu'on avait appris à distinguer tous ces détails. Alix n'en était pas encore là, mais elle commençait à identifier ses amis les plus proches.

Anton, qui avait escamoté son casque, se dressa vers elle, interrompant son observation émerveillée.

— Ces armures sont tellement belles, souffla-t-elle, mais je ne comprends pas en quelle matière elles sont faites.

— Une sorte d'alliage. Je t'avoue que personne n'a été très précis quand j'ai voulu moi aussi savoir... Ça doit faire partie des nombreux secrets qui sont gardés ici. Tu es prête pour le deuxième round ? Tu te souviens de l'enchaînement des gestes ?

Chapitre 15

— Oui.

— Très bien. Il va falloir que tu les amplifies, en raison de l'épaisseur de ta carapace. Et je vais y aller plus fort, donc tiens-toi prête.

Leurs casques recouvrirent leurs visages, ils étaient parés.

Ils se mirent en position de base de karaté, avant de s'élancer l'un vers l'autre. Anton n'avait pas menti. Il asséna directement un coup puissant contre le bras d'Alix qui se retrouva projetée en arrière. Toutefois, son armure compensa en faisant battre ses ailes afin qu'elle n'échoue pas sur son séant. Ainsi redressée, elle riposta rapidement, mais plus mollement que son adversaire.

— Plus fort ! cria Anton. Imagine que je suis une gargouille.

Alix pensa qu'il était bien trop beau pour cela, mais garda sa réflexion pour elle. Cependant, ce moment de déconcentration permit à son adversaire de lui asséner un autre coup, qui l'ébranla complètement.

« Ah non, pas ça. Je ne vais pas me laisser faire », s'encouragea-t-elle.

Elle crut entendre le même friselis chatouiller son esprit et se rua en avant. D'un coup de pied, la jambe levée et retournée, elle frappa Anton en pleine poitrine. Ce dernier recula de plusieurs pas, percutant un autre soldat qui s'entraînait derrière lui.

— Bravo Alix ! s'écria-t-il. C'est exactement ça ! Encore !

Alix ne savait même pas comment elle avait réussi son coup. C'était comme si quelqu'un d'autre avait levé sa jambe et visé au bon endroit.

Leur affrontement reprit. Cette fois, la jeune fille était décidée à montrer ce dont elle était capable. Elle avait compris que l'armure les protégeait tous les deux et que même en se cognant sans retenue, ils n'en souffriraient pas. Une sorte d'ivresse la saisit. Elle se sentait invincible, différente. À présent, elle n'était plus une petite étudiante noyée dans la foule d'un amphithéâtre, anonyme et insipide. Elle était un ange mécanique, elle était forte, elle était puissante même. Rien ne pouvait l'arrêter. Ce ne fut que lorsque Noah siffla la fin de l'entraînement qu'Anton et elle stoppèrent leur chorégraphie de combat.

Leurs casques disparurent, laissant apparaître leurs visages luisants de sueur mais souriants.

— Tu as tout compris, bravo ! la félicita Anton. Tu assures bien, on dirait que tu as fait ça toute ta vie.

Cette fois, ce fut Alix qui lui adressa un clin d'œil.

— J'ai un bon professeur.

Elle se sentait encore galvanisée par cet exploit purement physique. Pendant tout l'affrontement, elle avait eu l'impression d'être en harmonie totale avec son armure, qui semblait s'adapter à chaque coup qu'elle voulait donner, juste avant qu'elle ne l'assène, afin d'en améliorer la justesse, la force, l'intensité.

Cependant, un peu plus tard, sous le jet d'eau brûlante de la douche, Alix ressentit une immense lassitude l'envahir. Elle était épuisée et ses jambes tremblaient, elle se sentait sur le point de défaillir. Elle se lava rapidement et sortit de la cabine, enveloppée de sa serviette, pour s'asseoir sur une chaise posée contre un mur à côté des lavabos. Une jeune femme, noire et musculeuse, dans ses simples sous-vêtements, se pencha vers elle avec inquiétude.

— Ça va ? Tu te sens bien ?

— Je crois que je fais une chute de tension, murmura Alix en tentant de faire passer le vertige qui l'avait saisie.

— Tu es une nouvelle, non ? Je m'appelle Inaya.

— Alix…

— C'est normal que tu sois dans cet état. C'est l'armure qui dévore ton énergie. Elle est comme un double de ton corps et il faut l'alimenter elle aussi. Va vite manger quelque chose au réfectoire, et ça ira vite mieux, d'accord ?

Alix hocha la tête.

— Merci Inaya.

— T'inquiète, on est tous passés par là. Ensuite, on apprend à mieux gérer, mais au début, c'est un peu étrange. Je crois que je t'ai vue te battre avec Anton, tout à l'heure, tu te débrouilles bien.

Se sentant déjà un peu mieux, Alix leva la tête pour croiser le regard sombre et empreint de douceur de son interlocutrice. Elle avait les cheveux nattés contre son crâne en formes artistiques. Ses pommettes saillantes conféraient un air farouche à son visage, contredit par son regard velouté.

— C'est gentil. J'ai suivi ses conseils, surtout.

Inaya lui fit un sourire éclatant.

— Il y a plein de filles ici qui aimeraient suivre les conseils d'Anton, crois-moi. Fais attention aux jalousies. Il y a plutôt un bon esprit ici, vu qu'on fait face à la même galère, mais il y a toujours une poignée de brebis galeuses.

— Je m'en souviendrai… Tu ne fais pas partie du fan-club d'Anton, toi ?

Inaya éclata de rire.

— Non, je suis plus âgée que lui… que presque tout le monde ici d'ailleurs, à part les officiers, et j'ai un fiancé qui m'attend à la maison, quand je rentrerai. J'espère très vite.

— Oh ! Il n'est pas un ange mécanique, lui ?

La jeune femme secoua la tête :

— Il l'était, il a raccroché. Il a passé du temps à l'hôpital après une attaque et il a décidé que c'était fini pour lui.

Cette conversation permit à Alix d'oublier son malaise. De plus, elle était contente d'apprendre à mieux connaître une autre fille du Nid.

— Il n'a pas peur pour toi ? interrogea-t-elle.

Inaya haussa les épaules et fit un mouvement de la main qui semblait chasser ce genre de réflexion.

— Non. On ne pense pas à ça, tu sais. Pas quand on est dans le bain. On veut surtout se débarrasser des gargouilles. Mais ça va venir. Et on pourra tous retrouver une vie normale et oublier tout ça. J'aimerais avoir des enfants qui n'aient pas à suivre les traces de leurs parents dans cet univers complètement fou.

Alix acquiesça.

— Je te comprends. J'ai un frère beaucoup plus jeune que moi et je me fais la même réflexion.

Inaya lui adressa un sourire lumineux et posa une paume fraîche sur son front, comme pour voir si elle avait de la fièvre.

— Tu te sens un peu mieux, maintenant ?

— Oui, merci. Je vais m'allonger un peu et j'irai manger ensuite. En plus, je sais qu'on va avoir cet entraînement tous les jours, à présent, et il faut que je m'y fasse.

Chapitre 15

Inaya lui tendit la main pour l'aider à se relever.

— Tu vas voir, on s'habitue à tout, même au pire…

— C'est bien ce qui me fait peur… murmura Alix.

Elle n'était là que depuis quatre jours et, déjà, cette routine, ce lieu, ces changements devenaient moins étranges. L'existence d'un autre monde, de monstres, sa greffe, cette guerre, tout cela faisait partie de sa réalité à présent. Sa vie d'avant lui paraissait déjà loin, ses préoccupations d'ado ridicules. Qui serait-elle dans dix jours, dans un mois, dans deux ? Plus la même. Une autre Alix. Elle échangea un regard entendu avec Inaya.

Charlie avait raison : il n'y avait qu'ici que l'on pouvait trouver des personnes avec qui partager ces bouleversements. Même si elle racontait tout cela à ses parents, à Maëlle, personne ne pourrait jamais comprendre ce qui se déroulait de l'autre côté du Voile, ce qu'elle affrontait.

Même si elle les connaissait à peine, un lien invisible se tissait entre elle et toutes ces jeunes femmes qui se douchaient autour d'elle, ces jeunes hommes qui devaient faire pareil à l'étage au-dessus. Ils étaient liés par un destin commun et unique qui les isolait du reste du monde.

CHAPITRE 16

Charlie avait fait une bonne description de la soirée de nouvel an organisée au Nid. Le réfectoire avait été transformé en salle de bal de promo telle qu'on en voyait dans les films de lycéens américains. Des guirlandes de lettres épelant « Bonne année » étaient tendues en travers des baies vitrées, des spots de lumières colorées clignotaient en rythme avec la musique qui résonnait dans la salle, des tables, poussées contre les murs, proposaient un buffet de petits-fours, de sandwichs coupés en triangles et de diverses boissons. Au milieu, quelques camarades dansaient en riant, un verre à la main.

Alix se sentait complètement empotée, assise sur l'un des bancs regroupés dans un coin de la pièce. Elle ne connaissait pas assez de monde pour se sentir à l'aise et se lancer sur la piste de danse. Certains visages lui devenaient familiers à force de les croiser, mais elle n'avait pas encore eu l'occasion de parler avec la majorité des personnes présentes ici et sa timidité prenait le dessus dans ces situations. De toute façon, elle n'avait jamais aimé ce genre de soirée. Elle était plus à l'aise en petit comité, autour d'une table et d'un bon repas, pour apprendre à connaître les gens, rire et discuter. Heureusement, Charlie vint la rejoindre au bout d'un moment. Jusqu'ici, elle était restée à l'écart, en grande conversation avec une autre fille, dont les cheveux blonds tombaient jusque dans le creux de ses reins. Charlie portait une robe moulante et courte qui laissait apparaître sur ses jambes des tatouages impressionnants. Étant donné la proximité de leurs visages, Alix avait deviné que son amie avait trouvé une cavalière pour la soirée, et c'était parfait ainsi.

— Tu as vu ce canon ? J'ai du mal à y croire, mais on dirait qu'elle s'intéresse à moi ! soupira Charlie en s'asseyant près d'Alix et en lui tendant un verre de punch.

Alix l'avait reniflé avant d'en boire une gorgée. Elle n'était pas encore majeure et n'avait pas l'habitude de boire de l'alcool mais, à quelques semaines de ses dix-huit ans, elle pouvait bien faire une exception pour l'occasion.

— Ça m'a l'air bien parti, approuva Alix.

Un grand sourire fendit le visage étroit de Charlie.

— Ah, merci. Je me demandais si je me faisais des idées, mais c'est aussi l'impression que j'ai. C'est la première fois qu'il y a une recrue comme… comme moi. Et en plus, c'est une bombe. Je me vois bien m'envelopper dans ses cheveux si j'ai un peu trop froid.

Alix manqua de s'étouffer avec sa boisson en imaginant la scène.

Chapitre 16

— Vu ton format, elle a assez de matière pour te faire une couverture ! répliqua-t-elle, hilare.

Charlie lui donna un coup de coude.

— C'est pour ça que je t'aime, toi. J'ai l'impression que je peux tout te dire et que tu ne me jugeras pas.

Alix haussa les épaules.

— Je ne juge pas les gens en général. Encore moins les amis.

— Ça va, les filles ? les interrompit Anton en se dressant devant elles de toute sa hauteur.

Il avait troqué sa combinaison beige contre un jean bleu pâle et une chemise noire légèrement entrouverte au col. Sa barbe était soigneusement taillée et il avait laissé ses cheveux mi-longs lâchés, ce qui le changeait complètement.

Alix se sentit rougir en le découvrant ainsi et remercia secrètement la pénombre qui les enveloppait dans ce coin de la pièce. Il sentait bon, un mélange de réglisse, d'anis et d'autre chose qu'elle n'arrivait pas à définir. Son cœur accéléra dans sa poitrine et elle se recula légèrement, gênée par cette soudaine proximité. Elle avait l'impression qu'Anton allait entendre les cognements de sa poitrine et découvrir son trouble. Lui, de son côté, n'avait semblé marquer aucun intérêt pour la jeune fille, en dehors d'une amitié sincère.

— Ça roule, j'ai une touche, lui annonça Charlie sans plus de cérémonie.

Anton s'assit près d'Alix et se pencha devant elle pour répondre à Charlie, qui était de l'autre côté.

— Ah oui ? Enfin ! C'est laquelle ?

Visiblement, le jeune homme était lui aussi au courant des préférences de sa camarade.

Charlie pointa du doigt la grande blonde, qui se retourna à ce moment et lui adressa un grand sourire.

— Ah oui, en effet, on dirait que tu lui plais, approuva Anton. Qu'est-ce que tu fais là, assise sur le banc ? Va l'inviter à danser !

Charlie afficha une expression d'horreur.

— Ça va pas ? Qu'est-ce que les gens vont penser ?

Anton tira Charlie par le bras pour qu'elle se lève.

— Mais tu t'en fiches de ce que les autres pensent ! C'est de ton bonheur dont il est question, tu ne vas pas laisser des esprits étroits te le gâcher ! Et si quelqu'un trouve à y redire, il viendra s'expliquer avec moi.

Charlie finit par se laisser convaincre, se mit debout, déposa un baiser sur la joue d'Anton.

— Merci, souffla-t-elle.

Et tel un lutin bondissant, elle sautilla jusqu'à sa conquête qui semblait n'attendre que ça. Elles s'enlacèrent aussitôt et entamèrent une danse langoureuse, qui n'allait pas du tout dans le tempo rapide de la musique. Mais toutes les deux semblaient enfermées dans une bulle qui n'appartenait qu'à elles et Alix trouva cet instant magnifique.

— Regarde, je ne l'ai jamais vue aussi heureuse, approuva Anton en les observant lui aussi.

Ils restèrent silencieux un moment, admirant les danseuses. Personne n'avait l'air choqué par ce couple naissant. Personne ne leur prêtait réellement attention à vrai dire, ce qui apaisa Alix, elle aussi décidée à voler au secours de son amie en cas de problème. Au bout d'un moment, Anton lui donna un petit coup d'épaule.

— Comment tu vas, toi ? Tu as meilleure mine qu'à ton arrivée.

Chapitre 16

— Ça va mieux. Ça fait une semaine que je suis là, et je commence à m'habituer à tous ces… changements… secrets… bizarreries ?

Anton eut un petit rire.

— On s'y habitue tous.

— Mais toi, tu as été préparé toute ta vie pour ça, non ?

Alix s'était tournée vivement vers le garçon. Son profil parfait se découpait dans la lumière de l'un des spots clignotant en orangé. Il pivota afin de lui faire face également.

— Oui, je savais que tout ça existait – il engloba d'un geste du bras leur environnement –, mais même en étant prévenu, je ne m'attendais pas aux gargouilles, à leur monde. Je n'ai pas plus que toi apprécié la douleur de la greffe et l'idée que ce truc resterait toute ma vie sur mon bras. Toutefois tu as raison, j'ai eu moins à accepter que toi. C'est fou qu'Éloi, étant donné qui il est, n'ait jamais parlé de cette partie de son histoire à sa famille. C'est quand même ici qu'il a rencontré ta grand-mère, ils ont combattu ensemble pendant des années.

Il y eut un moment de flottement durant lequel la musique parut plus forte et incongrûment joyeuse par rapport à la gravité de leur conversation.

— Mon grand-père a voulu me protéger. Je crois… qu'il a souffert de tout cela. Il n'a pas voulu me donner de détails, mais je suis certaine que je finirai par tout savoir le moment venu.

Anton hocha la tête et, au bout d'un moment passé à considérer les autres qui se déhanchaient, il proposa avec enthousiasme :

— Allez, viens, on va s'amuser un peu. C'est pas comme si on pouvait le faire tous les jours. Tu danses ?

Alix eut un mouvement de recul et un geste qui voulait dire « surtout pas ».

— Non ! Je ne sais pas dans...

Mais elle n'eut pas le temps d'achever ses protestations que déjà le jeune homme était debout et la tirait par la main pour qu'elle le suive.

— Ne t'en fais pas, c'est celui qui mène la danse qui fait tout le travail. Tu n'as qu'à te laisser guider.

Et il la fit tourner sur elle-même pour la réceptionner entre ses bras.

— OK, OK ! s'écria Alix en riant aux éclats, le souffle coupé par la manœuvre inattendue.

Anton la mena au milieu de la piste et lui montra les pas de base d'un rock. Une fois qu'elle les eut enregistrés, il la fit tourbillonner alors qu'elle continuait à rire, avec l'impression d'être heureuse et légère pour la première fois depuis très longtemps.

Enfin, après quelques rocks endiablés, à bout de souffle, le jeune homme relâcha Alix.

— Tu vois que tu sais danser !

— Je ne sais pas si tes pieds que j'ai allègrement piétinés pensent pareil ! rétorqua Alix.

— Je n'ai rien senti, assura Anton avec un air malicieux.

Charlie les rejoignit devant le buffet, où ils étaient en train de se servir un autre verre de punch.

Alix se fit la réflexion qu'elle allait être pompette, mais elle s'en fichait. Elle passait une bonne soirée, à sa plus grande surprise, et elle pouvait ne pas être raisonnable quelques heures. Elle l'avait suffisamment été, et elle savait que cette parenthèse d'insouciance serait vite terminée.

Chapitre 16

— Les amis, je vous présente Lauril.

Ils saluèrent la belle blonde qui fit de même. William, qui avait dansé toute la soirée avec une jeune fille d'origine asiatique, vint les rejoindre en se trémoussant sur les notes de musique.

— Vous vous rendez compte que si les gargouilles n'existaient pas, on ne serait pas là, tous ensemble ? Je ne vous aurais jamais connus, et ça, ce serait trop triste.

— Je crois que tu as trop bu, fit remarquer Anton en lui tendant un verre d'eau fraîche.

— Ouais, mais au moins, je vois l'amour partout, c'est mieux que des monstres, non ?

Ils trinquèrent tous à cette tirade avant que William ne retourne sur la piste de danse avec sa cavalière car les slows commençaient.

Charlie et Lauril s'empressèrent de les imiter.

Alix et Anton restèrent seuls, leurs assiettes pleines de petits-fours à la main.

— Tu veux danser encore ? Et ne me dis pas que tu ne sais pas danser le slow !

Alix lui adressa un sourire gêné.

— Si, ça, je sais danser, mais…

— Roooh, allez, viens…

Alix se demanda pourquoi Anton n'avait invité aucune autre fille de la soirée. Elle avait bien remarqué les regards qu'elles lui jetaient, certaines avaient même tenté une approche un peu plus tôt, avant qu'il ne s'assoie près d'elle sur le banc, mais il avait décliné toutes les invitations.

Une fois de plus, il l'attrapa par la main et la tira vers le centre, alors qu'elle déposait rapidement son assiette sur la table. Quelques instants plus tard, elle se retrouvait tout contre lui, son parfum l'enveloppant. Elle n'osa pas lever la tête vers son visage et fixa le tissu de sa chemise. Elle se sentait comme quand elle avait quatorze ans et que le garçon dont elle s'était entichée au collège l'avait invitée à danser à la soirée d'anniversaire de Maëlle. Finalement, ils s'étaient embrassés, et cela avait été son premier baiser. Un peu baveux et pas aussi génial qu'elle se l'était imaginé, mais elle avait été si fière que le garçon dont elle était amoureuse s'intéresse à elle. Elle avait l'impression que cela avait eu lieu un siècle plus tôt et pourtant, elle avait à peine quatre ans de plus à présent. Elle était dans une base secrète, et dansait avec un garçon plus âgé qu'elle, qui avait été entraîné au combat depuis toujours. Le contraste était saisissant entre les deux moments, pourtant Alix avait l'impression d'avoir quatorze ans à nouveau et de ne pas vraiment savoir quoi faire.

Au bout d'un moment, elle se décida à lever la tête. Anton devait la trouver idiote à contempler sa chemise de la sorte. Leurs regards se croisèrent. Dans la lumière stroboscopique, ses yeux gris acier semblaient la transpercer. Il lui sourit gentiment, la serra un peu plus fort contre lui. Était-il possible qu'il s'intéresse à elle autrement qu'amicalement ? Cette question commençait à faire son chemin dans l'esprit de la jeune fille, la remplissant d'un espoir nouveau.

Soudain, l'alarme se déclencha, recouvrant la musique, les rires, la joie du moment.

Anton lâcha Alix, qui fit trois pas en arrière, étourdie par ce moment d'intimité. Charlie se retrouva près d'eux aussitôt.

Chapitre 16

— Saletés de gargouilles, elles ne pouvaient pas nous foutre la paix au moins cette nuit ? J'étais sur le point de conclure.

Anton murmura quelque chose d'incompréhensible.

Les lumières du réfectoire s'allumèrent, les notes s'estompèrent, recouvertes par la sonnerie. L'alarme stridulait encore quand Isaac déboula dans la pièce en hurlant :

— Alerte maximum. Des gargouilles tentent de passer le Voile ! On a renforcé la barrière, mais elles semblent nombreuses de l'autre côté. Tout le monde descend immédiatement !

Sans une seule protestation, les jeunes soldats suivirent leur chef. Dans un murmure plein de questions et d'inquiétude, ils descendirent au sous-sol en courant et trottinèrent dans les allées souterraines. Quand ils débouchèrent dans la caverne, Alix vit tout de suite que les couleurs du Voile étaient ravivées : elles étaient plus vibrantes, plus chatoyantes. L'onde sonore qui l'affaiblissait avait été interrompue. Cela signifiait qu'ils pourraient passer de l'autre côté, mais qu'ils ne pourraient pas revenir au Nid tant que le danger ne serait pas écarté.

Des traces d'impacts des monstres s'illustraient sur le rideau éthéré par des éclats de lumière rouge, orange, jaune, qui explosaient à un rythme soutenu, et étaient suivis d'ondes concentriques. Les gargouilles étaient nombreuses et tapaient fort.

— Elles sont enragées, cette nuit, souffla William qui se trouvait près d'Alix. Ça va chauffer…

— En tenues, en tenues ! cria Isaac qui, lui-même, ôtait son uniforme pour se retrouver en justaucorps noir.

L'ensemble des jeunes l'imitèrent. Ils avaient tous la même combinaison sous leur tenue de fête – même Alix, qui avait compris que c'était la norme ici. Mais cette fois, dans l'urgence, ils ne prirent pas le temps de ranger leurs affaires dans les casiers et ils les déposèrent en vrac sur les bancs. En rangs, ils s'avancèrent vers le Voile, secoué de plus belle par les assauts des créatures, comme si elles avaient senti que leurs ennemis approchaient. Les premiers soldats se transformèrent en anges mécaniques dès qu'ils furent assez près de la frontière entre les deux mondes et la passèrent, pour disparaître de l'autre côté.

Alix sentait son cœur battre à tout rompre dans sa poitrine. Ces derniers jours, elle avait scrupuleusement suivi son entraînement de combat rapproché et avait effectué deux rondes dans l'autre monde, en plus de sa première bataille, mais elle se sentait loin d'être prête pour un affrontement aussi violent que celui qui s'annonçait.

Cependant, elle ne se défila pas, et quand ce fut son tour de se retrouver devant le Voile, elle laissa se faire la métamorphose en respirant profondément. La transformation n'était plus aussi douloureuse qu'au début. C'était comme si son corps s'habituait à cette mutation au fil des jours. Une fois que son armure l'eut complètement recouverte, elle s'avança dans l'éclat moiré et fut transportée aussitôt dans un monde de violence. Le combat avait déjà commencé et elle ne s'était pas trompée : les gargouilles étaient nombreuses. Très nombreuses. Plus d'une centaine, de ce qu'elle pouvait en juger.

Sans hésiter, elle s'élança en avant sur une grappe de monstres en ordonnant à sa carapace de lui offrir une masse, la plus lourde qu'elle puisse porter. Un marteau énorme apparut au bout de sa main. Logiquement, vu son gabarit, la jeune fille n'aurait pas dû avoir la force de le tenir ainsi, et encore moins de le soulever. Mais son armure compensait, et c'est presque avec facilité qu'elle leva son assommoir au-dessus de sa tête pour l'abattre sur les créatures qui se précipitaient vers elle. Elle explosa le crâne de trois d'entre elles, pulvérisa l'épaule et les ailes d'une autre. Les bêtes émettaient des cris stridents, des borborygmes écœurants qui semblaient être leur moyen de communication. Alix aurait bien aimé les comprendre, cela aurait certainement simplifié les manœuvres si elle pouvait être au courant de leurs intentions, cependant cette simple pensée fut vite balayée quand elle vit un autre groupe se jeter sur elle, mais du ciel cette fois.

Ces gargouilles étaient équipées d'immenses ailes de chauve-souris claquant dans l'air, soulevant les cendres grises qui recouvraient le sol et leurs gueules ouvertes sur des crocs impressionnants semblaient vouloir la dévorer. Leurs énormes pattes pourvues de griffes immenses, tendues vers elle, prêtes à la lacérer, se rapprochaient un peu trop vite.

Alix recula, lança sa massue vers ses assaillants. Les deux premières créatures la reçurent frontalement et s'éparpillèrent en poussière grise. L'assommoir quant à lui se volatilisa dans les airs, ce qui déstabilisa suffisamment la jeune fille pour que les gargouilles se jettent sur elle et l'agrippent de leurs serres acérées. Sur le moment, Alix ne sut pas quoi faire. Elle releva les bras dans un geste instinctif de protection. Son armure la protégeait de cet assaut, mais elle entendait le crissement des griffes sur sa carapace, et devinait, derrière ses paupières fermées, leurs dents tentant de percer son casque.

Elle perçut alors un bruit sourd et ouvrit les yeux. Un autre soldat, la voyant en mauvaise posture, s'était élancé à son secours. Elle ne le reconnaissait pas sous son casque, mais il était équipé d'une hache énorme qui s'abattit sur les têtes de ses agresseurs.

Alix adressa un hochement de tête à son sauveur en signe de remerciement, alors qu'il se ruait aussitôt sur un autre groupe de gargouilles. Il en arrivait de partout, des dizaines, tombant du ciel, courant, rampant, sautant vers les anges mécaniques qui étaient clairement en sous-effectif face à ce déferlement.

La panique envahit Alix. Malgré la solidité et la puissance de leurs armures, malgré leur volonté, ils n'y arriveraient jamais. Les monstres allaient les anéantir, envahir la terre, détruire l'humanité. Cette spirale d'idées affolées la paralysait complètement. Elle assistait à cette vague cauchemardesque en se sentant inutile, dépassée. Ses camarades se battaient avec acharnement, explosant les têtes des gargouilles les unes après les autres, mais il en venait toujours plus. Personne ne faisait attention à elle, et Alix eut l'impression terrible d'être isolée sur une île déserte, devenue simple spectatrice impuissante de cette scène d'une violence inouïe. C'était comme regarder un film d'horreur et avoir envie d'appuyer sur le bouton stop sans pouvoir le faire.

Soudain, elle crut entendre la voix de Sandro, quelque part au fond de sa tête. Il lui demandait de venir regarder un dessin animé avec lui. L'idée que son petit frère, si fragile et pur, soit attaqué par des créatures pareilles la réveilla. Il était hors de question de les laisser approcher sa famille, ses amis. Elle eut la sensation qu'on la piquait de l'intérieur pour la faire réagir. Cela fonctionna. Le chuchotement qu'elle avait deviné à plusieurs reprises traversa son esprit, semblant l'encourager. Une énergie nouvelle l'envahit, chassant le désespoir. Elle pensa à la massue qu'elle avait en main un peu plus tôt et cette dernière apparut à nouveau entre ses doigts, encore plus énorme que la précédente.

En hurlant dans son casque, Alix se lança en avant, à la rencontre d'un groupe de démons. Elle s'envola d'un petit mètre, se mit à tourner sur elle-même et, tel un robot broyeur, elle anéantit toutes les gargouilles qui se trouvaient sur sa trajectoire. Elle sentait des larmes couler sur ses joues. Des larmes de colère, de rage même. Elle se retrouva bientôt à côté d'un autre ange mécanique qui se défendait également avec acharnement. Le soldat avançait d'un pas régulier à travers les troupes ennemies et abattait une lourde épée en faisant des moulinets impressionnants. Cependant, cette chorégraphie parfaite fut interrompue par une collision avec un monstre qui déboula latéralement à une allure telle que personne ne l'avait vu arriver.

Sous la force de l'impact, Alix et l'autre combattant furent projetés à plusieurs mètres de leur position. La jeune femme roula par terre, fit plusieurs cabrioles. Elle fut plus heureuse que jamais d'être protégée de la sorte par son armure qui sembla se resserrer autour d'elle comme une couverture épaisse l'enveloppant pour mieux la préserver des conséquences de sa cascade. Toutefois, ses dents s'entrechoquèrent, l'étourdissant, et elle finit par se retrouver immobile, allongée sur le sol, un peu désorientée.

Le temps de retrouver ses esprits, elle se releva pour constater que l'autre ange mécanique était aux prises avec un essaim de gargouilles encore plus nombreuses que précédemment. Lui aussi avait été projeté au sol sous l'effet du télescopage et n'avait pas eu le temps de se redresser après sa chute. C'était donc dans une mauvaise posture qu'il se défendait tant bien que mal.

Sans hésiter, Alix se précipita à son secours, commandant à son armure de lui fournir deux massues, une dans chaque main. Ce fut ainsi équipée qu'elle s'élança, en poussant un cri si sauvage qu'elle eut l'impression d'être possédée. Cela ne lui ressemblait pas d'être aussi courageuse, aussi belliqueuse, aussi… inconsciente. C'était comme si une autre personnalité s'ajoutait à la sienne, lui donnant de la force, de l'audace.

Mais elle ne prit pas le temps de se poser plus de questions. Au contraire, cette vague d'adrénaline était la bienvenue, et elle en profita pour se jeter dans la mêlée sans avoir la moindre hésitation quant aux conséquences de ses actes.

À coups de gourdin, elle pulvérisa les crânes de plusieurs gargouilles, qui, sous la force de l'attaque, se retournèrent contre elle, laissant un peu de répit à l'autre soldat, qui en profita pour se remettre debout et se défendre avec plus d'efficacité. Cependant, il arrivait toujours plus de monstres. Ils tombaient du ciel ou surgissaient du sol, comme émergeant de terriers indécelables jusqu'ici.

Alix se battait de toutes ses forces, mais elle les sentait décliner et ne savait pas combien de temps ce flot d'énergie insoupçonnée allait la porter. Ce n'était pas le moment de flancher. Elle voyait l'autre ange reculer, encore et encore, sous la force de l'assaut auquel il faisait face.

Soudain, un cri jaillit de nulle part :

— Attention ! La barrière !

Mais c'était trop tard. L'autre soldat donna l'impression de passer sous une cascade invisible qui le rendit comme flou et, quelques secondes plus tard, son armure commença à s'escamoter. Le visage épouvanté d'Inaya se dévoila alors qu'elle se retrouvait sans défense, en justaucorps noir, de l'autre côté du champ de force qui permettait aux anges mécaniques d'être protégés.

LE VOILE DURANT LA GRANDE GUERRE

Témoignage de Philémon de Saintomer, 1922

La Grande Guerre a fait des ravages dans les rangs de jeunes et braves soldats. Alors que les affrontements faisaient rage, le Voile est réapparu après presque dix années d'absence. Dix années de tranquillité pour notre groupe secret. Nous avions pu retrouver le chemin d'une vie plus douce, auprès de nos familles. J'ai passé du temps avec mon fils, tout jeune, que j'ai pu voir grandir un peu. Et puis voilà qu'en 1914, un prince autrichien se fait assassiner avec sa femme et une guerre plus grande, plus terrible que tout ce que nous aurions pu imaginer a pris le pas sur notre parenthèse de paix. J'ai dû partir au front, dans les tranchées. C'est là que j'ai vu le Voile se redessiner dans l'horizon barbouillé par la fumée des ruines, de la terre éventrée, des forêts calcinées. Les moteurs électriques qui permettaient sa neutralisation n'étant plus entretenus par nos recrues toutes appelées pour grossir les rangs de l'armée, il n'y avait plus rien pour l'empêcher de se déployer à nouveau, ondulant presque joyeusement dans cette ambiance de fin du monde.

Ma première réaction a été de me dire que nous étions maudits. Ajouter à la difficulté de nos combats, des bombardements incessants d'obus des armées adverses pleuvant sur nos têtes, un danger aussi grand, cela était trop. J'ai informé mes compagnons d'infortune de ce qu'il était, ce qu'il représentait. Certains ne m'ont pas cru. D'autres, qui m'ont fait immédiatement confiance, ont imaginé des stratagèmes astucieux, qui une fois mis en action, ont permis d'attirer des régiments entiers de soldats allemands derrière la faille. Ils avaient beau être mes ennemis, les voir disparaître de l'autre côté du Voile en sachant quel destin les attendait m'a fait ressentir une culpabilité terrible. Je savais qu'après quelques jours passés dans l'autre monde, ils se changeraient en gargouilles, perdraient le peu d'humanité qu'il leur restait, alors qu'elle nous échappait déjà, dans cette folie de bruit, de mort, de désespoir.

Ils ont été considérés comme « disparus au combat ». Leurs familles n'ont jamais su la vérité quant à leur destin. J'ai eu beau me répéter qu'il s'agissait de nos adversaires, qu'ils n'auraient pas hésité à nous éliminer s'ils en avaient eu l'occasion, je passerai le reste de ma vie à sentir cette culpabilité au fond de mon âme.

La guerre est terminée à présent et leur souvenir me hante encore. Le Voile est toujours là, mais nous avons pris le temps de remettre en état le réseau de moteurs qui nous protègent de sa présence. Notre quartier général près de Paris n'a pas été touché par les combats. Nous l'avons réinvesti et nous préparons la suite de notre guerre secrète. La seule note positive que je peux trouver à celle qui a touché le monde entier entre 1914 et 1918 est l'avancée spectaculaire qui a été faite en termes d'armement. Nous allons partir en mission afin de tester ce nouveau matériel sur les gargouilles. Est-ce que les fusils-mitrailleurs sont efficaces contre les monstres ? Et les grenades ? C'est ce que nous allons découvrir. De même, les progrès réalisés sur les masques à gaz nous laissent l'espoir d'explorer plus en avant le territoire inconnu des gargouilles, afin de le comprendre mieux et d'en savoir plus sur leur transformation, leur mode de vie et, qui sait, les motivations qui animent ces hordes de plus en plus nombreuses et belliqueuses. Jusqu'ici, nous risquions de nous changer nous aussi en démons si nous restions trop longtemps dans leur monde. Nous allons profiter de toutes ces avancées pour atteindre nos objectifs. Je reviendrai parler de ces incursions en territoire ennemi dès qu'il y aura du nouveau.

CHAPITRE 17

Les gargouilles semblèrent s'enhardir à la vue de l'humaine sans défense qui reculait face à leur progression. Elles émirent des sons qui pouvaient s'apparenter à des rires moqueurs.

Une terreur indicible s'affichait sur le visage d'Inaya. Les yeux écarquillés, la bouche entrouverte sur un cri qu'elle ne parvenait pas à pousser, le corps crispé…

Alix fit quelques pas en avant, mue par la volonté de lui venir en aide, mais une main solide l'attrapa par le bras et la retint.

— Ne fais pas ça, tu vas te retrouver comme elle.

Le casque de Noah s'escamota comme s'il voulait souligner ses propos de la gravité de ses traits.

— On ne peut pas la laisser comme ça ! s'écria Alix.

Les gargouilles formaient à présent un mur vivant entre la jeune soldate et la barrière, l'empêchant ainsi de la franchir dans l'autre sens, ce qui lui aurait permis de retrouver le cocon protecteur de son armure.

— On n'a pas le choix, continua Noah d'une voix sourde. Si on franchit le champ de force, on va finir comme elle et on ne peut pas mettre tous nos anges en danger pour une seule personne. Si on veut continuer le combat, il faut qu'on garde nos troupes au complet. Inaya connaît les règles et elle a accepté de se battre en connaissance de cause.

Alix tenta de se dégager de la poigne de Noah, mais ce dernier la tira en arrière afin de l'éloigner de la scène qui allait se jouer.

Pour l'instant, les gargouilles se contentaient d'avancer vers Inaya, qui reculait, un pas après l'autre, lentement.

— Mais ils ne l'attaquent pas ! protesta Alix en se débattant de plus belle. On peut la sauver, on ne peut pas l'abandonner de sang-froid !

— Ils ne la tueront pas. Tu ne comprends pas ? Au bout d'un moment, elle va commencer à se transformer, à devenir une gargouille, elle aussi. C'est plus précieux pour les monstres d'avoir une recrue en plus qu'une victime supplémentaire. Depuis que nous avons neutralisé le Voile, il n'y a plus d'humains, ou si peu, qui le traversent. Pendant ce temps, partout dans le monde, nous éliminons des gargouilles à chaque combat. Leur nombre diminue. Doucement, mais sûrement. Elles ont besoin de gonfler leurs rangs et Inaya sera comme elles dans peu de temps. Les premiers symptômes de la métamorphose ne prennent que quelques heures pour se développer. C'est la fin pour elle.

Alix refusait d'entendre les explications précipitées,

pourtant rationnelles de son supérieur. Inaya lui avait parlé d'un fiancé qui l'attendait, des enfants qu'elle espérait avoir un jour. Elle avait toute la vie devant elle, elle était belle, jeune, amoureuse. Il n'était pas envisageable qu'elle se transforme en créature difforme, inhumaine.

Aussi, sans se soucier des conséquences, Alix se dégagea brutalement de l'empoigne de Noah et, d'un coup d'aile, décolla afin de lui échapper.

Surpris, son officier ne réagit pas immédiatement. Puis il poussa un cri rageur et s'envola à son tour pour la suivre.

— Alix, ne fais pas ça ! On ne peut rien faire pour elle, je refuse de perdre deux anges aujourd'hui !

Elle ne l'écoutait pas. Les sons s'étaient comme évanouis autour d'elle. Elle n'entendait que les battements de son cœur qui résonnaient contre ses tempes, pulsaient dans son cou.

— Ne me lâche pas, tu m'entends ? murmura-t-elle à son armure.

Alix savait que c'était du délire, qu'elle allait payer sa réaction, son insubordination, mais elle savait aussi qu'elle ne pourrait plus jamais se regarder dans un miroir en sachant qu'elle avait laissé une camarade mourir à petit feu.

— Ne me lâche pas, répéta-t-elle.

Elle ne savait plus si elle s'adressait à elle-même ou à cette matière étrange qui l'entourait, qui ne faisait plus qu'une avec elle. Depuis le début, elle avait la sensation qu'on l'écoutait, qu'on lui chuchotait des choses à l'oreille. Alors elle lançait cette prière à qui l'entendrait dans l'espoir fou qu'elle puisse s'en sortir.

Des images de son grand-père pétri de culpabilité ou de ses parents anéantis à la nouvelle qu'il lui soit arrivé quelque chose défilèrent dans son esprit, mais elle les chassa.

— Non ! s'écria-t-elle. Je peux le faire !

Et se focalisant sur son objectif, elle fonça vers la barrière. En s'en approchant, elle distinguait à présent une sorte de reflet, comme celui qui apparaissait sur une vitre tellement propre qu'on ne la devinait qu'à la dernière seconde.

Alix ferma les yeux et, d'un coup d'aile supplémentaire, traversa la paroi éthérée. De très loin, elle entendit Noah hurler, et d'autres cris l'accompagner, mais elle ne ralentit pas.

Malgré toute la conviction qu'elle avait mise dans sa supplique, elle s'attendait à chuter, puisque ses ailes devaient disparaître en même temps que son armure. Mais ce ne fut pas le cas. Elle continua à voler, se retrouva même à planer au-dessus d'Inaya qui leva la tête vers elle avec une expression hagarde.

— Merci, souffla Alix à son armure.

En retour, elle entendit à nouveau ce chuchotement indistinct lui chatouiller l'esprit en une caresse rassurante. Elle n'eut pas le temps de s'y attarder. Profitant de la surprise provoquée par son apparition dans les rangs des gargouilles, elle fonça sur Inaya, l'attrapa sous les aisselles pour l'écarter de ses assaillants monstrueux. Elle voulut la soulever, mais malgré sa force décuplée par sa carapace, sa camarade était trop lourde et sa prise trop incertaine pour y parvenir. Elle se contenta donc de la faire reculer, en la remontant suffisamment pour qu'elle échappe aux démons, mais pas assez pour qu'elles puissent passer au-dessus de leurs têtes et franchir à nouveau.

Elles s'enfoncèrent un peu plus dans le territoire ennemi. Au loin, les grondements s'entendaient plus distinctement, comme s'ils avaient été étouffés par le champ de force jusqu'à présent. Les flashs de lumière s'accélérèrent et Alix crut que c'était une alarme qui avait été lancée auprès des troupes, mais dans l'immédiat il ne se passait rien du tout.

Une fois à l'écart, elle lâcha Inaya, et se posa près d'elle, fit disparaître son casque.

— Ça va, tu n'as rien ?

— Alix, tu es complètement folle, tu n'aurais jamais dû venir me chercher… Mais… je te suis éternellement reconnaissante de l'avoir fait.

Alix lui répondit par un sourire rassurant.

Elle-même se trouvait dingue d'avoir fait ça, mais à présent qu'elle voyait que son armure tenait bon, qu'elle la protégeait toujours, elle se disait qu'elle avait bien fait.

— Il va falloir qu'on trouve un moyen de repasser de l'autre côté, dit-elle à son amie en observant les alentours.

Les gargouilles se rapprochaient d'elles de toutes parts. Bientôt, elles seraient cernées et Alix se retrouverait à se battre seule contre cette armée nombreuse tout en défendant Inaya. Cette fois, personne ne viendrait les aider. Ni Noah, ni aucun autre ange mécanique. Elle s'était mise seule dans cette situation, elle devait s'en sortir seule.

Et surtout, elle ne devait pas tarder à agir. En restant trop longtemps dans ce lieu, elles allaient à leur tour devenir des gargouilles.

— Comment tu fais ? demanda Inaya, la tirant de ses réflexions et de son évaluation de leur mauvaise posture.

— Je fais quoi ? interrogea Alix d'un air distrait.

Toute son attention était concentrée sur une rangée de monstres qui se rapprochaient de plus en plus vite.

— Pour garder ton armure, c'est impossible, c'est le champ de force qui les active. Vu notre distance, tu ne peux pas l'avoir...

Cette remarque ramena Alix à la réalité.

— Je ne sais pas... Je lui ai demandé, tout simplement. Je crois qu'elle m'entend, tout comme elle m'entend quand je lui demande de me fournir les armes dont j'ai besoin. Mais c'est pareil pour toi, pour nous tous, sinon nous ne pourrions pas faire tout ça, non ?

Inaya ouvrit de grands yeux, mais ne répondit rien. Il était évident qu'elle se demandait si Alix avait toute sa tête.

Au bout d'un moment, toutefois, elle murmura :

— Ce serait tellement pratique si la mienne m'écoutait aussi. On pourrait se sortir de cette situation rapidement.

Alix hocha la tête et avança :

— Si mon armure peut le faire, il n'y a aucune raison pour que les autres n'en soient pas capables. Je veux dire, on a reçu le même implant, on a la même connexion, puisqu'elle se forme autour de vous de la même manière que pour moi, et vous donne l'arme que vous lui demandez, même si ce n'est qu'une seule.

Inaya haussa les épaules, montrant qu'elle doutait de cela.

— Tu es la petite-fille d'Éloi. Ta réputation a vite couru dans le Nid. Lui aussi était capable de faire des choses incroyables avec son armure. Ça doit être un truc dans vos gènes, une compatibilité plus forte avec la matière qu'on nous greffe, ou alors une modification cellulaire de cette dernière à votre contact.

Alix ne sut pas quoi répondre. Et de toute façon, elle n'avait pas le temps de réfléchir aux solutions avancées par sa camarade. Les gargouilles se rapprochaient toujours plus. Il fallait qu'elle réfléchisse à une stratégie. Mais rien ne lui venait à l'esprit en dehors de sa capacité à créer des armes.

Alors qu'elles allaient devoir se confronter à nouveau aux monstres, Alix posa sa main, par réflexe, sur le bras d'Inaya. Exactement à l'endroit où elle portait sa propre greffe.

Aussitôt, la matière étrange qui enveloppait les doigts d'Alix sembla se coller, comme magnétisée, à la lamelle. Inaya, de son côté, eut un sursaut, alors qu'elle paraissait avoir reçu une décharge électrique.

— Qu'est-ce que tu me fais ? s'écria-t-elle, plus surprise qu'effrayée.

— Je ne sais pas, je ne fais rien du tout. C'est… c'est elle, mon armure !

Le chuchotement incompréhensible avait repris dans la tête de la jeune fille, plus rapide, donnant la sensation d'une urgence.

Alix secoua sa main pour tenter de la séparer du bras de son amie, en vain. Elles étaient reliées l'une à l'autre.

La plaque métallique d'Inaya se mit alors à briller, dégageant un éclat de lumière de plus en plus puissant qui fit stopper les gargouilles, indécises face à ce phénomène nouveau.

Puis, enfin, les doigts d'Alix parvinrent à se détacher de l'armure d'Inaya qui se déploya à nouveau, scintillante, inespérée, autour de son corps.

Avant de refermer leurs casques respectifs, les deux jeunes femmes échangèrent un regard incrédule, mais elles ne perdirent pas de temps. D'un coup de talon, elles décollèrent et s'empressèrent de s'éloigner du lieu où les créatures allaient converger vers elles, pour se précipiter en direction de la barrière. Quelques gargouilles dotées elles aussi d'ailes les suivirent, mais bientôt, les deux anges mécaniques franchirent la frontière invisible pour retrouver les autres soldats. Pendant qu'Alix s'était concentrée sur le sauvetage d'Inaya, ils étaient parvenus à se débarrasser des assaillants dont il ne restait à présent plus que de la poussière, ou qui avaient fui, sentant le vent tourner. Ayant escamoté leurs casques, leurs camarades les observaient revenir vers eux avec sidération.

Les deux jeunes femmes se posèrent près de Noah qui affichait un air furibond. Cependant, il attrapa Inaya et la serra contre lui en une accolade soulagée.

— Je suis heureux de te revoir. Je pensais qu'on t'avait perdue à tout jamais.

— Je pensais que j'étais perdue également. Alix a…

Elle n'eut pas le temps de terminer sa phrase. Leur supérieur s'était justement tourné vers l'insubordonnée et déclarait sèchement :

— Il va falloir qu'on ait une discussion sérieuse, toi et moi, et avec Éloi également.

Alix rentra sa tête dans son cou et baissa les yeux, incapable de soutenir le regard courroucé de Noah. Malgré la colère de ce dernier, elle ne parvenait pas à se sentir mal pour ce qu'elle avait fait. Tant pis si on la renvoyait du Nid pour désobéissance. Au moins, Inaya était saine et sauve et c'était tout ce qui importait.

En silence, tout le groupe quitta les lieux et franchit le Voile qu'on avait affaibli, une fois leur victoire acquise, pour rentrer au Nid. Dans la caverne, les armures d'Alix et d'Inaya disparurent, comme si rien ne s'était passé de l'autre côté de la barrière. Noah fut le premier à quitter les lieux, certainement pour rendre compte de ce qu'il venait de se dérouler à Isaac et Éloi.

Dès qu'il eut disparu, les langues se délièrent.

— Comment tu as fait ça, Alix ? C'est en principe impossible ! s'écria Charlie. Tu savais que ça allait arriver ?

Alix secoua la tête.

— Pas du tout. J'ai foncé sans réfléchir, je voulais juste venir en aide à Inaya.

— Et je te remercie de l'avoir fait, enchaîna cette dernière en serrant sa sauveuse dans ses bras. Sans toi, je serai en train d'errer dans le monde des gargouilles et de devenir l'une d'entre elles. J'ai du mal à réaliser que je suis là, saine et sauve.

— C'était quand même super risqué, comment tu aurais fait si ton armure avait disparu elle aussi ? fit remarquer William, le visage crispé dans une grimace d'inquiétude et de doute.

Alix haussa les épaules.

— Je ne sais pas. Enfin, si, j'ai supplié mon armure de m'aider.

— Tu parles à ton armure ?

C'était un autre garçon, qu'Alix ne connaissait que de vue, qui s'était esclaffé, mi-moqueur, mi-sceptique.

— Tu ne le fais pas, toi ? répliqua la jeune fille avec vivacité. Pourtant, quand tu lui « demandes » de faire apparaître ton arme de prédilection, tu communiques bien avec elle, non ?

Son interlocuteur resta coi, ne sachant quelle réponse apporter à cette évidence. D'ailleurs, un long silence s'installa après cette déclaration, chacun réfléchissant aux propos d'Alix. En effet, tous avaient des échanges mentaux avec leur carapace, bien qu'ils n'en aient pas vraiment conscience.

— Tu as raison, murmura Anton, brisant ce moment de flottement. On lui « parle » aussi, mais peut-être pas de façon aussi évidente que ce que tu as fait. Je n'en ai jamais eu l'idée, d'ailleurs.

— Moi non plus, renchérit Charlie. Je ne cause pas trop aux choses inanimées en général.

Alix secoua la tête.

— Je ne comprends pas, ça m'a toujours paru évident. Et elle, je suis certaine qu'elle me parle aussi. Vous n'avez jamais senti un chuchotement dans votre tête ? Comme un effleurement à l'intérieur de votre esprit ?

Une fois de plus, personne ne sut quoi répondre.

Alix se demanda brièvement si elle n'avait pas rêvé, mais elle se souvint de toutes ces fois où elle avait perçu ce bruissement intime. Il avait même été présent dès son réveil après sa greffe. À ce moment, elle ignorait qu'il s'agissait de la « voix » de son armure, mais plus elle la percevait, plus elle en était certaine.

Ils terminèrent de se changer en silence et remontèrent vers le Nid. Il était tard et la nuit était très noire, derrière les fenêtres recouvertes d'un léger givre accroché aux croisillons de bois qui maintenaient les carreaux en place.

— Au fait, bonne année ! s'écria Charlie.

Elle pointa du doigt le cadran d'une horloge qui se trouvait au-dessus de la porte d'entrée. Il était minuit passé. Avec toute cette agitation, ils avaient oublié que l'alerte avait interrompu leur réveillon.

Ils répondirent en chœur à la soldate et une partie du groupe décida de retourner dans le réfectoire pour prendre un dessert. Alix en faisait partie. Après tous ces efforts, elle se sentait affamée.

Sa petite équipe d'amis la suivit, alors qu'Inaya prenait congé. Elle était épuisée après toutes ces émotions.

Dans la grande salle, tout était resté en place, comme si rien ne s'était passé. La playlist de l'ordinateur qui faisait office de disc-jockey n'était pas encore achevée et la musique continuait à déverser ses notes, et les spots à clignoter en rythme. Sur les tables, les restes du buffet les attendaient et, sans se faire prier, chacun se servit de copieuses assiettes puis retourna s'asseoir dans un coin de la pièce. Quelqu'un avait éteint les lumières pour redonner une ambiance de fête aux lieux, et ici il faisait plus sombre et la chanson rythmée qui pulsait des enceintes y résonnait moins fortement.

— Tu vas avoir des problèmes, tu sais ? lança William tout de go, avant de mettre dans sa bouche une énorme fourchette de salade de riz.

Alix esquissa un petit sourire contrit.

— Je m'en doute, mais tant pis. Je suis contente d'avoir sauvé Inaya. Le reste…

— C'est quand même fou ce que tu as fait, la coupa Charlie. Je n'aurais jamais osé, j'avoue. Et j'ai même honte d'en avoir conscience.

Alix posa sa main sur son épaule fine et la serra en signe de réconfort.

— Tu n'as pas à en avoir honte. Visiblement, les ordres sont stricts dans cette situation, mais ma chance, c'est que je ne les connaissais pas. Noah me les a expliqués dans le feu de l'action, mais je n'ai pas eu le temps de les… enregistrer, de me les approprier. Il aurait pu tout aussi bien me réciter la recette du gâteau au chocolat, ça m'aurait fait le même effet.

William pouffa en éjectant de sa bouche des grains de riz.

— Tu es dégueulasse ! s'écria Charlie.

— La recette du gâteau au chocolat ! s'esclaffa le garçon. Bon maintenant, j'en ai envie. Je vais en chercher, vous en voulez ?

Ils répondirent mollement alors que le rouquin retournait déjà vers le buffet.

Anton soupira.

— Je pense que tu as bien fait, mais c'est surtout parce que ça s'est bien terminé. Si tu avais dû être abandonnée de l'autre côté, comme on aurait été supposés le faire, mon avis serait certainement différent. Tu as eu de la chance.

— Je sais, souffla Alix. Je sais, et je n'ai pas vraiment réfléchi. Il y avait juste une part de moi qui savait que je pouvais y arriver. Et c'était comme si mon armure m'avait confirmé que oui, je le pouvais.

D'un geste volontairement exagéré, Anton porta son avant-bras, où se trouvait sa greffe, contre son oreille.

— Allô, allô, mon armure, tu m'entends ? s'amusa-t-il.

Chapitre 17

Puis il continua avec sérieux :

— N'empêche que tu me fais réfléchir. Communiquer avec cet implant, je n'y avais jamais pensé, mais à présent je réalise que tu as raison, on le fait quand on matérialise notre arme. Notre demande est entendue et suivie d'un effet immédiat. Il va falloir que j'étudie cette question.

Charlie approuva d'un mouvement de tête.

— Moi aussi, je n'arrête pas de penser à ça. Ça fait plus d'un an que je me bats contre les gargouilles et je n'ai jamais eu l'idée de… de papoter avec mon armure.

William revint à ce moment, les mains chargées d'assiettes en carton pleines de gâteau au chocolat et de mignardises.

Alors, le temps d'un dessert, ils laissèrent derrière eux les événements de la nuit et redevinrent des jeunes adultes insouciants, gourmands et heureux de partager ce moment ensemble…

CHAPITRE 18

Alix fut réveillée par des coups frappés à sa porte. Elle sursauta sous son édredon et attrapa son téléphone pour regarder l'heure. Il était plus de huit heures du matin. Depuis qu'elle était arrivée ici, c'était la première fois qu'elle se levait aussi tard. Il y avait une bonne raison à cela : la nuit avait été mouvementée, et elle avait veillé longtemps avec ses amis. Les images de la suite de la soirée de nouvel an défilèrent dans son esprit. Alors qu'avant l'attaque, ils se sentaient tous guindés, un peu mal à l'aise, les événements dramatiques qu'ils avaient vécus les avaient laissés vibrant d'adrénaline, de fureur de vivre, et cela avait tout changé dans leur attitude. Une fois leurs desserts avalés, ils s'étaient précipités sur la piste de danse pour se trémousser comme des fous, inventant des chorégraphies toutes plus idiotes les unes que les autres. Ils avaient ri aux larmes, déchargeant ainsi toute la tension accumulée durant la bataille qui avait troublé leur réveillon. Jamais Alix ne s'était autorisée à délirer de la sorte. Elle avait toujours été une fille calme, sage, qui n'aimait pas se faire remarquer ou être trop différente des autres. Elle avait peur de leur regard, de leur jugement, de ce qu'on dirait d'elle si elle se comportait d'une manière inhabituelle, qui sortait des codes qu'elle pensait être ceux à adopter en société. Mais la nuit dernière, toutes les barrières étaient tombées. Elle était différente des autres, qu'elle l'accepte ou non. Pour commencer, elle était un ange mécanique. Et depuis quelques heures, elle découvrait qu'elle en était un spécial, qui accomplissait des tours de force que personne n'avait jamais réalisés, alors qu'elle n'était là que depuis quelques jours. Elle savait, également, qu'elle ne resterait peut-être pas très longtemps au Nid. Après son insubordination, on allait la punir, la renvoyer peut-être. Ses nouveaux amis continueraient ici sans elle. Alors qu'il y a une semaine, elle était terrorisée par cet endroit, par le destin qui l'attendait, par tout cet inconnu qui engloutissait sa vie sereine et bien réglée – et ennuyeuse, elle pouvait le reconnaître à présent –, elle regrettait à l'avance de ne pas avoir l'occasion de rester plus longtemps au sein de cette organisation, de ne pas pouvoir approfondir ses relations avec son petit groupe de camarades, de ne pas pouvoir explorer plus en avant les capacités de son armure.

C'est pourquoi elle s'était débarrassée du carcan de ses vieilles habitudes et avait tout relâché. Entourée de sa bande, elle avait ri aux éclats, jusqu'à en avoir mal au ventre, elle s'était déchaînée sur la piste de danse. William et Anton l'avaient fait tourbillonner l'un après l'autre.

Chapitre 18

Elle avait même partagé un slow lascif avec Charlie. Durant cette heure perdue au creux de la nuit, elle avait repoussé toutes les contraintes qu'elle s'était créées elle-même, découvrant qu'elle pouvait être différente, plus intense, plus rebelle, et elle avait aimé devenir cette version d'elle-même. Quoi qu'il arriverait par la suite, elle s'était promis de ne pas l'oublier, de garder un peu ce grain de folie, cet abandon.

Les coups ne cessaient pas. Elle rejeta sa couette, enfila ses chaussons et entrouvrit la porte afin de laisser passer sa tête dans l'entrebâillement. Comme elle s'y attendait, c'était Noah de l'autre côté.

— Alix, prépare-toi, tu es convoquée dans le bureau de ton grand-père.

— Là, maintenant ? demanda-t-elle d'une voix rendue rauque par son sommeil interrompu.

— Le temps que tu te laves et que tu t'habilles. Mais fais vite.

La chaleur de son regard s'était éteinte, et il ne lui avait offert aucun sourire rassurant.

C'est pourquoi Alix alla prendre sa douche avec un sentiment grandissant de malaise. Même si elle s'attendait à une sanction, elle ne voulait pas l'affronter. Et surtout, elle ne voulait pas faire face à la réprobation de son grand-père. Il devait être tellement déçu ! Voilà que sa petite-fille, fraîchement débarquée, bouleversait tout, désobéissait aux ordres, mettait sa vie en danger, et faisait la fête jusqu'au petit matin.

Une fois prête, elle descendit au rez-de-chaussée et se rendit directement dans le bureau d'Éloi, l'estomac tellement noué par l'appréhension de ce qui allait arriver qu'elle en avait l'appétit coupé.

L'ancien général était là, ainsi qu'Isaac. Elle s'attendait à voir Noah, qui aurait raconté par le menu détail sa rébellion de la nuit, mais il était absent.

Sans un mot, on lui fit signe de s'asseoir, ce qu'elle fit immédiatement, ses jambes ne la soutenant plus. Elle tenta de croiser le regard de son grand-père, mais ce dernier l'évitait et elle n'arrivait pas à savoir ce qu'il pensait de toute la situation.

Ce fut Isaac qui prit la parole, d'une voix plus basse que jamais, rendue sourde par la gravité du moment.

— Alix, mon fils m'a relaté tes… exploits lors de la dernière attaque des gargouilles.

En quelques mots, il lui raconta ce qu'elle avait elle-même vécu, mais vu de l'extérieur. Comment elle s'était échappée de la poigne de son officier pour lui désobéir délibérément, mettant, durant un temps, toute son équipe en danger, car elle avait détourné leur attention en s'envolant pour traverser la barrière sous les regards de tout le monde.

Évidemment, Alix n'avait pas vu la réaction de ses camarades, leur moment de distraction lié à son action. Ils se situaient derrière elle, et à aucun moment elle n'avait jeté un regard en arrière pour être témoin de cette scène.

Elle ne répondit rien. Elle ne voyait pas quoi dire. Tout ce qu'Isaac lui relatait était exact. Elle était prête à plaider coupable.

— Toutefois, nous ne pouvons nier que, grâce à toi, Inaya est sortie indemne de cette… mésaventure, et nous t'en sommes reconnaissants. Perdre un de nos soldats est toujours un drame. Nous devons aussi étudier ce que tu as réussi à accomplir : conserver ton armure en état une fois hors du champ de force… Cela n'était jamais arrivé auparavant. Je vais te demander de rédiger un rapport très précis de tout ce que tu as fait lors de cet acte inconscient. Nous devons comprendre pourquoi le passage de la barrière ne t'a en rien affectée. De plus, tu as réussi à faire renaître l'armure d'Inaya. Nous lui avons parlé ce matin, avant toi, et elle a expliqué que tu t'étais contentée de toucher sa plaque. Est-ce que tu le confirmes ?

Alix ne répondit pas immédiatement. Elle prit le temps de rassembler ses souvenirs, les images de ces événements liés à tellement de stress qu'ils semblaient enveloppés d'un voile qui les brouillait.

Mais au bout d'un moment, elle releva la tête qu'elle avait gardée baissée lors du discours d'Isaac, s'éclaircit la gorge et dit d'une voix tremblante, au début :

— Je… Il faut que vous compreniez, tout ce qui vous paraît incroyable, impossible… Je ne savais pas vraiment que je pouvais faire ça. Bien sûr, on m'a expliqué le rôle du champ de force, mais…

Elle chercha ses mots quelques secondes et se décida à partager l'explication qu'elle avait donnée à ses amis et qui était toute simple :

— J'ai juste demandé à mon armure de faire ce que je lui demandais, de m'aider et d'aider Inaya. Depuis le jour où on m'a greffé ce… cette chose…

Elle souleva la manche de sa combinaison pour dévoiler sa plaque argentée avant de continuer :

— Elle me parle. J'ai une voix, enfin plutôt, un chuchotement qui effleure mon esprit, qui m'écoute, et qui me répond. Quand je me suis réveillée sur la table d'opération, déjà à cet instant, j'ai eu l'impression qu'elle me rassurait, établissait un contact amical avec moi. J'ai vite rejeté cette idée, cela me paraissait improbable et comme personne ne m'a parlé de ce phénomène parmi les autres anges mécaniques, j'en ai déduit que j'imaginais tout cela. Mais au lieu de s'atténuer, cette sensation s'est au contraire accentuée. Plus j'étais en contact avec cette matière, plus je lui prêtais attention et plus cette connexion a semblé se renforcer. Quand j'ai pris la décision d'aller aider Inaya, j'ai juste… compté sur mon armure pour m'aider, pour me protéger, et quand je le lui ai demandé, j'ai su qu'elle accepterait de faire ça pour moi. Et c'est elle aussi qui a transformé l'armure d'Inaya. Je ne savais pas que c'était possible. Mais quand j'ai posé ma main sur sa plaque, je l'ai fait sans réfléchir, juste pour la rassurer, en signe de soutien, sans imaginer que ce simple geste aurait cette conséquence, or la…

Alix se tut, cherchant ses mots. Comment expliquer ce phénomène qu'elle vivait depuis une semaine seulement, qu'elle pensait normal, au départ, pour se rendre compte qu'il ne se produisait qu'avec elle ? Pourquoi elle ? Enfin, elle reprit, tentant de se montrer plus ferme dans sa façon de s'exprimer afin de faire comprendre au mieux ce qu'elle expérimentait.

— Je dirais que la conscience qui anime mon armure a fait passer un message à celle que contient la plaque d'Inaya et l'a reprogrammée. C'est la seule explication possible.

Après cette tirade, le silence tomba dans la pièce. Pour la première fois, Éloi regarda sa petite-fille droit dans les yeux. Elle crut même discerner un sourire discret étirer ses lèvres. Puis cet instant passa et Isaac prit la parole.

— Ton témoignage est… pour le moins sidérant, mais je n'ai pas d'autre choix que de te croire. J'ai été greffé il y a bien plus longtemps que toi et je n'ai jamais… entendu quoi que ce soit dans ma tête. Mais dès ta première entrée derrière le Voile, il semble que tu avais des capacités particulières. Noah m'a dit que tu aies eu pu faire apparaître plus d'une arme, ce qui, déjà, est unique parmi les anges… enfin, depuis ton grand-père. J'ai tellement insisté pour que tu nous rejoignes, espérant que, comme lui, tu serais spéciale… Visiblement tu dépasses mes expectatives ! J'attends que tu me retranscrives tout ça par écrit. Nous n'avons pas encore pris de décision définitive quant à ce que nous allons faire de toi. Il est vrai que tu as désobéi aux ordres, que tu as mis ton équipe en danger, mais d'un autre côté, tu as sauvé Inaya et, de surcroît, tu présentes une mutation liée à ton symbiote qui pourrait nous être utile à l'avenir. D'ici à ce que nous sachions quoi faire de toi, tu restes ici, mais tu ne participeras plus aux missions derrière le Voile. Tu te contenteras d'assister aux entraînements. Nous te ferons savoir rapidement quelle sera la suite pour toi.

Sur ces paroles, il salua Éloi d'un signe de tête et quitta le bureau. Alix se retrouva seule avec son grand-père, qui soupira. Avec des gestes lents, posés, il déplaça une chaise et l'installa tout près de sa petite-fille, puis il s'y assit.

— Je comprends ta réaction, murmura-t-il avec douceur.

— C'est vrai ? Ou tu dis ça juste pour me rassurer ?

Éloi eut un petit rire. Alix osa croiser son regard une fois de plus et elle n'y lut qu'un éclat de sincérité.

— Non, c'est vrai ma chérie. Disons que tu n'es pas ma petite-fille pour rien.

— C'est-à-dire ?

— J'ai désobéi aux ordres, moi aussi, il y a bien longtemps. Cela ne m'a pas coûté ma carrière ici, et je n'ai jamais regretté de l'avoir fait.

Alix sentit le poids qui pesait sur sa poitrine s'alléger un peu. Tout n'était pas perdu, et surtout, la confiance que son grand-père avait toujours placée en elle était intacte.

— Tu as désobéi comment ?

Cette fois, la lueur malicieuse qui brillait dans les yeux d'Éloi s'éteignit et une ombre de tristesse se posa sur son visage.

— Je suis allé sauver ta grand-mère.

— Elle était aussi un ange mécanique ?

Alix ne posait pas réellement la question. Les quelques remarques faites à ce sujet depuis son arrivée lui avaient fait découvrir ce nouveau secret. Elle voulait juste obtenir des détails, cette fois, et connaître la vérité à propos de cette femme qu'elle avait si peu connue.

— Non. Cela n'existait pas de son vivant. Elle était une chevalière métallique, une gardienne du Voile, comme on disait autrefois. Tout comme moi, elle enfilait une armure classique avant de passer le Voile. Je l'ai rencontrée ici, alors que nous étions de jeunes recrues. Nous sommes tombés amoureux immédiatement et nous nous sommes mariés assez vite. Tous nos amis du Nid étaient présents à la fête. Quelle soirée ! Tu n'imagines même pas l'ambiance de folie qu'il y a eue. On était confrontés à tellement de moments difficiles… et il y avait plus de pertes dans nos rangs, à l'époque, car nous n'étions pas aussi bien protégés… Alors pour une fois qu'il se passait quelque chose de positif, de joyeux, on en a bien profité !

Il laissa passer un temps, semblant se remémorer ces bons souvenirs. Un sourire heureux flottait sur ses lèvres.

— Nous n'avons pas eu d'enfants tout de suite, il y avait trop à faire ici, mais le Voile a fini par disparaître, pendant cinq années seulement, mais cela nous a permis, pour la première fois, de vivre une existence normale, chez nous. Et ton père est arrivé. Après sa naissance, nous n'avions pas prévu de retourner nous battre. Nous avions une nouvelle responsabilité, et il était hors de question de nous mettre en danger et de risquer de faire de notre fils un orphelin. Cependant, au bout de quelques années, après le retour du Voile, les incursions des gargouilles se multipliaient et on avait besoin d'officiers pour former les nouvelles recrues. Alors j'y suis retourné, et Anya s'est occupée de David.

En se laissant porter par le récit de son grand-père, Alix tentait de s'imaginer le Nid à l'époque, la vie de ce couple au destin si étrange. Elle trouvait amusant qu'ils se soient rencontrés ici. Sans le Voile, sans tous ces secrets, elle ne serait jamais née. Brièvement, elle pensa à Anton, mais elle chassa cette réflexion rapidement.

Éloi continua :

— Quand ton père a commencé ses études supérieures et qu'il est parti vivre seul, nous avons eu plus de liberté pour revenir tous les deux ici. Un jour, il y a eu une attaque terrible. Les jeunes troupes ont été débordées. Des centaines et des centaines de gargouilles ont surgi de nulle part et ont massacré des dizaines de chevaliers.

Ta grand-mère et moi n'avons pas hésité. Nous avons enfilé des armures et nous sommes allés leur prêter main-forte. L'idée était surtout de réussir à évacuer nos troupes afin de limiter le nombre de morts... Hélas, notre intervention a tourné à la catastrophe. Anya a été blessée et emportée par les monstres. Mais je ne m'en suis pas rendu compte immédiatement. Dans la mêlée, je la pensais un peu plus loin, occupée elle aussi à se battre.

Sur ces derniers mots, la voix d'Éloi s'était mise à trembler. Il ôta ses lunettes et les essuya sur un pan de sa chemise, en respirant un peu trop fort. Alix ne dit rien. Elle était sous le choc d'apprendre tout cela. Pourtant, elle avait connu Anya, sa grand-mère. Elle avait joué près d'elle, alors que cette dernière était allongée sur le canapé du grand salon, dans l'hôtel particulier. Elle se revoyait élaborer tout un scénario avec ses Playmobils et demander son avis à la femme alitée qui s'émerveillait de son imagination.

Éloi, après avoir inspiré profondément, continua :

— Tu comprends, les gargouilles ont pris le dessus et ont traversé le Voile, envahissant le Nid. Nos soldats ont dû se battre des deux côtés pour juguler cette attaque, la plus grave que nous n'ayons jamais connue. Dans l'urgence, quelqu'un a coupé l'émetteur – il n'était pas encore contrôlé par ordinateur – qui produit l'onde sonore affaiblissant le Voile. Ainsi, le passage était fermé et les gargouilles ont cessé d'affluer de notre côté. Pour ma part, je combattais les monstres qui nous avaient envahis, sans me rendre compte qu'Anya était restée derrière. C'est une fois que toutes les gargouilles ont pu être éliminées au Nid que nous avons commencé à compter les morts, et que nous nous sommes rendus compte que nous avions laissé deux personnes de l'autre côté. Un chevalier nommé Pablo et ma femme… Évidemment, ma première réaction a été de vouloir aller la chercher, mais on me l'a interdit. Il y avait de fortes chances que la nuée de gargouilles soit toujours présente de l'autre côté du Voile. On ne pouvait pas rouvrir la brèche et prendre le risque qu'elles nous envahissent encore… et il était fort probable qu'Anya soit déjà morte. J'ai dû l'abandonner dans l'autre monde. J'étais terrassé de peine, de culpabilité.

Alix ferma les yeux, tentant d'imaginer la scène. L'écharpe moirée flottant de toutes ses couleurs vives à l'entrée de la grotte. Les cadavres de soldats et les restes de gargouilles partout dans le Nid, et son grand-père au désespoir, suppliant qu'on le laisse repasser dans l'autre monde, malgré le danger.

— Évidemment, on m'a interdit d'y retourner, c'était un ordre tu comprends ? C'était bien trop dangereux. On m'a surveillé de près… J'ai profité d'un moment d'inattention de mes « gardiens » pour descendre au sous-sol. J'ai relancé les émetteurs afin d'affaiblir le Voile. C'était un risque énorme que je prenais en m'y rendant seul, et que je faisais courir également à tous les soldats présents. Si des gargouilles étaient à nouveau venues nous envahir, alors qu'on pensait le passage fermé, j'aurais été le seul responsable, mais c'était un choix que j'avais décidé d'assumer. Alors j'ai revêtu une armure, j'ai retrouvé un vieux masque à gaz utilisé par des soldats autrefois, et je suis allé dans le monde des monstres. C'était la première fois que j'y allais sans mon équipe. Les gargouilles avaient disparu. Il ne restait, de celles que nous avions éliminées, que des blocs de pierre et de la poussière. Il faisait très sombre. Quelques éclairs rouges éclataient au loin, mais sinon, j'avais l'impression d'être plongé dans une nuit de terreur, sans lune, sans étoiles, sans la moindre lueur d'espoir. J'ai vite trouvé la dépouille de Pablo. Je l'ai rapprochée du bord de la faille, afin qu'il soit plus facile de le ramener au Nid plus tard, puis je suis parti en quête d'Anya, soulagé de ne pas apercevoir son corps à elle. Je ne sais pas combien de temps je suis resté de l'autre côté, Alix. Cela m'a paru durer des mois. Rien ne semblait plus exister, en dehors de la suie soulevée par mes bottes, des éclats de lumière lointaine, et de ce barbouillis de noir, un monde souillé, un paysage d'une désolation totale. Mon âme commençait à être contaminée par cette affliction. Mes idées devenaient aussi sombres que l'horizon, je commençais à oublier le goût de la vie, les parfums, les couleurs, la caresse de l'amour. Tout ce qui faisait de moi un être humain s'évaporait dans l'atmosphère viciée. J'ai compris que c'était comme ça qu'on devenait une gargouille, ma chérie. En respirant le désespoir. En le laissant s'incruster dans chaque pore de notre peau, en effaçant chaque souvenir joyeux, chaque instant de bonheur. Je savais que j'allais en devenir une à mon tour si je continuais à avancer, malgré mon masque à gaz, mais je ne pouvais pas laisser ma belle Anya là-bas, devenir un de ces monstres. C'était impossible !

Il s'interrompit à nouveau, alors que sa voix se remettait à trembler. Alix attrapa la main de son grand-père et la serra entre ses doigts pour lui montrer qu'il n'était pas seul, qu'elle était là, et qu'elle l'aimait. Elle avait le cœur serré, s'imaginant sa grand-mère seule dans ce monde terrible, indicible, et son grand-père errant dans ces ténèbres de l'âme. S'il lui avait raconté ce moment de sa vie avant qu'elle soit devenue un ange mécanique, elle n'aurait pas saisi l'intensité du désespoir qui l'avait habité. Maintenant qu'elle était allée dans ce monde, qu'elle l'avait vu, respiré, ressenti, elle comprenait ce qu'il évoquait. Elle ne pouvait s'imaginer traverser seule cette contrée terrifiante.

Éloi lui rendit la pression de ses doigts et lui sourit avec tendresse.

— Tu te doutes de la fin de l'histoire, finit-il par murmurer. J'ai retrouvé ta grand-mère après avoir erré longtemps. Elle était blessée, échouée près d'une sorte de mare visqueuse. Elle avait commencé à se changer en gargouille. Il était hors de question que je la laisse ainsi. Je l'ai portée dans mes bras et j'ai suivi mes propres traces de pas pour retrouver le chemin menant jusqu'à l'endroit où le Voile était affaibli. J'avais peur qu'au Nid, on l'ait refermé, ce qui aurait été légitime. Mais ils ne l'avaient pas fait. Ils avaient même envoyé des patrouilles à ma recherche. J'ai pu ramener Anya. Après… on a fait passer les séquelles de son séjour dans l'autre monde pour une maladie. Le fait d'être revenue dans notre monde a ralenti les effets de la métamorphose, mais nous n'avons pas réussi à la stopper définitivement. On dit que je suis un héros, mais en réalité, c'était elle la véritable héroïne… Elle a succombé avant de devenir un monstre, heureusement. Je n'aurais pas supporté d'avoir à… l'éliminer moi-même. Cela nous a laissé un peu de temps supplémentaire. Elle a pu te voir naître et tu as pu la connaître un peu. Compte tenu de la situation, c'est une chance. Tout ça pour te dire, ma chérie – il déposa un baiser sur la joue de sa petite-fille –, que tu n'es pas la seule à avoir désobéi. J'ai fait bien pire que toi et je n'ai jamais regretté de l'avoir fait. Je ne l'avouerai jamais devant Isaac, mais je pense que tu as eu raison d'avoir eu confiance en toi, et d'être allée sauver Inaya. Évidemment, il est plus facile pour moi de te dire ça maintenant que tu es saine et sauve, près de moi, avec toutes ces nouvelles capacités extraordinaires à exploiter. Mais je le pense vraiment. Tous les soldats, ici, sont nos sœurs, nos frères. Ce que nous vivons est terrible et il est important d'être là les uns pour les autres. C'est ce qui fait notre humanité. Si on perd cela, alors on devient des gargouilles, même si on n'en prend pas l'apparence…

Éloi adressa un sourire rassurant à sa petite-fille. Alix posa la tête contre l'épaule de son grand-père, retrouvant ainsi ce geste familier qu'elle avait eu envers lui des centaines de fois, depuis toujours. Elle devinait qu'il y avait plus dans cette histoire. Un moment d'hésitation dans son récit avait trahi l'homme, mais elle refusa de lui poser des questions. Lui confier cette mésaventure, les raisons du décès prématuré d'Anya, qui était la femme de sa vie – jamais il n'avait tenté de trouver quelqu'un d'autre après elle –, avait déjà été assez douloureux pour lui. S'il devait s'avérer que la jeune fille avait raison, qu'il avait d'autres éléments à lui révéler, il le ferait en temps et en heure. Toutefois, cette confession lui avait fait du bien. En plus de la rassurer, cela lui confirmait qu'elle avait bien agi. Et comme Éloi, elle ne regrettait rien. Même plus : elle avait la conviction que si c'était à refaire, elle n'hésiterait pas une seule seconde.

EXPLORATION DE L'AUTRE MONDE

Compte rendu rédigé par Philémon de Saintomer, 1923[1]

Nous avons minutieusement préparé cette expédition. Seuls des volontaires ont intégré l'équipe que j'ai constituée. Les risques sont trop énormes pour que je force qui que ce soit à me suivre. J'avoue que, même moi, j'ai longuement hésité. Je laisse derrière moi deux enfants qui ne sont pas bien vieux, ma femme qui, même si elle est forte et capable de s'en sortir sans moi – elle me l'a plus que prouvé durant la Grande Guerre, alors que j'étais loin d'elle durant des mois –, ne mérite pas de se retrouver veuve à son âge. Cependant, j'ai confiance en mon idée, en notre capacité à découvrir le secret des gargouilles. Après tout ce temps, il le faut. Je voudrais que ma génération soit la dernière à faire face à ce fléau. Que mon fils n'ait jamais à rejoindre les rangs des soldats métalliques.

Nous nous sommes procurés l'équipement le plus moderne possible : des armes, des masques à gaz.

1. Retranscrit par EdS.

Aux États-Unis, un certain Leo Krause a créé une veste en tissu doublée de plaques en duralium appelées « gilet pare-balles ». Nous avons pu en faire parvenir jusqu'ici. Nous allons les porter sous nos armures pour en renforcer la protection. Toutes ces avancées technologiques nous aident dans notre mission. Il est bien dommage que ce soit une guerre terrible, qui a coûté la vie à des millions de braves hommes et femmes, qui ait permis de tels progrès, mais, au moins, cela n'aura pas été totalement vain.

Je reviendrai rendre compte de notre exploration à mon retour, si je suis encore en vie…

J'ai survécu. Nous avons passé le maximum de temps possible de l'autre côté du Voile. Presque une semaine. Nos masques à gaz, bien que nous ayant protégés des effluves de l'autre monde, ne peuvent pas nous prémunir de ses effets sur un terme plus long. Rien ne peut nous sauvegarder de la dégradation psychologique qu'entraîne ce lieu. Même en étant solidaires, forts dans nos têtes, nous avons senti un désespoir pernicieux nous envahir, appesantir nos pensées, provoquer des cauchemars lors de nos brefs moments de repos. Notre incursion en territoire ennemi ne nous a hélas pas appris grand-chose. Nous n'avons pas trouvé où vivaient les gargouilles quand elles ne nous attaquaient pas. Aucune ville, aucun village, pas même une simple hutte ne nous a donné le moindre indice quant à leur mode de vie. Rien ne pousse, aucune végétation, rien qui pourrait les nourrir. Il n'y a pas d'eau non plus. Heureusement que nous avions pris des réserves en quantité suffisante. Nous n'avons pas découvert l'origine des flashs lumineux qui éclatent de loin en loin, ni pourquoi ils changeaient de couleur. Aucune trace d'un chef tapi dans son repaire auquel les monstres obéissent. Nous avons juste eu la confirmation que les fusils, aussi modernes soient-ils, ne sont pas efficaces contre les monstres. Les balles les effleurent, détruisent des morceaux de leur peau faite de pierre, mais cela ne les empêche pas de rester debout. Il faut les cribler de projectiles pour les faire exploser, afin de les éliminer. Les épées et les haches restent donc nos meilleurs atouts dans ce combat.

Cela est très décevant. Comment améliorer notre défense et nos attaques sans ces informations qui auraient pu nous faire établir une nouvelle stratégie ?

Le seul point positif, c'est que l'on revient avec la certitude que, quand on a le visage bien protégé, la métamorphose s'effectue beaucoup plus lentement. Au bout d'une semaine nous n'en avions que quelques signes très faibles, et nous ne leur avons pas laissé le temps de se développer. Cela nous permettra certainement de préparer de prochaines expéditions plus longues et qui, je l'espère, nous apporteront plus d'éclaircissements sur le Voile, les gargouilles et leurs motivations. Le combat n'est donc pas terminé. Je ne baisse pas les bras. Je parlais de progrès technologiques, et ces derniers continuent à se développer. Cela va même très vite, plus qu'autrefois, me semble-t-il. À ce rythme, nous finirons bien par trouver comment nous débarrasser de ce fléau qui nous empoisonne depuis des générations.

CHAPITRE 19

Alix avait été reléguée dans sa chambre en attendant la décision de ses supérieurs. Elle n'en sortait que pour manger et suivre les entraînements. Noah gardait une distance froide envers elle, ce qu'elle trouvait injuste, mais elle faisait de son mieux pour l'ignorer en s'investissant complètement dans les exercices de combat. Anton restait son coach et c'était un soulagement pour la jeune fille. Au moins, elle était face à un ami, quelqu'un de bienveillant envers elle, et qui ne la faisait jamais se sentir mal à l'aise.

Par contre, elle ne participait plus aux patrouilles et, lors de la dernière alerte, elle n'avait pas eu le droit de s'équiper pour aider ses camarades. Elle se sentait extrêmement frustrée par cette situation. On lui avait donné comme argument majeur pour son enrôlement qu'on avait besoin de toutes les recrues, Isaac lui avait avoué qu'il pensait qu'elle pouvait faire changer les choses, et voilà qu'on la mettait au placard ! Et si ses amis avaient besoin d'elle, s'il se passait quelque chose de grave ? Cela la rendait folle.

Pour éviter de trop réfléchir, elle avait décidé de se mettre à la méditation. Assise en tailleur sur son lit, elle mettait ses écouteurs et se passait de la musique apaisante depuis son téléphone. Évidemment, ses pensées retournaient toujours auprès de son équipe. Mais au bout d'un moment, elle arrivait à mettre ses angoisses de côté et se concentrait sur la voix intérieure qu'elle avait entendue chuchoter depuis le premier jour de sa greffe.

— Est-ce que tu es là ? demanda-t-elle un jour, dans le silence de son esprit.

Le bruissement familier lui répondit. Il lui semblait un peu plus fort, maintenant qu'elle ne se focalisait que sur lui.

— C'est toi qui me parles ?

Même sensation de douce caresse dans son esprit. Cette fois, elle en avait la conviction : quelqu'un, quelque chose communiquait avec elle.

En gardant les yeux fermés, elle posa sa main droite sur la plaque métallique incrustée dans la peau de son bras gauche. Une sensation de chaleur s'en dégageait. La lamelle ne semblait plus aussi rigide, mais presque souple, vivante, comme un petit animal.

À ce contact, Alix eut la sensation que le murmure s'accentuait. La voix devenait plus intelligible.

— Qui es-tu ?

Chuchotement.

— Tu es là pour m'aider, n'est-ce pas ?

Une nouvelle caresse lui apporta la réponse.

Chapitre 19

— J'ai raison de te faire confiance ?

Nouvelle pression affectueuse.

Alix sourit malgré elle. Elle aurait dû être effrayée de découvrir que ce qu'on leur greffait n'était pas du métal, mais quelque chose de vivant, de pensant. Un symbiote. Un vrai. Mais au contraire, cette découverte la galvanisait. Qui sait sur quelles possibilités ce contact, cette association, pouvait déboucher ? Jusqu'ici, les anges mécaniques utilisaient ce supplément comme simple armure. Performante, certes, mais limitée. La carapace les protégeait et leur fournissait une arme. Mais si c'était réellement un être vivant, intelligent, qui était là pour les aider, alors on pouvait élargir son usage. Créer une alliance efficace, un langage commun pour se battre encore mieux contre les gargouilles, pour survivre dans l'environnement hostile de leur monde, au-delà du champ de force.

— J'aimerais pouvoir mieux communiquer avec toi, murmura Alix, en appuyant encore plus sur sa greffe.

Cette pression accentuée n'eut aucun effet. Le chuchotement resta le même : attentif, affectueux, rassurant, mais pas plus compréhensible.

La jeune fille rouvrit les yeux et soupira.

— Bon, c'est déjà bien que toi, tu comprennes ce que je te dis, affirma-t-elle à cette présence. Peut-être qu'un jour moi aussi je te comprendrai.

L'effleurement s'accentua comme pour lui assurer que cela arriverait.

Alix sourit à sa plaque, comme si la créature qu'elle renfermait pouvait la voir. Mais puisqu'elles faisaient partie l'une de l'autre, à présent, peut-être que c'était le cas. Au moins, l'entité devait deviner ses émotions, puisqu'elle déchiffrait ses pensées.

Pour s'occuper, Alix lisait. Elle avait demandé à ses parents de lui préparer une nouvelle cargaison de romans. Le manuel d'histoire que son grand-père avait écrit faisait partie aussi de ses lectures. En le parcourant, la même question tournait en boucle dans sa tête : pourquoi est-ce que, dans les ouvrages scolaires, on ne faisait jamais mention du Voile ? Ni dans aucun reportage à la télé, aux infos… Comment avait-il pu être oublié de la sorte ? Certes, cela faisait plus d'un siècle qu'on avait réussi à le faire disparaître grâce aux générateurs qui le rendaient invisible et empêchaient les gens de le traverser, mais quand même ! Il avait été présent à la surface de la terre depuis si longtemps… C'était comme si on voulait le cacher, le faire oublier, ne pas créer de psychose supplémentaire, maintenant qu'on le gérait à peu près. Cela dit, Alix devait reconnaître que sa vie était bien plus tranquille à l'époque où elle ignorait tout de cette situation. Apprendre que des monstres pareils existaient et étaient susceptibles de s'en prendre aux humains, c'était angoissant. Cela laissait augurer un avenir sombre, durant lequel d'autres soldats seraient sacrifiés, d'autres morts seraient imputables aux gargouilles.

On avait transformé leur présence au fil des siècles en légendes : des monstres dévorant les humains, des statues de pierre sur les murs des églises, les gens brûlés pour sorcellerie… Tous ces éléments, mis bout à bout, prouvaient qu'il existait un monde empli de créatures abominables, encore fallait-il savoir lire entre les lignes, ou connaître la vérité, comme toutes les personnes présentes ici.

Chapitre 19

Cela faisait déjà cinq jours que son insubordination avait eu lieu et Alix se demandait ce qui leur prenait autant de temps. Avec la fréquence des attaques, elle pensait qu'on aurait fait appel à elle en renfort, mais ce n'était pas le cas. Elle se doutait que les avis devaient diverger. Éloi voulait peut-être utiliser ce prétexte pour la renvoyer chez elle, mais Isaac continuait à voir en elle une recrue très spéciale. Noah, blessé dans son ego, devait vouloir appliquer une sanction exemplaire. Évidemment, ce n'étaient que des suppositions, mais Alix avait besoin de rationaliser ce qu'elle ne pouvait qu'imaginer.

Au matin du sixième jour, alors qu'elle descendait au réfectoire pour son petit-déjeuner, l'alarme résonna dans tout le Nid. Aussitôt, les soldats qui se trouvaient dans les étages supérieurs dévalèrent les escaliers, bousculant la jeune fille au passage.

Un sentiment d'envie lui pinça le cœur. Jamais elle n'aurait cru, quand elle repensait à son état d'esprit en arrivant, qu'elle serait jalouse de ne pas suivre ses camarades au combat. Toutefois, elle les laissa passer, en espérant que son attente prendrait bientôt fin. Soit elle serait réadmise dans les rangs des anges mécaniques, soit elle rentrerait chez elle, ce qui lui permettrait de reprendre ses études, de retrouver sa famille, Sandro, Maëlle.

Avec lenteur, elle se dirigea vers la salle à manger. Elle savait que ses amis ne s'y trouveraient pas, puisqu'ils seraient passés derrière le Voile, et la perspective de manger seule ne l'enchantait guère, mais elle n'avait pas le choix. Sans grand appétit, elle se servit un petit-déjeuner et, effectivement, l'entama totalement en solitaire dans la grande pièce. Le silence était tel qu'elle s'entendait mâcher et elle trouvait cela insupportable.

Elle se demandait ce qu'il se passait en bas. Si l'attaque était aussi grave que la précédente, si ses amis n'étaient pas en mauvaise posture. Soudain, elle entendit un hurlement à glacer le sang résonner depuis le sous-sol du bâtiment. Aussitôt, elle bondit sur ses pieds. C'était totalement anormal. Même s'il arrivait à quelqu'un de crier durant un combat, tout se déroulait dans l'autre monde, et aucun bruit n'en filtrait. Sans même se poser de questions, Alix abandonna son plateau-repas et se précipita vers les escaliers qu'elle dévala à toute allure. Elle courut dans les couloirs souterrains et arriva en quelques minutes dans la caverne où le plus grand chaos régnait. Des gargouilles avaient franchi l'écharpe éthérée et pénétré le Nid. Des soldats les avaient suivies de ce côté, mais leurs armures avaient forcément disparu une fois éloignés du Voile. En conséquence, ils se battaient sans leur protection et sans armes. Certains avaient saisi des bancs et les brandissaient devant eux en guise de boucliers. Noah et Isaac avaient ouvert un des placards qui se trouvaient contre une paroi et en avaient sorti des fusils qu'ils lançaient à qui pouvait les attraper pour tenter une attaque plus conventionnelle. Des coups de feu résonnèrent alors. Mais les balles, même quand elles touchaient les gargouilles, ne faisaient que les effriter. D'autres avaient saisi des masses, cependant elles étaient bien plus petites et légères que celles créées par les armures. Ces dernières, moulées dans un alliage très particulier, offraient une force de frappe que ne possédait aucune arme traditionnelle.

Alix resta d'abord immobile, pétrifiée par le spectacle

qui s'offrait à elle. La scène était terrible. Deux jeunes anges étaient allongés au sol, une fille et un garçon, l'un baignant dans une mare de sang, l'autre inconscient, replié dans une position anormale. Étaient-ils morts ? Elle n'avait jamais vu de morts et l'idée qu'ils puissent l'être la terrifiait. Elle se souvenait que le garçon avait dansé avec eux sur leurs chorégraphies idiotes durant la soirée du nouvel an. La fille occupait la chambre voisine de la sienne et elles se croisaient souvent, même si leurs échanges n'avaient pas dépassé quelques sourires, Alix avait toujours pensé qu'elles finiraient pas faire connaissance.

Les sons semblaient lui parvenir de très loin, alors que le sang battait si fort contre ses tempes qu'il l'isolait du tumulte de la bataille. Puis, soudain, ce fut comme si quelque chose l'éperonnait de l'intérieur. Elle eut un sursaut et le fracas éclata à ses oreilles. Pendant une seconde, elle pensa se jeter dans le feu de l'action telle quelle, sans réfléchir, avec pour seul objectif de venir en aide à ses camarades, mais le chuchotement dans sa tête l'arrêta, lui donnant l'impression de tirer des rênes invisibles au creux de son crâne.

— Je dois y aller, protesta Alix.

La tension intérieure s'intensifia, la paralysant presque sur place.

— D'accord, mais qu'est-ce que je peux faire ? Je ne peux pas les laisser comme ça. Ils vont se faire massacrer.

Elle eut à peine le temps de terminer sa phrase, qu'une chaleur soudaine la fit tressaillir. Sa plaque, sur son bras, se mit à la brûler, sans raison puisqu'elle était loin du Voile et ne pouvait se changer en ange mécanique d'ici. Par réflexe, elle posa la main sur sa greffe. Aussitôt, des images éclatèrent dans son esprit. Des images incompréhensibles, qui défilèrent trop rapidement. Elle reconnut juste l'éclat d'une armure, et eut la sensation qu'on lui posait une question. Qu'on lui demandait une autorisation.

C'est alors que la jeune femme devina le message. Elle ne sut pas comment elle saisit le sens de ce que son symbiote sollicitait, mais elle s'écria :

— Oui, oui, je suis d'accord. Vas-y !

Et alors qu'elle se trouvait à des mètres du Voile, du champ de force, son armure se déploya autour d'elle. Cette fois, quand Alix s'élança en avant, rien ne l'arrêta. Elle fonça dans la mêlée, faisant apparaître dans ses mains ses armes de prédilection, les deux lourdes massues qu'elle commença à faire tournoyer autour de sa tête.

Sur son passage, les gargouilles explosaient en pluie de poussière et de cailloux. Ses camarades, qui se battaient tant bien que mal, s'arrêtèrent aussitôt, saisis par son apparition miraculeuse. Toutes aussi surprises, les gargouilles confluèrent vers elle, maintenant qu'elle était devenue leur menace principale. Cela offrit un peu de répit aux autres soldats. Certains se laissèrent tomber au sol, épuisés.

Alix ne voyait ça que du coin de l'œil. Elle continuait à pulvériser les monstres, mais il semblait en venir toujours plus, jaillissant depuis l'autre côté du Voile en un flux continu.

Elle entendait des cris fuser : « Il faut fermer le passage ! », mais elle n'y prêtait aucune attention, concentrée sur son objectif. Malgré son efficacité, elle voyait bien qu'elle allait être submergée. À elle seule, elle ne pouvait pas affronter une telle quantité d'adversaires. D'autant que les gargouilles semblaient enragées, déterminées à traverser l'obstacle qu'elle représentait pour s'évader vers la surface et s'échapper dans la forêt. Qui sait quels dégâts elles pouvaient causer une fois dehors ?

Une présence soudaine se dressa près d'Alix. Elle reconnut Anton, qui avait attrapé une épée, une vraie, en métal, comme celles des chevaliers, et l'avait rejointe dans son combat.

— Ne fais pas ça ! lui cria-t-elle. Tu vas te faire tuer.

— Je ne peux pas te laisser combattre seule autant de monstres.

Alix tenta de le repousser du coude, mais le garçon était bien planté sur ses pieds et ne vacilla même pas sous son geste.

Cependant, dans la tête de la jeune fille, le murmure s'éleva, semblant lui gratter l'intérieur du cerveau.

— Je ne comprends rien à ce que tu veux me dire, grogna-t-elle entre ses dents, tout en continuant à décimer les ennemis.

Sur son poignet, la chaleur augmenta à nouveau, comme pour lui donner un indice.

Il fallut quelques instants à la soldate pour comprendre le message. Elle était tellement concentrée sur son affrontement qu'elle ne pouvait pas être efficace à tous les niveaux. Mais finalement, elle ordonna à l'une de ses armes de se rétracter, afin de libérer sa main gauche. Elle pivota pour faire face à Anton, s'immisçant entre lui et la gargouille contre laquelle il avait engagé une sorte de duel.

— Alix, laisse-moi…

Il n'eut pas le temps de terminer sa phrase que son amie lui saisissait l'avant-bras, là où se situait sa lamelle, et le serrait entre ses doigts. L'armure d'Alix sembla s'embraser alors que le contact se faisait entre les deux symbiotes. C'était exactement ce qui était arrivé avec Inaya quand elle était allée la sauver. Elle comprenait à présent ce qui se jouait : un échange d'informations s'opérait entre deux créatures qu'on avait prises, pendant des années, pour de simples alliages métalliques. Alix était dorénavant certaine, grâce à la connexion spéciale qu'elle avait établie, qu'il s'agissait bien d'êtres vivants, pensants et empathiques.

Anton poussa un cri de surprise et de douleur mêlées. Sa greffe s'était mise aussi à chauffer, à tel point que sa peau commençait à rougir tout autour. Alix sentait les coups des gargouilles dans son dos, sur ses ailes, qu'elle faisait battre pour freiner l'ennemi, le temps du transfert. Enfin, l'armure d'Anton se déploya tout autour de son corps, le protégeant à son tour des assauts des démons. Il fit jaillir son épée, celle née de sa carapace, et tournoya afin de faire face à ceux qui arrivaient derrière lui pensant pouvoir lui nuire, tant qu'il était sans sa protection. Mais leurs griffes et leurs dents ne rencontrèrent que la matière argentée de sa cuirasse et la lame de son sabre.

— Je m'en charge, Alix, occupe-toi de changer les autres. Je ne sais pas comment tu fais ça, mais tu nous sauves la vie !

La jeune fille hocha la tête et se rua vers le soldat le plus proche, qui lui tendit son bras sans hésiter afin qu'elle établisse le contact. Lui aussi poussa un cri de surprise en éprouvant la chaleur intense de la communication entre les deux symbiotes, mais dès qu'il fut transformé en ange mécanique à son tour, il se jeta dans la mêlée pour épauler Anton, déjà submergé.

Soudain, ce fut Noah qui se dressa devant Alix. Son regard avait retrouvé la douceur qu'il réservait à sa recrue avant l'incident. Il lui fit un signe de tête en lui présentant sa greffe. Alix répéta son geste, permettant à son officier de se métamorphoser également.

La jeune fille fit le tour de tous les soldats présents et encore en état de se battre : ceux qu'elle ne connaissait que de vue, mais aussi William, qui avait reçu de méchants coups de griffes et présentait des blessures importantes sur le torse, Charlie et Inaya. Il semblait que cette dernière avait en effet besoin d'instructions supplémentaires pour invoquer son armure de ce côté. Elle avait reçu celles qui lui avaient permis d'être protégée derrière la barrière, mais pas dans ce monde.

Au bout de plusieurs minutes, l'armée des anges mécaniques fut reconstituée et engagée dans le combat. Les gargouilles crissaient sous les coups qui les réduisaient en poussière. Alix voyait bien qu'elles avaient un plan. Certaines d'entre elles se sacrifiaient pour permettre à d'autres d'avancer, de trouver une voie libre vers les couloirs qui menaient au Nid. Il lui semblait qu'elles communiquaient entre elles, à travers des sons, des grognements, des claquements de mâchoire. Leurs mouvements, leurs esquives… rien n'était le fait du hasard, et c'était cela le plus effrayant : elles ne se comportaient pas comme des créatures stupides et désordonnées. Il existait une véritable volonté derrière leurs attaques, la façon dont elles se déployaient. Et malgré la défense acharnée des anges, elles gagnaient lentement du terrain.

Alix vit du coin de l'œil Noah s'agiter devant l'écran de l'ordinateur qui gérait l'émission de l'onde sonore affaiblissant le Voile ; il cherchait à lui rendre sa rigidité et ainsi empêcher plus de gargouilles de passer, mais avait l'air de peiner à cette tâche. La jeune fille ne se laissant pas distraire et s'envola autant que le permettait le plafond de la caverne pour se laisser tomber sur une horde de monstres en leur assénant des coups de massue.

Alors qu'ils avaient l'impression qu'ils ne s'en sortiraient pas, un grand « clac » résonna dans l'air et une forme de silence s'abattit sur les lieux. Un souffle, un vrombissement imperceptible, mais qui était présent à chaque fois qu'Alix s'était tenue dans la grotte, se tut. C'est à sa disparition qu'elle nota son existence. Devant elle, le Voile devint plus tangible. Ses couleurs s'intensifièrent, ses ondulations devinrent plus chatoyantes. Il avait retrouvé sa consistance normale. Les gargouilles cessèrent d'affluer, bloquées dans leur monde.

Quand les anges mécaniques s'en aperçurent, cela leur donna un regain d'énergie pour combattre celles qui se trouvaient parmi eux. Il fallut se défendre encore un bon moment, déjouer leurs stratagèmes pour les empêcher d'avancer plus dans le sous-sol et même dans la forêt. Mais après un long affrontement, elles furent toutes pulvérisées.

Une fois la dernière réduite en poussière, un silence profond s'installa. Plus de crissements, de craquements, de borborygmes. Plus de bruits d'armes s'abattant sur les créatures, plus de cris de soldats. C'était terminé. Les casques des anges s'escamotèrent pour laisser apparaître leurs visages épuisés, hébétés, ruisselants de transpiration et de larmes. Ils se regardèrent tous, sans vraiment y croire. Au sol, les corps de plusieurs jeunes recrues gisaient, horriblement figés.

Alix demanda à son armure de se replier, ce que celle-ci fit aussitôt. Ses camarades avaient dû formuler la même pensée car, très vite, ils se retrouvèrent tous simples humains, frêles et désarmés. Toujours sans dire un mot, ils s'avancèrent les uns vers les autres pour s'étreindre, se sentir vivants, se réconforter. Leur accolade commune dura longtemps. Alix les sentait tous, autour d'elle, contre elle, étouffant des sanglots, leur respiration trop forte, trop saccadée. Elle aussi avait envie de pleurer. Dans son esprit, son symbiote lui adressa une caresse consolatrice.

Certes, ils avaient remporté cette bataille, mais l'intrusion des gargouilles prouvait une chose : elles devenaient plus violentes, plus pressantes, plus nombreuses, plus avides de conquérir leur monde. Mais pour quelle raison ? Cette question restait sans réponse.

CHAPITRE 20

Depuis la terrible attaque, le plus grand calme régnait dans le Nid. Une cérémonie en l'honneur des soldats tombés sur le champ de bataille avait été organisée dehors, à l'orée de la forêt. Tous les soldats, les officiers, et les autres personnes aidant à la lutte contre les gargouilles étaient présents. Il faisait un froid saisissant, le ciel était gris foncé, bas, pesant, à l'image du moral des troupes. Isaac avait fait un beau discours face aux cinq cercueils déposés là avant d'être envoyés auprès de leurs familles. À la fin, de la neige, épaisse, serrée avait commencé à tomber, recouvrant tout d'une couverture blanche estompant les contours, étouffant les sons, noyant le monde dans un tourbillon glacial, tâchant d'apporter une lueur virginale à ce sombre moment.

Alix avait senti les larmes couler sur ses joues, et geler sous son menton. Charlie était à sa gauche et lui avait attrapé la main. Anton, à sa droite, avait fait pareil. William était toujours à l'hôpital, où l'on soignait les entailles profondes que lui avaient infligées les gargouilles. Même si la jeune fille avait toujours eu conscience des risques, des enjeux qui se jouaient dans cette guerre, la réalité de ces morts, tous jeunes, filles et garçons, rendait les choses plus tangibles, plus cruelles aussi. Non, ce n'était pas un jeu vidéo. Il n'y avait pas de deuxième chance, de vie supplémentaire. Ce n'était pas un simulacre de lutte pluricentenaire. C'était bien vrai. Et les cercueils qui se couvraient de neige l'étaient bien trop.

Après ces événements dramatiques, tout sembla désorganisé. Le Voile était resté opaque et infranchissable pour les gargouilles. Toutefois, on les devinait frapper sans cesse de l'autre côté, en raison des ondes de choc que produisaient leurs coups. Ils devenaient de plus en plus forts, ébranlant l'écharpe moirée, brouillant ses couleurs, et laissant craindre le pire. Est-ce qu'elles allaient finir par traverser cette frontière éthérée malgré tout ? Cela était déjà arrivé, mais très rarement. Là, elles étaient nombreuses, décidées, enragées même. Isaac, Noah, Éloi et d'autres officiers se réunissaient pendant des heures, mais personne ne semblait vouloir prendre une décision. Ou alors, personne ne savait quoi faire. Affaiblir le Voile pour envoyer des patrouilles de l'autre côté était trop risqué, étant donné la présence certaine des monstres qui semblaient n'attendre que cela.

Personne n'avait encore parlé de ce qu'il s'était passé avec les armures. Cependant, aujourd'hui, tout le monde avait été rassemblé dans le réfectoire. Les tables avaient été poussées contre les murs, mais pas pour laisser la place à une piste de danse cette fois. Au milieu de la pièce, les bancs et des chaises étaient organisés de manière à faire face à une estrade improvisée avec des palettes de bois empilées les unes sur les autres et surmontées d'une planche.

Isaac et Noah étaient debout sur la scène et discutaient à voix basse.

Quand tout le monde fut installé, Isaac se tourna vers le public.

— Merci d'être là. Nous n'avons pas pris le temps de débriefer après l'attaque terrible que nous avons dû affronter l'autre jour, toute notre énergie ayant été tournée vers les obsèques de nos héros et le suivi médical des blessés. Ces derniers se remettent bien. Certains sont prêts à revenir parmi nous, d'autres préfèrent retrouver leur vie d'avant, ce que nous respectons. Mais à présent, il est l'heure de penser à l'avenir des anges mécaniques, et pour cela, il nous faut revenir sur les événements de cette bataille. Je passe la parole à Noah.

Ce dernier avança d'un pas et se racla la gorge avant de prendre la suite de son père.

— Comme vous avez pu le constater, les gargouilles sont de plus en plus nombreuses et violentes et les attaques se sont multipliées ces dernières semaines. Mais, nous n'aurions jamais imaginé que les événements prendraient une tournure pareille. Il semble maintenant que les monstres aient un objectif. De prime abord, c'est celui de nous envahir, et de faire un maximum de victimes et de dégâts. J'imagine toutefois qu'il y a un but plus important derrière ces actions. Pourquoi ont-elles besoin de venir dans notre monde ? Pourquoi le faire avec un tel degré de violence ? Ce sont des questions que nos soldats se sont posées à travers les âges, depuis l'apparition du Voile. Puisque nous avons remarqué que leur capacité de langage avait évolué, pourquoi n'avoir jamais tenté d'entrer en contact avec nous, afin de discuter ? Peut-être y a-t-il un moyen de nous entendre ? Le motif sous-jacent de leurs actions nous échappe complètement. Éloi est en ce moment même en visioconférence avec les autres centres de résistance qui sont établis dans tous les pays afin de tenter de mieux appréhender la situation globale. Pour l'instant, une seule certitude : la montée en puissance des attaques se constate partout. Chaque autre Nid fait face aux mêmes problématiques. Les morts de nos soldats se multiplient, les assauts des gargouilles également. Vu l'ampleur de l'agression que nous avons subie et qui a fait hélas cinq victimes dans nos rangs et une dizaine de blessés, il est presque miraculeux que nous nous en soyons sortis majoritairement vivants. Nous devons cette chance à Alix de Saintomer, qui a réussi à transformer nos armures. J'aimerais qu'elle monte sur scène pour nous éclairer quant à ce qu'il s'est passé.

Alix ne s'attendait pas à ce qu'on l'appelle, même si c'était logique. Elle était celle qui avait fait pencher la balance en leur faveur et qui avait bouleversé le rapport des anges avec leur armure. En rougissant, elle se leva pour s'approcher de l'estrade. Alors qu'elle fendait les rangées de soldats, tout le monde se mit à l'applaudir. La jeune fille baissa la tête, laissant ses longs cheveux masquer son visage empourpré.

Chapitre 20

Une fois près d'Isaac et de Noah, on lui laissa la parole. D'un ton un peu timide au départ mais qui prit de l'assurance au fur et à mesure, elle expliqua à nouveau la présence de cette voix, qu'elle entendait chuchoter au fond de sa tête depuis le premier jour de sa greffe. Elle indiqua que ce phénomène s'était amplifié au fil des jours et qu'elle avait la certitude à présent qu'elle communiquait avec la matière symbiotique qu'on avait ajoutée à son organisme.

Des murmures s'élevèrent dans le public, aux tonalités étonnées ou incrédules. Isaac lui demanda des précisions : comment s'était-elle rendu compte de cet échange, comment lui était venue tout simplement l'intuition de s'adresser à son armure ?

Alix apporta toutes ces précisions d'une voix qui s'enrouait à force de parler fort afin que tout le monde l'entende.

— Je n'ai pas vraiment eu l'idée. Ça m'est venu naturellement, comme un dialogue intérieur, pour commencer. Mais alors que je pensais peut-être m'adresser à moi-même – la version augmentée de moi-même, ayant acquis des capacités nouvelles susceptibles d'entraîner ces modifications biologiques –, il m'est vite apparu qu'il y avait réellement quelqu'un qui me répondait. Évidemment, j'ai pensé au départ que je me faisais des idées, mais à force d'entendre ce friselis à la bordure de mon esprit, qui réagissait à chaque fois, il m'a paru clair que ce n'était pas une hypothèse folle. La certitude s'est imposée à moi au fur et à mesure, mais surtout le jour où je suis allée chercher Inaya de l'autre côté de la barrière. Là, j'ai vraiment compris que quelqu'un, ou quelque chose, m'encourageait à le faire, me rassurait quant à ma capacité à y parvenir.

Ne sachant pas quoi ajouter, Alix se tut. Les murmures parmi les soldats montèrent en volume. On sentait le trouble, les questions, la stupeur dans l'armée des anges mécaniques.

Tout au fond de la salle, la jeune fille aperçut alors Éloi, qui avait dû arriver pendant qu'elle parlait. Il lui adressa, de loin, un sourire fier et complice.

Quelqu'un leva la main et Noah lui donna la parole d'un signe de tête.

— Bonjour Alix, on ne se connaît pas vraiment, même si on a combattu à plusieurs reprises ensemble. Je m'appelle Elijah. D'abord, je voudrais te remercier de nous avoir sauvé la vie. Ensuite, j'aimerais savoir si tu as une théorie concernant le fait que tu arrives à entendre si clairement ton symbiote alors que nous autres n'en avons pas la capacité. Quoique… depuis que tu nous as… *reprogrammés*, je t'avoue que je commence à entendre moi aussi quelque chose, mais je ne sais pas si c'est mon imagination ou si c'est vrai. J'attends quelques jours de plus pour savoir ce qu'il en est.

« Elijah… Comme l'acteur jouant Frodon dans Le Seigneur des anneaux », ne put s'empêcher de penser Alix, qui avait déjà aperçu de loin ce garçon aux cheveux très noirs et aux yeux bridés, mais n'avait encore jamais eu l'occasion de lui parler.

Autour de lui, quelques têtes acquiescèrent, montrant qu'il n'était pas le seul à se demander s'il entendait des voix. Alix était malheureusement incapable de répondre. Avec une pointe de regret, elle répondit :

Chapitre 20

— Je suis désolée, je n'en ai aucune idée. Je ne sais pas pourquoi moi, j'entends la voix, ou pourquoi je l'ai entendue avant vous. Ça n'a aucun sens pour moi. Je ne suis là que depuis deux semaines à peine, et je ne comprends pas ce qui fait cette différence.

C'est Éloi qui prit alors la parole depuis sa position en retrait. Tout le monde se retourna vers lui en entendant son timbre profond et calme.

— Je pense savoir pourquoi. Je suis allé interroger la docteur Roy. Vous le connaissez tous ici, c'est lui qui vous a greffés.

Un silence total tomba sur le réfectoire. Éloi était le grand général, le héros, le plus ancien combattant, et chacun ici lui vouait un respect immense. En parlant, il avait remonté l'allée centrale, entre les bancs, pour rejoindre sa petite-fille sur l'estrade.

— Roy m'a expliqué qu'elle avait utilisé, pour le symbiote d'Alix, une matière directement retrouvée sur ma chère Anya, quand je l'ai ramenée du monde des gargouilles. Pour ceux qui l'ignorent, Anya était mon épouse et fut, en même temps que moi, une chevalière métallique, une gardienne du Voile. Après un combat presque aussi violent que celui que vous avez essuyé, elle a été emportée par les gargouilles dans leur monde, et elle est restée une semaine là-bas avant que je ne l'en ramène. Ce qui s'est passé de l'autre côté du Voile, je ne l'ai raconté qu'à très peu de personnes. Isaac et la docteur Roy font partie des quelques amis en qui j'avais assez confiance pour partager cette histoire. Et aujourd'hui, je vais vous lire ce que ma femme a rapporté de son séjour. Elle voulait que je fasse de son témoignage un chapitre de mon livre, mais nous avons décidé qu'il était préférable de garder le secret quant à l'origine des symbiotes que nous avons tous reçus en greffe. L'origine des anges mécaniques. Néanmoins, aujourd'hui, et suite aux événements qui se sont déroulés, il me paraît essentiel de le partager avec vous.

Sur ces mots, Éloi sortit de sa poche plusieurs feuilles blanches pliées en quatre. Même de loin, on pouvait distinguer un texte imprimé. Le général réajusta ses lunettes sur son nez avant d'en entamer la lecture.

TÉMOIGNAGE D'ANYA UDELL[1]

J'ai été blessée lors d'une bataille terrible entre les gardiens du Voile et les gargouilles. Je me suis effondrée au sol et quelqu'un m'a ramassée. Je n'ai pas vu immédiatement de qui il s'agissait. J'étais à moitié inconsciente, et le casque, lourd et peu pratique, que je portais, avait bougé, m'empêchant de voir correctement. Dans un premier temps, j'ai pensé que c'était l'un des nôtres, et j'ai même imaginé qu'il s'agissait d'Éloi, mon époux, qui, ayant vu ma situation, avait volé à mon secours. Quelle n'a pas été ma surprise de découvrir dès que j'ai été en état de redresser mon casque, et que j'eus retrouvé quelque peu mes esprits, qu'il s'agissait d'une gargouille. Énorme, difforme, elle me portait sur son dos et s'éloignait du Voile, me séparant de mes camarades et de mon mari. J'ai eu beau appeler à l'aide, personne ne m'entendit. L'affrontement était trop violent, trop bruyant,

1. Rédigé à son retour de l'autre monde.

et ma voix trop faible pour qu'elle leur parvienne à cette distance.

Je crois que j'ai perdu connaissance une fois de plus. Quand je me suis réveillée, la gargouille m'avait posée au sol. Je ne sais pas ce qu'elle faisait, mais je pouvais l'apercevoir, un peu plus loin, gratter dans la poussière en émettant des grognements sourds. Je me sentais faible, mais il était hors de question pour moi de rester sa prisonnière. Qu'allait-elle faire de moi ? Me dévorer avant que je ne me transforme à mon tour ? Ou alors me faire rejoindre son armée en laissant la métamorphose s'effectuer ? Je préférais mourir sous ma forme humaine plutôt que de devenir cette chose immonde.

Alors qu'elle avait le dos tourné, je me suis éloignée ou, plus exactement, je me suis traînée loin d'elle. Je pensais qu'elle allait finir par s'en apercevoir, mais sa tâche devait être très prenante car elle ne remarqua pas mon départ.

Moitié rampant, moitié boitillant, j'ai échappé à sa surveillance et je me suis enfoncée dans le territoire ennemi. De là où je me situais, je n'avais aucun repère qui m'aurait indiqué comment retrouver le chemin vers l'ouverture dans le Voile qui donnait sur le Nid.

Je savais que si je ne rentrais pas bientôt, j'allais fatalement me transformer en gargouille, mais j'espérais un miracle – ou alors mourir avant de faim, de soif ou d'une infection due à ma blessure. Au fond de moi, j'avais la conviction qu'Éloi viendrait me chercher, mais arriverait-il à me retrouver ? J'en étais beaucoup moins certaine.

Au bout de deux ou trois heures de marche épuisante, j'ai trouvé un rocher. Le premier et le seul présent sur cette vaste plaine. Enfin, ce qui paraissait être une plaine, car en parcourant cet espace, je me suis rendu compte qu'il était plutôt constitué de dunes, mais tellement ternes et uniformes que leur relief n'apparaissait pas dans la distance.

Je me suis assise contre ce dossier naturel et je me suis endormie aussitôt, incapable de lutter contre la fatigue qui me terrassait. Je savais que des monstres pouvaient surgir à tout moment, mais je n'avais plus de force. Ma gorge était sèche, ma blessure à la jambe pulsait de douleur.

Je ne sais pas combien de temps a passé avant que je n'ouvre les yeux. Le paysage autour de moi n'avait pas changé. Les flashs de lumière me semblaient toutefois plus intenses, sans que j'y trouve un sens quelconque. Je savais qu'il fallait que je continue, que j'avance, en espérant retrouver le chemin vers le Nid. J'ai rassemblé toute ma volonté et je me suis remise en route, encore plus lentement que précédemment. Il a dû se passer quelques heures avant que je n'aperçoive un reflet au loin. Quelque chose de différent dans toute cette uniformité grise, boueuse, triste. Cela m'a donné un regain de courage. Il y avait peut-être de l'eau, de quoi étancher ma soif ! Hélas, j'étais trop optimiste. Quand je suis arrivée au bord de la mare, il est vite apparu que ce n'était pas de l'eau, mais une matière argentée, visqueuse. De désespoir, je me suis laissée tomber au bord de cette flaque de… de quoi ? Je n'en avais aucune idée. C'était comme si les règles de la physique, dans ce monde, étaient différentes des nôtres. L'air transformait les gens en monstres, l'eau en… métal fondu ?

J'ai à nouveau perdu connaissance. J'ai cru que cette fois c'était la fin. J'avais passé trop de temps ici et ma jambe s'était infectée. Un peu plus tôt, j'avais osé regarder l'état de ma blessure. Mes chairs étaient boursouflées et de la suie s'était déposée sur la plaie. Une fièvre poisseuse me faisait passer d'un état de froid total à celui d'une fournaise intérieure. Mais au moins, j'allais mourir humaine.

Finalement, je ne suis pas morte. J'ai rouvert les yeux. Je me sentais même un peu mieux, mais étrangement différente. Quand je me suis redressée, j'ai découvert que la matière visqueuse m'avait recouverte. Pourtant, je n'étais pas si proche que ça de la mare. Elle s'était déplacée, jusqu'à m'enrober totalement, sauf une petite partie du visage, afin de me laisser respirer. Curieusement, je me sentais moins fatiguée, j'avais moins mal, moins soif. J'ai tendu un bras devant mes yeux pour mieux étudier cette matière étrange. Il s'agissait d'une sorte de pâte argentée, incrustée d'éclats de diamant, scintillant même dans la lumière ténue qui m'environnait. Elle s'était moulée sur mon corps, créant une sorte d'armure, qui, j'en étais persuadée, me protégeait de tous les dangers présents dans ce monde.

Même si j'avais bien conscience qu'il s'agissait d'une matière organique, je n'ai pas pu m'empêcher de lui adresser un remerciement, à voix haute. Grâce à sa présence, je comprenais que ma métamorphose en gargouille était ralentie ainsi que la propagation de mon infection.

Ma voix résonna étrangement dans ce lieu. C'est alors que je reçus une réponse. Pas distincte, pas claire, mais je suis certaine que l'on m'a répondu. Un chuchotement dans mon esprit, une caresse bienveillante.

Mon cœur s'est réchauffé, l'espoir est revenu. J'ai réalisé que tout n'était pas mauvais dans cet univers. Il existait une autre forme de vie, si différente de la nôtre que jamais je ne l'aurais identifiée comme telle si ces événements ne s'étaient pas déroulés de la sorte.

Le temps a passé, entre somnolence et brèves périodes d'éveil. La matière était toujours là, autour de moi, m'envoyant ses ondes de réconfort et d'amour.

Puis, soudain, après un nombre de jours indéfini, elle s'est rétractée. Mon enveloppe s'est disloquée et la matière a roulé vers la mare, me laissant à nouveau seule et fragile. Le manque d'elle a été si soudain que j'en aurais pleuré de désespoir. Mais une silhouette est apparue au loin, et mon cœur a bondi de joie à nouveau, car je savais qu'il s'agissait d'Éloi. Même sous son armure de chevalier, même avec le visage recouvert d'un masque à gaz, je l'avais reconnu. Je l'aurais reconnu partout, en toutes circonstances.

Il était venu me chercher. Il était là, devant moi.

Il m'a prise dans ses bras et m'a portée sur des kilomètres, pour rentrer à la maison.

Me voilà donc de retour sur terre, en train de rédiger ce témoignage. Être là à nouveau, voir le ciel bleu, respirer l'air frais, boire de l'eau claire, tout me paraît magnifique, miraculeux. J'ai toutefois ramené un souvenir de cette expédition. Sur mon bras, s'est greffée une partie de la matière argentée. La docteur Roy, qui vient d'arriver au Nid, l'a étudiée de près. Nous n'avons pas réussi à la détacher de ma peau où elle est incrustée, comme si elle faisait partie intégrante de mon organisme. Nous pensons que, pour me venir en aide, pour soutenir mes fonctions vitales, cette créature étrange a mélangé son ADN avec le mien, afin d'être capable de savoir de quoi j'avais besoin exactement.

Après cette découverte, Éloi et d'autres soldats sont retournés dans le monde des gargouilles retrouver la trace de cette mare, et ramener de cette étrange… matière ? organisme ? Je n'ai pas de nom précis pour la décrire. Quelle que soit sa nature, elle s'est laissée transporter sans problème. Ils en ont ramené une grosse quantité que nous étudions avec délicatesse et respect, et nous sommes en train de réfléchir à la manière dont l'utiliser à notre avantage.

Éloi a été le premier à accepter de se faire greffer volontairement. Tant qu'il ne fut pas de l'autre côté du Voile, il ne se passa rien, mais une fois dans l'autre monde, une armure épaisse, solide, presque magique s'est matérialisée autour de lui. Le symbiote a compris qu'il avait besoin de se défendre, là-bas, et s'est adapté en conséquence. Éloi a passé quelque temps en observation suite à cette expérience. Une fois certain qu'il ne courait aucun danger et que la greffe n'avait aucune conséquence sur sa santé, d'autres chevaliers ont accepté de recevoir une portion de cette matière étrange. Tous ont vu une armure se former dès qu'ils ont passé le Voile : des armures chaque fois différentes, ornées de mécanismes complexes qui leur permettent de s'articuler avec souplesse, et même dotées d'ailes leur permettant de voler. C'est ainsi qu'est né le premier régiment d'« anges mécaniques », comme nous les avons nommés en raison de l'apparence de l'armure, avec ses rouages et ses engrenages. Cela a représenté un progrès énorme par rapport à nos armures classiques, plus lourdes, compliquées et longues à enfiler et, surtout, qui ne couvraient pas intégralement le corps comme le font celles qui naissent de cette symbiose.

Témoignage d'Anya Udell

J'ai raconté à Éloi que cet étrange être vivant m'avait parlé, avait communiqué avec moi, mais ce phénomène ne s'est pas reproduit, ni avec moi depuis mon retour, ni avec les autres. J'en déduis que j'ai dû rêver cette partie. Ma fièvre m'a peut-être fait délirer assez pour que je m'invente cette présence rassurante, qui m'a aidée à tenir.

En revanche, bien que j'aie été protégée des miasmes de l'atmosphère de là-bas, j'ai quand même été infectée et mon corps est touché par ce poison. Je ne me changerai pas en gargouille, pas dans notre monde, mais mes cellules se détruisent une à une. Je vais mourir, dans quelques années. Cependant, je ne suis pas triste. J'ai survécu à cet enfer et, grâce à cela, on a pu former une armée plus forte pour se battre contre les monstres. Et surtout, je peux profiter de mon fils un peu plus longtemps. Il a maintenant une petite fiancée. J'arriverai peut-être à rencontrer mes petits-enfants.

Quoi qu'il m'arrive, je n'ai aucun regret. Sans ma mésaventure, nous n'aurions pas progressé comme nous l'avons fait. Rien n'arrive par hasard, rien.

CHAPITRE 21

Allongée sur son lit, Alix n'arrivait pas à trouver le sommeil. Pourtant, elle se sentait exténuée. Ces dernières journées avaient été plus qu'éprouvantes. Entre le combat terrible qui avait eu lieu dans la caverne, la disparition de ses camarades, et la révélation d'Éloi à propos de sa grand-mère, elle avait vécu des montagnes russes émotionnelles qui l'avaient vidée de toute énergie. Dès qu'elle baissait ses paupières, elle s'imaginait Anya seule, perdue dans le monde des gargouilles, sans espoir, sans lumière, attendant la mort, et cette vision lui faisait monter les larmes aux yeux. Comme elle avait dû avoir peur ! Et puis, finalement, un sourire était né sur ses lèvres quand elle s'était mise à sa place au moment où la silhouette d'Éloi était apparue au milieu de tout ce gris. Son chevalier en armure brillante – et pas métaphoriquement !

Après le décès d'Anya, on avait récupéré la matière argentée qu'elle avait ramenée de son périple et qui était restée greffée à son corps jusqu'à la fin. Et c'est elle, Alix, qui en avait hérité. La docteur Roy avait pensé que ce serait une belle idée, comme un héritage dont elle n'aurait rien su si… si cela n'avait pas favorisé la connexion entre ce symbiote et elle. Avec douceur, la jeune fille posa sa main droite sur la lamelle de son bras gauche.

La plaque chauffa à ce contact et le murmure dans sa tête lui répondit, comme une caresse identique à celle qu'elle venait de lui prodiguer.

— Tu as connu ma grand-mère, donc ? demanda Alix à voix haute dans le calme de la nuit.

Le friselis s'accentua, semblant plus distinct, comme des mots prononcés encore trop loin pour qu'elle les comprenne. Malgré cela, le cœur d'Alix fit un bond dans sa poitrine. C'était plus audible qu'avant, cela ne faisait aucun doute. Est-ce que le symbiote apprenait sa langue au fur et à mesure que l'humaine lui parlait ? Elle commençait à mieux saisir ce qui lui arrivait depuis sa greffe. La créature qui avait vécu reliée à sa grand-mère avait passé des années en symbiose avec une humaine. Au fil du temps, elle avait dû apprendre, s'adapter et peut-être même tenté de communiquer de manière plus concrète avec son hôte. Mais la femme, malade, affaiblie, n'avait pas réalisé qu'il y avait un être étroitement entremêlé à son corps, son esprit, qui tentait de lui parler. Pendant des années, le symbiote était resté isolé, conservé au laboratoire du Nid, peut-être dans un frigo. S'était-il senti seul ? Avait-il été soulagé de se retrouver sur le bras d'Alix ? Certainement, puisqu'il lui avait apporté du réconfort, tenté de lui faire passer un message dès son réveil. Toutes ces années vécues au contact d'Anya lui avaient permis d'apprendre à faire passer des messages à sa façon, même si son humaine précédente n'était peut-être pas aussi réceptive. C'est pourquoi Alix l'avait entendu tout de suite, avait compris rapidement qu'on tentait de communiquer avec elle. Ce n'était pas parce qu'elle était spéciale. C'est parce que son symbiote l'était. Elle ne savait pas si elle était déçue ou non de cette révélation. Mais cela importait peu, finalement. C'était le duo qu'elle formait avec cette créature qu'elle n'arrivait pas à comprendre, ni à imaginer en dehors de cette lamelle d'aspect banal, qui devenait extraordinaire. À nouveau, elle appuya sur la plaque métallique pour montrer son affection à l'être vivant qui faisait partie d'elle à présent. Ce geste la ramena à la réaction des soldats, un peu plus tôt, dans le réfectoire.

Après la lecture d'Éloi, une sorte d'onde électrique avait circulé dans les rangs. Au silence profond et attentif qui régnait pendant le récit avait succédé un murmure énorme. Des exclamations de stupeur, d'incompréhension avaient éclaté. Des questions avaient fusé, principalement axées sur un détail essentiel : jusqu'ici, les anges mécaniques pensaient avoir un implant fait de métal – un alliage étrange aux propriétés surprenantes, certes, mais juste une plaque constituée d'une matière inanimée, neutre. Et voilà que la révélation d'Éloi les mettait face à une réalité très différente. Non seulement on leur avait greffé une créature vivante, et visiblement pensante, mais, en plus, elle venait du monde des gargouilles. Elle était issue du territoire ennemi, d'un univers différent, étranger et effrayant. Un mouvement de colère avait grondé parmi les recrues. Dans le réfectoire, certains s'étaient levés et avaient crié, réclamant qu'on leur retire la matière argentée immédiatement. Et si c'était une arme des gargouilles ? S'ils finissaient par se transformer en monstres à leur tour ?

D'autres soldats s'étaient montrés quant à eux plutôt excités à l'idée qu'on ait découvert une autre espèce et que, peut-être, avec de l'entraînement, ils pourraient parler à leur implant et établir des liens avec un alien !

Face aux réactions les plus extrêmes, Éloi avait tenté de calmer les esprits échauffés. Il leur avait rappelé qu'il s'était porté volontaire pour recevoir la première greffe réalisée dans un environnement médical, surveillé, et que depuis le temps qu'il la portait, il se serait rendu compte de quelque chose si cela avait représenté un risque. Isaac l'avait soutenu en leur rappelant que, dans le cas d'Anya et d'Alix, cette substance ne leur avait voulu que du bien, ayant démontré sa volonté de les protéger, et même de les sauver.

Cela avait apaisé les plus virulents, mais on sentait qu'une méfiance, qui n'était pas là quelques heures plus tôt, s'était installée dans l'esprit de certains soldats.

Alix avait eu l'impression qu'on la regardait elle aussi différemment. Elle n'était là que depuis quelques semaines et voilà qu'elle se distinguait des autres, qu'elle faisait éclater une vérité au grand jour, qu'elle révolutionnait le concept de l'armure des anges mécaniques. Elle savait que ses amis la soutiendraient, mais qu'en serait-il des autres ?

Soudain, son téléphone vibra sur sa table de nuit, extirpant la jeune fille de ses réflexions et des souvenirs des dernières heures qui tournaient dans sa tête. Un texto s'affichait sur l'écran.

Tu dors ?

Chapitre 21

Son cœur bondit dans sa poitrine. C'était Anton. Ils avaient tous échangé leurs numéros quelques jours plus tôt afin de rester en contact en cas de nécessité – surtout si Alix avait été renvoyée –, toutefois, jusqu'ici, ils n'en avaient pas eu besoin, puisqu'ils se voyaient quotidiennement.

Mais là, au milieu de la nuit, c'était le moyen le plus sûr pour communiquer. Elle répondit immédiatement, les doigts un peu tremblants.

Non

Elle attendit une réponse, qui ne vint pas. Pourquoi lui avait-il posé la question si c'était pour la laisser s'interroger dans le noir ? Néanmoins, quelques instants plus tard, trois coups furent frappés à sa porte.

Le cœur battant de plus belle, Alix alla ouvrir. Anton se dressait sur le seuil de sa chambre.

— Je peux entrer ? chuchota-t-il.

Alix hocha la tête et s'effaça pour le laisser passer. Le jeune homme alla directement s'asseoir sur le lit vide, en face de celui de son amie. Alix quant à elle prit place sur le sien et s'enveloppa de sa couette, car il faisait toujours aussi froid.

Elle n'en revenait pas de le voir ici, simplement vêtu d'un pantalon de jogging gris et d'un tee-shirt à manches longues noir. Ses traits, noyés dans la pénombre, laissaient apparaître une fatigue qu'elle n'avait pas vue les jours précédents. Ce fut lui qui brisa le silence qui s'éternisait dans le noir :

— Comment tu te sens, après toutes ces révélations ?

Il parlait à mi-voix, certainement pour ne pas attirer l'attention. Les garçons n'avaient pas le droit de se rendre à l'étage des filles, même si Charlie avait confié à Alix que cela arrivait parfois, puisque des couples se formaient entre soldats.

Alix haussa les épaules.

— Je ne sais pas vraiment. C'est trop… trop confus. Depuis le réveillon de Noël, je ne fais que découvrir l'histoire réelle de ma famille. Qui étaient mes grands-parents, leur vie ici, la véritable cause de la « maladie » de ma grand-mère. J'ai l'impression de prendre à chaque fois un nouveau coup de massue sur la tête.

Anton resta silencieux quelques instants, puis soupira :

— Je ne peux qu'imaginer ce que tu éprouves en ce moment. Au moins, chez moi, on ne nous a rien caché, on a toujours su qu'on finirait ici, mon frère et moi.

Cette dernière précision la fit se redresser.

— Ton frère ? Tu as un frère au Nid ?

— Non, plus maintenant. Il a été grièvement blessé il y a quelque temps… Il est plus âgé, et il est devenu un ange mécanique avant moi. Il a connu la même mésaventure qu'Inaya : il a été propulsé de l'autre côté de la barrière, et son armure s'est repliée. Il a réussi à revenir du bon côté, mais après avoir été blessé. Depuis cet événement, il a perdu une partie de la mobilité de son bras gauche et il a une énorme cicatrice sur le visage. Mes parents lui ont payé des opérations de chirurgie reconstructrices, mais ça n'a pas fait tout disparaître. Depuis, il vit reclus, il ne veut voir personne, il avait une petite amie prête à accepter sa nouvelle apparence, mais c'est lui qui ne se supportait plus, et il l'a virée de sa vie. Il est seul et misérable et je ne sais pas quoi faire pour l'aider.

« Encore une victime de cette guerre, encore une révélation », se dit Alix, le souffle coupé par cette confidence.

Chapitre 21

— Je suis désolée, chuchota-t-elle. Mais tes parents t'ont quand même laissé venir ici après tout ça ? Ils n'ont pas peur que la même chose t'arrive ?

Anton secoua la tête et ricana. Il faisait sombre dans la chambre, mais un faible rayon de lune se glissait entre les volets clos et striait de lignes argentées le sol de la pièce, la baignant ainsi d'un léger éclat opalescent qui ajoutait à l'intimité du moment.

— Tu parles, mon père est fier de mon frère. Ivan – c'est son prénom – est un héros de guerre. Un héros qui ne sort pas de sa chambre et qui est en dépression sévère, mais un héros quand même.

— C'est horrible, frémit Alix.

Avec un rire plein de douleur sarcastique, Anton se leva et se mit à arpenter l'espace entre les deux lits, tirant ses cheveux en arrière en signe de désarroi.

— Tu te rends compte, si on avait eu à notre disposition tout ce que tu nous as fait découvrir sur nos armures, Ivan aurait pu être sauvé…

— Je… je suis désolée…

— Tu n'as pas à l'être ! Tu ne pouvais pas être là il y a plus de deux ans, tu étais beaucoup trop jeune. Et je n'ai pas de regret. Au contraire, je me dis que c'est une chance que tu sois venue et que tu sois si différente !

Une certaine exaltation se faisait à présent entendre dans la voix du jeune homme. Il pivota sur lui-même pour faire face à Alix et vint s'asseoir, d'un mouvement souple, près d'elle.

— Maintenant que tu es là, ça n'arrivera plus. Tu as reprogrammé nos armures pour qu'elles se déploient où on veut. J'ai essayé, tout à l'heure, dans ma chambre.

J'ai touché ma greffe… mon symbiote, et je lui ai tout simplement demandé de faire apparaître mon armure… et ça a marché ! D'un seul coup, j'étais près de mon lit en ange mécanique ! C'était complètement fou !

Il se remit à rire, cette fois avec légèreté, et Alix ne put s'empêcher de sourire face à sa joie presque enfantine.

— Tant mieux, si je peux apporter quelque chose à tous les soldats qui risquent leur vie ici. Et je peux remercier ma grand-mère d'avoir ramené ce… cet être avec elle.

Alix dégagea son bras de sa couette et remonta sa manche pour découvrir sa lamelle, qui reflétait la faible lueur lunaire.

Avec douceur, Anton passa sa main sur le bras de son amie.

— Tu te rends compte que sans ça, on continuerait à se battre avec de vraies armures de chevaliers ? On se ferait laminer face aux gargouilles. Oui, on peut remercier Anya. Elle a été très courageuse. C'est une véritable héroïne.

Alix hocha la tête.

— Je suis très fière d'elle.

— Tu peux… Et tu peux être fière de toi aussi, rajouta Anton avec douceur.

— Je n'ai rien fait… chuchota-t-elle, saisie d'une émotion soudaine.

— Si, tu es là, c'est énorme, déjà.

Le jeune homme avait répondu sur le même ton, sa main toujours posée sur la peau d'Alix.

Ils se regardèrent quelques instants en silence. Leurs traits estompés par la pénombre, le calme ouaté de la nuit les enveloppant. Alors Anton pencha son visage vers Alix, le redressa de son index replié sous son menton, et l'embrassa sur les lèvres, très délicatement, puis avec un peu plus de passion.

La jeune fille se laissa faire avec plaisir. Au fond d'elle-même, elle n'attendait que cela. Mais elle n'aurait jamais osé faire le premier pas. Elle lui rendit son baiser avec la même ardeur.

Quand leurs bouches se séparèrent, ils étaient tous les deux à bout de souffle. Alix sentait son visage brûlant, son cœur cogner fort dans sa poitrine. Anton lui sourit et passa ses doigts sur la joue de la jeune fille, suivant les traits de son visage.

— Tu me plais, tu sais ? Tu m'as plu dès que je t'ai vue dans la grotte, avec Noah, la toute première fois. Je ne savais pas qui tu étais, mais tu m'as regardé avec ces grands yeux clairs, et il y a quelque chose qui a basculé en moi.

Alix était incapable de répondre. Elle aurait voulu lui dire que c'était pareil pour elle, mais son émotion était si forte qu'elle se contenta de poser sa tête contre l'épaule d'Anton et d'enfouir son nez dans son tee-shirt.

Avec tendresse, le jeune homme l'enveloppa de son bras et la serra contre lui.

— C'est moi qui ai demandé à Noah de devenir ton entraîneur. Je voulais te connaître mieux et plus je te découvrais, plus tu me plaisais.

— J'étais contente que tu me coaches, réussit enfin à souffler Alix d'une voix rauque. Moi aussi je voulais en apprendre plus sur toi. Je, je…

Incapable d'ajouter un mot, elle se blottit contre sa poitrine, et Anton l'enlaça plus étroitement. Ils restèrent un moment ainsi, en silence, s'emplissant de la présence de l'autre. Enfin, le garçon bougea légèrement.

— Je vais devoir remonter dans ma chambre, murmura-t-il contre les cheveux de la jeune fille. Je ne voudrais pas qu'on ait des problèmes.

Alix hocha la tête, en le respirant pleinement, s'imprégnant de son parfum, de sa chaleur.

Il finit par se lever, déposa un nouveau baiser sur sa bouche.

— À demain, beauté, souffla-t-il.

Alix sourit à ce terme. Personne ne l'avait jamais appelée ainsi et elle trouva cette expression désuète, mais elle lui fit plaisir. Elle lui répondit d'une voix éraillée :

— À demain.

Quelques instants plus tard, il avait disparu.

Alix resta immobile, tentant de réaliser ce qu'il venait de se dérouler. Dans sa tête, elle se rejoua la scène, passa son index sur ses lèvres et sourit dans le noir. Puis, d'un mouvement souple, elle se leva, jeta sa couette sur son lit et se mit à faire des bonds de joie dans sa chambre en poussant des cris silencieux.

Enfin, elle se rallongea, se pelotonna sous son édredon, saisit son téléphone et entreprit d'envoyer un message à Maëlle pour lui raconter sa soirée, pour partager avec elle le fait incroyable qu'elle sortait à présent avec l'élève le plus canon de sa nouvelle école. Au moins, cela, elle pouvait le raconter à son amie, à défaut de ne pouvoir parler du reste de son quotidien depuis qu'elle était ici. Maëlle ne dormait pas non plus, visiblement empêtrée dans des devoirs sans fin, et lui demanda immédiatement des détails. En cet instant, Alix oublia qu'elle était une soldate, une héroïne ou un ange mécanique. À nouveau, pour quelques minutes, elle était juste une ado normale, amoureuse, heureuse, et cela lui faisait le plus grand bien…

CHAPITRE 22

Après les derniers événements, on ne parla plus à Alix de punition ni de renvoi. Sans plus de cérémonie, elle fut réintégrée immédiatement dans les rangs des anges mécaniques et reprit l'entraînement avec ses amis, aussi bien du côté du Nid que de celui des gargouilles, qui ne s'étaient pas manifestées après leur assaut raté. Cela accordait un répit bienvenu aux soldats qui patrouillaient dans leur monde.

Cependant, Noah et Isaac avaient révélé un nouveau sujet d'inquiétude à leurs troupes : l'ordinateur qui gérait l'onde sonore permettant au Voile d'être atténué pour que les anges puissent revenir dans la caverne avait été abîmé lors de la dernière bataille. Il avait reçu un choc lors d'un corps-à-corps entre un soldat et un monstre. C'est pour cette raison que Noah avait eu tant de mal à stopper l'hémorragie de gargouilles. Pour rendre à la faille son opacité, il avait dû forcer l'arrêt du programme et cela avait encore plus endommagé le système. Ils avaient déjà fait appel à un expert pour le réparer, mais il ne serait pas sur place tout de suite. Il existait en effet parmi les rangs de cette armée secrète des personnes dont le rôle était la maintenance du matériel, identique dans tous les centres de résistance à travers le monde. Ces experts sillonnaient donc en permanence la planète, se rendant là où on avait besoin d'eux. Actuellement, l'ingénieur le plus proche était en Espagne et il lui faudrait quelques jours pour arriver au Nid et remettre en état tout ce qui avait été endommagé.

Cela n'empêchait pas les anges mécaniques de continuer leurs missions comme avant. Et justement, il leur fallait surveiller encore plus la zone pour repérer tout signe avant-coureur d'une nouvelle bataille. Ils utilisaient aussi cette période de calme pour faire un « upgrade » de leur armure. Grâce à Alix, ils arrivaient tous, à présent, à la faire apparaître de l'autre côté de la barrière, simplement en demandant à leur symbiote de le faire. Les armées du monde entier avaient été prévenues que cela était dorénavant possible et il était prévu que des représentants de chaque centre secret viennent effectuer ses mises à jour dans les prochaines semaines.

William était revenu de l'hôpital avec de nombreux points de suture et, malgré ses bandages et les recommandations des médecins, il avait tenu à vite reprendre sa place dans sa petite équipe.

Ce matin, ils étaient donc tous les quatre de l'autre côté du Voile, arpentant la frontière entre les deux mondes avec prudence, observant le moindre changement dans le paysage uniforme et triste qui s'étendait sur des kilomètres derrière la barrière.

— Elles ne font plus autant les fières, depuis leur défaite, fanfaronna Will.

— Ouais, enfin nous non plus, on ne fait pas les malins, répliqua Charlie avec vivacité. Je te rappelle qu'il y a eu cinq morts.

Will ne sut pas quoi répondre.

— On en a quand même éclaté un bon paquet… ajouta Charlie avec douceur, pour dissiper le malaise provoqué par son principe de réalité.

Un énorme grondement résonna au loin, les interrompant dans leur conversation. D'un mouvement commun, ils se tournèrent vers l'horizon pour constater qu'une tornade se formait dans la région où se dressaient les montagnes.

— J'ai l'impression qu'elles sont de plus en plus grosses, fit remarquer Anton. Heureusement qu'elles sont loin de nous…

— C'est quand même étrange, parce qu'il n'y a pas un souffle de vent, pas même une brise, même de l'autre côté de la barrière, signala Alix. Peut-être qu'il y en a à des kilomètres de nous, mais on ne voit jamais de poussière être soulevée par la moindre bourrasque, ici ou là-bas. Je me demande comment et pourquoi ces phénomènes se forment.

Charlie émit un grognement sarcastique.

— Tu crois qu'il faut vraiment donner un sens à tout ce bazar ?

— Je ne sais pas… Je cherche à comprendre la raison de l'existence de ce monde stérile, de l'arrivée du Voile sur la terre au fil des siècles, des attaques de gargouilles. Il doit bien y avoir une finalité à tout ça, non ? Pas juste un étrange concours de circonstances.

William, heureux que la conversation se soit éloignée du sujet qu'il avait abordé avec maladresse, enchaîna :

— Je me pose les mêmes questions depuis un moment. Mais jusqu'à présent, tout semble complètement aléatoire. Il n'y a aucune logique à la situation. Encore, si on avait connaissance d'un leader qui nous aurait déclaré la guerre en nous exposant ses raisons, on pourrait concevoir une motivation, savoir contre quoi on se défend : une invasion, une haine de l'humanité, un conflit politique… Mais là, rien, on se bat contre des monstres sans raison apparente…

Cette tirade laissa la petite troupe songeuse. Alix tentait d'imaginer un fondement à tout cela, en tournant dans son esprit les hypothèses de Will, mais aucune excuse ne semblait meilleure que l'autre.

Finalement, ils firent demi-tour pour retourner au niveau de la zone par laquelle ils pourraient rentrer au Nid, en restant vigilants. Les grondements sourds se multipliaient, faisaient trembler la terre sous leurs pieds. On aurait dit qu'un cataclysme se rapprochait, sans qu'ils puissent en trouver l'origine.

Alix marchait près d'Anton. Devant leurs amis, ils ne laissaient pas transparaître la nouvelle nature de leur relation. Pas tout de suite. Alix voulait profiter de ces moments avec le jeune homme sans être assaillie de questions, sans attirer les regards envieux des autres filles qui s'intéressaient au soldat. Ils échangèrent un regard complice, mais inquiet.

— C'est la première fois que je constate ce phénomène,

avoua-t-il. En tout cas, au moment où je me trouve de ce côté. Mais je crois que personne n'a jamais rapporté ce genre d'événement avant, hein, Charlie ?

La jeune femme secoua la tête :

— Pas depuis que je suis là, et je commence à avoir de la bouteille.

Un grondement de tonnerre plus fort que les précédents l'interrompit.

Alix gardait les yeux rivés sur la tornade qui devenait de plus en plus massive, noire, menaçante. Elle était certes loin d'eux, mais elle semblait se rapprocher.

Le chuchotement dans sa tête se réveilla alors, pressant, ses paroles indistinctes semblant se précipiter sous le coup d'une urgence. Au même moment, une nuée s'éleva dans le ciel, donnant l'impression que des milliers d'oiseaux s'étaient envolés en même temps et convergeaient vers un point central.

— Et ça aussi, c'est nouveau ? demanda Alix en pointant du doigt la murmuration inquiétante.

Ils s'arrêtèrent dans leur progression pour contempler l'essaim lointain.

— C'est quoi ce délire ? s'inquiéta Charlie.

— C'est pas normal, ajouta William.

— On rentre vite, il faut prévenir les autres.

Suivant le conseil d'Anton, ils se remirent en route. Alix entendait la voix dans sa tête devenir de plus en plus pressante, inquiète.

— Mon armure… enfin, mon symbiote, n'aime pas ça non plus.

— Ça pue, ça pue vraiment, s'inquiéta Charlie qui se mit à trottiner sur ces paroles, imitée par ses amis.

Ils s'étaient pas mal éloignés du passage, explorant les environs le plus consciencieusement possible afin de s'assurer qu'une attaque comme la précédente ne se reproduirait pas. Les formes ailées voltigeaient à présent en cercles autour du sommet de la montagne qui semblait s'être rapprochée, paraissant plus haute, plus large.

— C'est moi qui rêve ou les distances se sont réduites ? interrogea Alix, dont le rythme cardiaque accélérait au fur et à mesure que tous ces phénomènes s'ajoutaient les uns aux autres.

— Tu ne rêves pas, approuva Anton d'une voix serrée. Il se passe quelque chose…

Abandonnant leur foulée légère, ils se mirent à courir le plus vite possible. Toutefois, l'armure d'Alix prit les choses en main et ses ailes se mirent à battre dans son dos sans que la jeune fille n'ait rien demandé. Aussitôt, elle s'envola et ses amis l'imitèrent. Ainsi, ils allaient plus vite. La terre grise, poussiéreuse, défilait sous leurs pieds, tandis que les grondements se rapprochaient et que leur rythme s'intensifiait. Enfin, ils aperçurent le pan de Voile qui donnait sur le Nid. Une texture plus pâle, des couleurs moins brillantes indiquaient l'endroit où se situait la brèche. Avec soulagement, ils se laissèrent tomber à terre et s'engouffrèrent dans la caverne où une autre patrouille se préparait à prendre la relève.

— Noah, il faut les empêcher d'y aller ! s'écria Anton en se précipitant vers son officier.

— Que se passe-t-il ? demanda ce dernier, le front plissé alors qu'il se battait une fois de plus avec l'ordinateur qui gérait l'onde sonore.

En quelques mots, l'ange mécanique lui résuma

la situation de l'autre côté. L'air soucieux de Noah s'assombrit un peu plus alors qu'il manipulait sa machine en poussant des jurons.

— Je tente de refermer la brèche immédiatement alors. Mais j'ai du mal… Je suis obligé de redémarrer tout le programme à chaque fois… C'était plus simple autrefois quand il s'agissait seulement de faire sonner les cloches !

L'écran devant lui s'éteignit, se ralluma affichant un bleu seulement doté d'un cercle qui moulinait en son centre.

— Allez, allez, murmura-t-il avec angoisse.

Soudain, le Voile fut secoué d'une vibration intense qui en brouilla les couleurs, provoquant une onde de choc qui ébranla même le sol de la grotte.

Tout le monde se pétrifia sur place, mais cet effet de surprise ne dura qu'un bref instant. Très rapidement, les soldats se ressaisirent et s'enveloppèrent tous de leur armure. Maintenant qu'elles avaient été reprogrammées, il leur était facile de le faire, quelle que soit leur distance de la frontière éthérée.

Un silence total régnait sur les lieux. Noah avait les yeux rivés sur l'écran, espérant pouvoir refermer le passage dès que le programme serait relancé.

Il n'eut pas le temps d'arriver jusque-là. Un autre « boum » résonna, suivi d'un claquement qui sembla assez proche.

— C'est elles ! Ce sont les gargouilles ! hurla Charlie.

Elle eut à peine le temps de finir sa phrase qu'une nuée de monstres surgit, leurs ailes battant en rythme, et envahit tout l'espace de la caverne en volant, piquant directement sur les anges mécaniques. Et sur l'un d'entre eux en particulier : Alix…

EXPLORATION DE L'AUTRE MONDE

Compte rendu rédigé par Antonin Millet, chef des armées des gardiens du Voile, 1951[1]

La Seconde Guerre mondiale nous a empêchés de poursuivre nos recherches sur le Voile et ce qu'il cachait. Il avait disparu dès 1936, comme si les ondes négatives de ce qui se préparait de terrible étaient parvenues de l'autre côté de la frontière et que ce qui régule ce monde avait décidé de se retrancher. Une fois la paix revenue, la faille a pris son temps pour faire son retour, ce qui nous a laissé l'occasion de participer à la reconstruction du pays et de recruter de nouveaux gardiens du Voile. En effet, l'ensemble de l'effectif qui constituait notre petite armée a été appelé au front et nombreux sont ceux qui manquent aujourd'hui à l'appel, tués sur le champ de bataille ou déportés en camps de travail ou de concentration. Quand nous avons pu revenir au Nid, les lieux m'ont paru bien vides. J'étais un des rares survivants, et il m'incombait de reconstituer les troupes avec l'aide de Hubert de Saintomer, le fils de Philémon.

1. Retranscrit par EdS.

Le Voile a fait son retour il y a deux ans. Nous avons subi peu d'attaques des gargouilles, ce qui nous a surpris. Cependant, nous n'allons pas nous plaindre de ces moments de calme. Nous avons pu former une nouvelle génération de chevaliers et, surtout, nous avons décidé de pousser l'expérience de Philémon, qui, hélas, n'est pas revenu du front. Nous nous sommes procuré de nouveaux masques à gaz, plus efficaces que les précédents, ainsi que de nouveaux gilets pare-balles, et nous sommes partis explorer le monde des monstres. Des soldats venus d'autres pays se sont joints à nous afin de faire le point sur ce que nous savions et de participer aux explorations. Ils en avaient mené depuis leurs contrées respectives et cela nous a permis de recouper les observations de chacun.

Nous avons pris garde au temps passé là-bas, car malgré notre équipement, nous sommes susceptibles de nous métamorphoser si nous dépassons un certain délai.

Je ne détaillerai pas chaque journée de prospection, cela serait bien trop fastidieux, mais je donnerai les informations les plus importantes qui, je l'espère, serviront à l'avenir dans la lutte contre les gargouilles.

Ce pays… territoire, je ne sais pas comment l'appeler, ne semble pas régi par les mêmes lois physiques que notre univers. Je n'ai vu aucun astre briller dans le ciel. En revanche, il n'y a ni jour ni nuit, seulement un éclat grisâtre permanent. Parfois, une… masse nuageuse… Une fois de plus, je n'ai pas la certitude qu'il s'agisse bien de nuages. Cela pourrait être une nuée de poussière, mais je vais rester sur un vocabulaire connu afin que tout le monde puisse se représenter facilement ce que je mentionne… Donc, parfois, une masse nuageuse plus épaisse que les autres vient atténuer la lumière et assombrir l'horizon. Ce dernier est sans relief, en dehors d'une chaîne de montagnes qui s'élève au loin et semble surgir aléatoirement du sol pour créer une gigantesque paroi rocheuse. Je me suis demandé s'il ne s'agissait pas d'une construction artificielle. Toutefois, nous n'avons jamais pu nous en approcher suffisamment pour en être certains. Même avec des jumelles puissantes, il y a trop de brouillard, ou de particules dans l'air, pour que les détails nous apparaissent assez clairement.

Nos collègues venus de l'étranger nous ont fait une révélation surprenante : bien qu'ils se situent à des milliers de kilomètres de nous, leur vision du monde des gargouilles est la même que la nôtre. D'où qu'ils viennent, ils se retrouvent dans cette plaine immense, avec comme seul point de repère cette montagne en son centre. Ils ne la voient pas du même côté que nous, sinon nous nous croiserions lors de nos incursions simultanées, mais c'est comme si cet univers était constitué d'un unique disque plat seulement orné de ce massif en son milieu. Donc, d'une certaine manière, quel que soit notre point d'entrée, on arrive à peu près au même endroit. C'est assez étourdissant comme conception. Mais ce n'est pas la première fois que les règles physiques régnant sur ce monde me laissent sans voix, hors des limites de ma logique et de mon imagination.

Tout comme Philémon lors de ses observations, nous n'avons trouvé aucune habitation, aucune structure qui indiquerait comment vivent les gargouilles. Où se cachent-elles quand elles ne nous attaquent pas ? De quoi se nourrissent-elles quand elles ne nous dévorent pas ? Ces interrogations demeurent…

Nous avons trouvé, de loin en loin, des sortes de mares constituées de matière brillante et épaisse. Nous n'avons pas pris le risque de nous en approcher, de peur qu'il s'agisse de sables mouvants. Il nous a semblé entendre des chuchotements, un écho, mais nous avons fini par conclure qu'il s'agissait sans doute d'une sorte de mirage auditif.

Il n'existe aucune forme de végétation, ni de source d'eau, en dehors de cette poussière grise qui recouvre tout et de ces mares. Ma théorie est que les gargouilles vivent sous terre, dont elles jaillissent quand elles nous attaquent, mais nous n'avons trouvé aucune entrée de tunnel ou de galerie, rien qui puisse étayer cette supposition. Quant à l'absence de nourriture, peut-être qu'une fois transformés en monstres, les anciens humains n'ont plus besoin de manger ou de boire ? Leur apparence de pierre en possède peut-être les caractéristiques : une créature vivante, mais faite d'une matière inanimée. Ça me paraît inconcevable, mais je ne vois aucune autre explication. Et si elles sont réellement faites de roche, pourquoi leur arrive-t-il de dévorer les humains ? Est-ce la seule chose dont elles se sustentent ? Cela expliquerait leurs tentatives d'invasion de la terre. Mais comment font-elles pour tenir entre deux incursions ?

Peut-être que j'ai tort. Peut-être qu'elles ne dévorent les humains que par cruauté, sans réelle faim ni besoin.

La seule variable, dans ce monde uniforme et triste, ce sont les phénomènes météorologiques. Des tornades fréquentes et terrifiantes se produisent à intervalles réguliers. Des flashs de lumière colorée explosent dans les masses nuageuses ou au loin, sans raison apparente. Il ne souffle jamais de vent, il ne pleut pas, mais des orages électriques d'une rare puissance explosent, accompagnés d'éclairs meurtriers et de grondements de tonnerre si forts que leur détonation heurte nos tympans quand nous sommes trop proches de leur source.

Je ne sais pas quoi faire de ces informations que nous avons récoltées lors de nos intrusions dans le territoire ennemi. Je les consigne cependant en espérant que quelqu'un, un jour, leur trouvera une utilité et leur donnera un sens…

CHAPITRE 24

Une masse grouillante de gargouilles convergeait vers Alix. Ce mouvement ne fut pas évident immédiatement, car un autre groupe de monstres s'était éparpillé dans la caverne afin de s'en prendre aux autres soldats présents, les isolant les uns des autres. Mais il devint rapidement clair que leur cible principale était la jeune fille.

Alix elle-même le comprit très vite en voyant la quantité de créatures se jeter sur elle. Elle dégaina ses massues pour frapper les premiers rangs qui explosèrent immédiatement, mais il y en avait beaucoup trop pour lui permettre de gérer l'ensemble de ses agresseurs.

Heureusement, un ange mécanique lui vint en aide. Il était immense et équipé d'une épée si large que, sans son armure, jamais il n'aurait pu la manipuler. Il abattit le tranchant de sa claymore sur les bêtes enragées afin d'accorder un peu de répit à Alix. Mais il fut de courte durée. Il en venait toujours plus, s'abattant du ciel, se laissant tomber sur la jeune fille, tant et si bien que très vite, elle fut complètement encerclée, séparée du combattant qui l'avait rejointe plus tôt et des autres soldats, eux-mêmes en prise avec leurs propres assaillants.

Elle sentit que les mains, les bras des monstres l'entouraient, la saisissaient, la soulevaient. Elle avait beau se débattre, réduire en morceaux une partie de ses ennemis, il y en avait toujours un pour remplacer celui qui avait disparu sous ses coups, et prendre la relève. Ainsi, ils la transportèrent contre sa volonté, la déplaçant dans les airs, au centre de la masse fourmillante et grinçante qu'ils constituaient.

De force, les gargouilles lui firent passer le Voile, et une fois de l'autre côté, elle se retrouva isolée, seule humaine face à une légion de créatures. Aussi loin que son regard portait, elle voyait leurs silhouettes difformes tel un tapis monstrueux et grouillant étalé sur la plaine d'habitude si vide.

Si Alix avait compris qu'elle était la cible de cette attaque, elle ne s'attendait toutefois pas à un tel déploiement de moyens. De quoi avaient peur ces démons pour s'en prendre ainsi à elle ? De son symbiote ? De la relation qu'ils avaient construite ? D'autre chose ?

Finalement, leur motivation importait peu. Elle était seule face à une nation entière d'ennemis et elle sut que c'était la fin. Malgré toutes les aptitudes qu'elle avait montrées depuis son arrivée, malgré sa capacité à interagir avec son armure, cela ne changerait rien. Face à un tel déferlement, elle était piégée.

Les gargouilles aussi devaient penser qu'elles avaient

remporté la bataille, car seule une dizaine resta tout près de leur prisonnière pour la surveiller, alors que l'armée se remettait déjà en mouvement, rebroussant lentement chemin vers les montagnes en poussant des hurlements stridents célébrant sa victoire, sans aucun doute.

Alix tenta de se dégager de la poigne des monstres qui la retenaient fermement par les bras, en vain. Ils allaient l'emmener. Pourquoi ? Pourquoi ne pas la tuer tout de suite ? Une onde de panique la traversa, la paralysant aussi bien physiquement que mentalement. C'est alors que le murmure dans sa tête se réveilla, résonnant plus fort que jamais, la secouant de l'intérieur. La jeune fille eut l'impression de sortir d'une transe et eut un sursaut. Elle n'était pas seule !

« Fais surgir de l'armure des pointes pour transpercer mes gardiens », demanda-t-elle à cette douce présence.

Aussitôt, son armure se modifia et des pics aigus en surgirent et traversèrent le corps des gargouilles qui maintenaient Alix prisonnière. Trois d'entre elles explosèrent exactement en même temps. Il ne fallut que quelques secondes pour qu'elles soient remplacées par trois autres, mais elles finirent comme les précédentes.

Alix se demanda combien de temps pourrait durer ce ballet infernal quand plusieurs silhouettes surgirent du Voile. Une dizaine d'anges mécaniques ! Ils volaient à son secours, littéralement, puisqu'ils tombèrent du ciel sur les monstres, exactement comme ces derniers avaient procédé un peu plus tôt quand ils avaient envahi la caverne.

Une grande partie de l'armée de gargouilles s'était déjà éloignée au pas de course, mais il en restait suffisamment pour qu'un nouveau combat s'engage entre les deux parties. Les soldats virevoltaient en abattant leurs armes sur les crânes gris et difformes des démons. Le régiment de démons, constatant que la situation avait tourné en leur défaveur, fit demi-tour. L'armée ressemblait à une marée terrifiante alors qu'elle courait vers eux, leurs hurlements s'élevant à nouveau dans l'espace terne.

— Il faut se dépêcher de retourner au Nid et de fermer le passage ! hurla l'ange qui possédait la claymore et qui avait aidé Alix un peu plus tôt.

La jeune fille reconnut immédiatement la voix d'Isaac. C'était la première fois qu'elle le voyait se battre avec eux, ici, dans ce monde, et c'est pour cette raison qu'elle n'avait reconnu ni son armure, ni son épée.

Sa troupe n'eut pas besoin qu'on lui répète ce conseil. Maintenant qu'Alix était libérée, ils reculaient, pas à pas, en direction du Voile, tout en explosant toutes les gargouilles s'approchant trop près d'eux.

Un à un, ils traversèrent la brèche, disparaissant derrière sa matière moirée. Alors qu'Alix allait les suivre, elle entendit un cri. Un des anges avait été attrapé à son tour et se trouvait en mauvaise posture.

— Anton ! cria-t-elle en reconnaissant son équipement.

— Rejoins les autres, je m'en occupe, lui ordonna Isaac d'un ton qui ne laissait pas de place à la discussion. C'est après toi qu'elles en ont, alors ne reste pas ici.

Alix hocha la tête. Cette fois, elle ne comptait pas désobéir. Isaac avait raison. C'était elle la cible. Si elle s'éloignait d'Anton, il était probable que les gargouilles se désintéressent de lui pour la poursuivre dans la caverne. Sa retraite était le meilleur moyen de l'aider.

Chapitre 24

Elle jeta un dernier regard à son ami qui luttait pour se libérer de l'assaut dont il était victime, alors que leur supérieur se ruait vers lui pour venir à son secours. L'ultime image qu'elle eut de la scène fut celle d'Isaac prenant de l'altitude et abattant son épée immense sur le dos des gargouilles. Puis elle se retrouva dans la caverne. Une seule gargouille réussit à la suivre. Celle-ci l'attrapa par le bras, la tirant en avant pour ramener Alix dans son monde, mais un autre ange fonça sur le monstre, lui fit lâcher prise, et l'envoya valdinguer sur le côté. La créature fit un vol plané et s'effondra sur la machine qui gérait l'ouverture de la brèche. L'ordinateur explosa sous le coup de l'impact. De la fumée et des étincelles en jaillirent et, dans le même temps, le passage se referma. Le Voile retrouva ses couleurs, son opacité.

— Nooon ! hurlèrent Noah et Alix en chœur.

L'officier se précipita sur l'appareil, mais c'était trop tard, il était entièrement détruit.

Anton et Isaac étaient de l'autre côté.

Alix ordonna à son armure de libérer son visage, elle avait l'impression qu'elle allait étouffer sous le coup de l'émotion. Puis elle se précipita sur l'écharpe éthérée et se mit à frapper de toutes ses forces sa surface, dans l'espoir de l'ouvrir à nouveau, de créer même un petit trou pour pouvoir s'y glisser.

Ses amis vinrent l'arrêter et la firent reculer alors que des larmes roulaient sur ses joues, que son cœur était prêt à s'émietter en mille morceaux.

— Nooooon... Anton... Isaac... hoqueta-t-elle. On doit y retourner, il faut aller les chercher.

— On ne peut rien faire, lui dit doucement Charlie en

repoussant les mèches de cheveux collées au visage de son amie.

— Il faut trouver un moyen, on ne peut pas les laisser…

Sa poitrine lui semblait transpercée par une pointe semblable à celles qui avaient éliminé un peu plus tôt ses ennemis. Ses jambes ne la portaient plus et elle tomba à genoux.

Noah vint la rejoindre, le visage gris, un air hagard, des larmes dessinant des traînées dans la poussière déposée sur ses joues.

— Papa… murmura-t-il.

C'était la première fois qu'il appelait Isaac ainsi devant ses soldats.

Un silence total régnait dans la caverne. Tous les anges mécaniques présents étaient immobiles, pétrifiés, horrifiés. Il n'y avait rien à faire pour le moment. Sans le programme gérant l'onde sonore, le Voile resterait fermé, opaque.

L'armure d'Alix se replia et elle sentit des mains la relever, l'aider à marcher à travers les allées souterraines.

Sans trop savoir comment, elle se retrouva couchée dans son lit, avec Charlie et Inaya près d'elle, en train de lui murmurer des mots de réconfort.

Elle dut s'endormir – ou perdre connaissance – car quand elle ouvrit les yeux, il faisait déjà nuit. Ses deux amies étaient toujours là, assises en tailleur sur l'autre lit, et parlaient à voix basse.

Alix se redressa, passa une main fébrile dans ses cheveux emmêlés. L'image d'Anton prisonnier des gargouilles et d'Isaac volant à son secours semblait imprimée sur sa rétine.

Chapitre 24

En la voyant réveillée, Charlie et Inaya se précipitèrent vers elle.

— Alix, comment tu te sens ?

— Est-ce que tu as besoin de quelque chose ?

La jeune fille secoua la tête et, d'une voix rauque, déclara :

— Je vais aller les chercher. Je ne peux pas rester comme ça, sans rien faire.

— C'est impossible, ma chérie… L'ordinateur est complètement bousillé. Il va falloir quelques jours, voire quelques semaines avant qu'on nous en livre un autre. Noah a cherché partout les anciennes cloches qui avaient été fabriquées spécialement pour le Nid à sa construction, mais elles ne sont plus là. On a dû s'en débarrasser à un moment.

Le cœur d'Alix se serra aux paroles de Charlie. Quelques jours, quelques semaines… Même protégés par leur symbiote, leur armure, Anton et Isaac ne s'en sortiraient pas. Sa grand-mère en avait fait l'amère expérience. Elle avait été sauvée *in extremis,* mais elle avait été suffisamment touchée dans sa chair pour terminer sa vie malade. Au-delà d'un certain temps, ils finiraient par être métamorphosés en gargouilles à leur tour. Elle ne pouvait pas supporter l'idée que les visages de ces deux hommes soient transformés en masques difformes et hideux.

Elle secoua la tête pour chasser cette vision. Le murmure dans son esprit lui envoya une onde de tendresse, de soutien. Cela l'aida à éclaircir un tout petit peu ses pensées.

— Je vais trouver un moyen, et je vais les retrouver.

Pas question de les laisser seuls là-bas. On a besoin d'Isaac et... et j'ai besoin d'Anton.

Ses amies échangèrent un regard inquiet.

— Alix, souffla Inaya, il faut que tu te fasses à l'idée qu'on ne les reverra jamais. Personne ne nous laissera partir à leur recherche après un délai aussi long.

Mais Alix ne l'écoutait pas. Un frémissement l'avait saisie. Surgie des méandres de sa mémoire, pour une raison qu'elle ignorait – ou alors peut-être aidée par son symbiote qui savait ce qu'elle cachait au plus profond de son esprit –, une autre image avait remplacé la vision d'horreur d'Anton et d'Isaac juste avant qu'elle ne passe le Voile. Celle d'un ange en pierre noire, qu'elle avait pris en photo des semaines plus tôt, dans ce qui lui semblait être une autre vie. Les cloches de Notre-Dame de Paris sonnaient alors. Une vision qu'elle n'avait pas comprise à l'époque et qui l'avait terrifiée. Mais à présent, cette apparition prenait tout son sens. Elle n'avait plus peur. Elle savait ce qu'elle devait faire.

Elle sauta sur ses pieds et déclara d'une voix ferme :

— Je sais comment passer de l'autre côté. Je sais comment les sauver.

À suivre

Carina
Rozenfeld

C'est vers l'âge de neuf ans que Carina Rozenfeld a commencé à écrire ses propres histoires dans des cahiers de brouillon, parce qu'elle pensait que rêver la nuit ne suffisait pas. De nombreuses années plus tard, devenue journaliste dans la presse jeunesse la journée, elle a continué à écrire des histoires la nuit. À ce jour, elle a publié près d'une quarantaine de livres en France ainsi qu'à l'étranger et a gagné quarante prix littéraires (dont plusieurs pour L'Héritier des Draconis, également publié chez Gulf stream éditeur). Carina est aujourd'hui écrivaine à temps plein et continue à écrire des histoires dans les littératures de l'imaginaire…

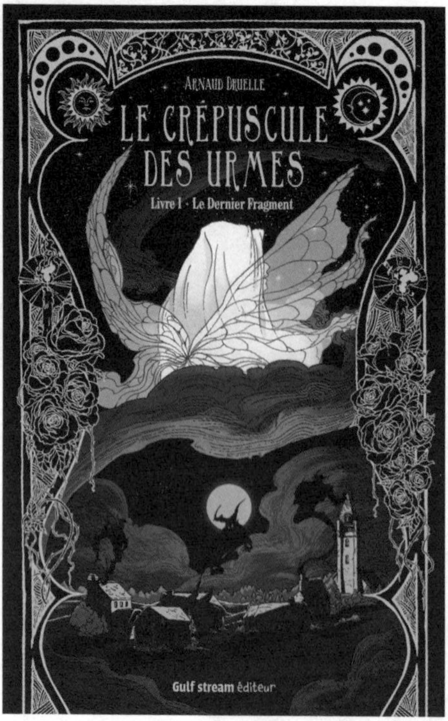

Pays de Galles, septembre 1866

Entre préjugés et légendes anciennes, l'arrivée d'un groupe de Tziganes dans leur village suscite la méfiance des habitants d'Aberhaÿ. Pourtant, Jane, une orpheline de 14 ans, ne partage pas leurs craintes et sympathise avec Azko, un adolescent à l'aura captivante. En pleine nuit, la cartomancienne du clan leur révèle que des ombres menacent de s'abattre sur le monde des humains, le plongeant ainsi dans le chaos. La clé pour déjouer cette terrible prédiction semble être le frère de Jane, disparu dix ans plus tôt. Commence alors une dangereuse quête à travers les landes embrumées du pays gallois. Mais les mystérieuses Urmes rivalisent de puissance et déchaînent leurs pouvoirs afin que s'accomplisse ce qui était écrit...

Après *L'Enfant-Pan*, Arnaud Druelle explore la mythologie tzigane, tout en restant fidèle aux thèmes qui lui sont chers : magie, quête, destinée, nature et puissances obscures.

En des temps immémoriaux, d'effroyables formes de vie dominaient le monde. En sommeil lorsque l'espèce humaine est apparue sur Terre, elles n'attendent que l'alignement de certaines étoiles pour régner à nouveau...

Ryan, Marie et Sergueï ne se connaissent pas. Ils ont pourtant un point commun : ils sont dotés de pouvoirs effrayants convoités par de mystérieux individus. Pour leur échapper, les trois adolescents acceptent l'aide d'une jeune fille qui travaille pour une obscure organisation : l'Agence Lovecraft. Dans la guerre secrète que ses membres livrent contre un ennemi implacable et ses adorateurs, Ryan, Marie et Sergueï pourraient bien être les éléments décisifs qui feront pencher la balance... mais de quel côté ?

La nouvelle série de Jean-Luc Marcastel qui reprend habilement l'univers cauchemardesque de H. P. Lovecraft tout en multipliant les références aux grands noms de la littérature fantastique (Verne, Conan Doyle...)

Reproduit et achevé d'imprimer en mai 2022
par Abedik, en Pologne,
pour le compte de Gulf stream éditeur,
31, rue Alfred-Riom, 44100 Nantes
www.gulfstream.fr

Dépôt légal 1re édition : octobre 2022